文庫

書記バートルビー/漂流船

メルヴィル

牧野有通訳

kobunsha classics

光文社

Title : BARTLEBY, THE SCRIVENER
1853
BENITO CERENO
1855
Author : Herman Melville

目次

書記バートルビー／漂流船

書記バートルビー——ウォール街の物語

私はもう年配の方に入る人間です。ここ三十年間携わってきた職業柄、興味深く、またいくぶん奇妙にも思えるような人間たちと人並み以上に親しく接してきました。私の知る限り、彼らについて書かれたものはまだありません。ここでいうのは、法律筆耕人、すなわち書記という人種のことであります。私は仕事の上でも、個人的にも、彼らについてとても多くのことを知っていますし、頼まれれば、彼らの来歴について、色々なことを語ることもできます。それを聞いた優しい紳士方なら、きっと口元に笑みを浮かべるでしょうし、情にもろい人たちなら、涙を流してしまうかもしれません。それでもです、かりにもバートルビーの人となりをいくらか語るということにでもなったら、ほかの書記たちの話はすべてよそに置かせてもらいたいと思います。というのもバートルビーは私が今まで見聞きした中で、並はずれて奇妙な書記だったからです。ほかの法律筆耕人たちに関してなら、完全な伝記が書けると思います。しかし、バートルビーに関しては、その類《たぐい》のものは何一つとして書くことができません。しかもこの男に関する、十分で満足のいく伝記を書くための資料など、まったく期待できないのです。このことは文学にとって取り返しのつかない損失だと思う次第です。なんとなれば、このバートルビーという人物は、当人から直接得た情報以外、確実なことなぞ何一つない人間だといえるからです。そして彼の場合、その直接的な情報にしてさえも、とても少ないのです。私自身がこの驚きの目をもって、バートルビーに由来するとみなしたもの、それだけが彼に関する情報のすべてなのであります。実はそれ以外にもあやふやな噂が一つあるにはあるのですが、それはこの物語の後日談として、おいおい話すことにしましょう。

さてこの書記が私の所に初めて現れた時のことを話す前に、私自身のこと、雇用人たちのこと、私の仕事のこと、事務所のこと、さらには全般的な環境のことなどを話しておいた方がいいと思います。なぜかといえば、そういった説明のいくらかは、これから現れる主役たる人物を十分に理解する上で必要不可欠なものだからです。

最初に申し上げますが、私は若い頃からずっと、安楽な生き方が一番である、という「崇高な信念」を抱《いだ》いて生きてきた人間であります。したがって、私は、時にはとり乱さんばかりに精力や神経を使うとされている、こんな弁護士という職業に就いてきましたけれど、その実、そのような目にあって自分の心の平穏がかき乱される、などということは一度たりともありませんでした。私自身は野心のない一介の弁護士の一人でありまして、陪審員団に向かって大仰《おおぎょう》に熱弁をふるったり、どんな形にせよ大向こうの拍手喝采を博したりするような弁護士ではありません。いやそれどころか、心地よい隠れ家《が》の落ち着いた静けさの中に引っ込んで、お金持ちの方々の債権証書や抵当証券、または不動産権利証書なんかに囲まれて、気分よく仕事をする方を好む人間なのであります。私を知っている人たちはみんな私のことを、完璧なほど無難な人柄だとみなしてくれます。例の故ジョン・ジェイコブ・アスター氏[1]、彼は詩的な熱狂などにはほとんど頓着しない人物だったのですが、ためらうことなく、私の第一の長所は慎重さであり、その次が仕事における手順の確かさだと言ってくれました。もっ

1　アメリカの実業家。毛皮貿易などで資産を築き、合衆国初の百万長者とされる。一七六三—一八四八。

ともこれは自慢して言っているのじゃありません、ただ事実を話しているだけなのです。実のところ私は、故ジョン・ジェイコブ・アスター氏に弁護士として雇われていたこともあるのです。打ち明けますと、私はこのジョン・ジェイコブ・アスターという名前自体、何度口に出して言っても飽きがこないのです。この名前にはなにか豊かで円熟した響きがあるだけでなく、まるで金塊を想わせるように響くからであります。正直いって、この私が故ジョン・ジェイコブ・アスター氏から下された好意的な評価を気にしていない、などと言えば、まったくの嘘になってしまいます。

ところでこの短い物語が始まる少し前、私の仕事の量が急に増大するということがありました。今ではもう廃止されていますが、ニューヨーク州衡平法裁判所[2]主事という、古き良き仕事が私に回ってきたのでした。それはそれほど骨の折れる仕事ではなかった上に、うれしくなるほど報酬が良かったのです。ただ、私はめったに冷静さを失ったりしない方ですし、不正や不法に対して、わが身を危うくするほど腹を立てたりしない方ですが、ここで乱暴を承知で、次のように断言するのを許していただきたいと思います。つまり衡平法裁判所主事の仕事が州憲法の修正条項に伴って、突然に、しかも強引に廃止されたこと、これはまことにもって性急な決定であった、と。私は終身その収入を当てにしていたのです。なのに、ほんの数年分しか稼ぐことができなかったんですから。といってまあ、これは私憤にからむ余談にすぎませんがね。

さて私の事務所はウォール街某番地の建物の二階にありました。一方の端の窓からは、大きな吹き抜けの側面にあたる白い壁が眺められました。その吹き抜けは建物の下から天辺《てっぺん》まで貫いていました。この眺めは、どちらかというと単調で、風景画家が言うところの「生気」を欠いたものかもしれません。ですが、そうだとしても、事務所のもう一方の端からの眺めは、やはりそれ以上のものではないにしても、少なくとも、対照的ではありました。そちらの方の窓から眼《ま》の当たりに眺められたのは、長い年月にわたってずっと日陰になっていたことによって黒ずんだ、そびえ立つようなレンガの壁だったのです。もちろん、その壁に潜む美しさを見つけ出すのに、わざわざ望遠鏡を持ち出す必要はありません。というのも近視の人が眺めても苦労のないように、その壁はこちらの窓のすぐそばにまで押し迫ってきていたからです。周りの建物

2　不動産取引における公平性を審査する裁判所。手続きの煩雑さゆえに一八四〇年代に廃止された。

が非常に高く、そして私の事務所が二階にあったせいで、その壁とこちらの建物の壁の間の空間は、巨大な四角い水槽に似た形をしていました。

ところでバートルビーの登場する直前の時期、私は二人の者を筆耕人として、そしてもう一人の、いくらか将来性ありと見た少年を給仕として雇っていました。一人目が「七面鳥」すなわちターキー、二人目が「鉄線切断鋏《てっせんせつだんばさみ》」すなわちニッパーズ、そして三人目が「生姜《しょうが》クッキー」すなわちジンジャーナットというわけです。これらは、紳士録にはあまり載っていないような名前に思われるかもしれません。実はこれらはみんなあだ名でありまして、この三人の部下たちが互いに名づけ合ったものだったのです。ただ私にはそれぞれの外見や性格をとてもうまく表していると思われました。ターキーは背が低く、でっぷりして、私と同年配、つまり、六十歳くらいの英国人でした。午前中、彼の顔は健康的で血色が良いと見えたのですが、十二時、すなわち太陽が子午線を越える昼食時になると、その顔はクリスマスの時期の暖炉の火格子にのった、燃え盛る石炭のような光を放つようになります。そしてしばし光を放ち続けるのですが、そのうちその輝きは、いわば、月が欠けていくように徐々に衰えていき、午後六時かそれ以降になると、もう顔の主を見ることはなくなってしまいます。

つまり彼の顔は太陽とともに子午線に到達したかと思うと、太陽とともに下降しはじめ、次の日にはまた昇り、最高点に達し、また沈んでいくといった風になるわけです。そこにはいつも規則性があって、その最高点での輝きが衰えることはありませんでした。私は今までの人生の中で、奇妙な偶然の符合を数多く見てきましたが、その中でも軽視してはならぬものとして、次のような事実があります。つまりターキーは、血色が良く赤々とした表情が強烈な輝きを見せるまさにその時間、すなわち決定的な瞬間でもあるちょうどその頂点に至ると、毎日きまって彼特有の周期が始まり、それを境に、彼の仕事の能力が、残りの時間全体にわたって、破滅的なまでにガタ落ちになってしまうのです。もっとも彼がその時になって、ひどく怠惰になるとか、仕事嫌いになるとか、そういうことではありません。いや決してそうじゃなかったのです。困ったのは、むしろ彼がやる気満々、張り切りすぎるということなのです。そんなときの彼の行動は、異様で、凶暴で、混乱して、軽率なうえ、無鉄砲さまでが顔を出しました。羽根ペンをインク壺に浸す時など、きまって不注意にやってのけました。ですから彼が重要書類につけた染みはすべて、十二時、つまり、太陽が子午線に来た時間以降につけられたものでした。実際、彼は午後になると向こう見ずになり、見ているこちらが悲しくなるほどボタボタ染みをつけまくったのです。さらにひどいことには、一段と騒々しくもなりました。それでもそんな時ですら、彼の顔は、先ほど話したように、燃え盛る無煙炭の上に積まれた燭炭《しょくたん》[3]みたいに、きらびやかに光を放つのです。たとえば椅子が自分の体に合わないと言っては大騒ぎをし、インク乾燥用の砂箱からわざわざ砂を撒《ま》き散らしたり、ペンを修理すると言っては、カリカリしてペン自体をバラバラにし、そのあげく、突然かんしゃくを起こしたかと思うと、手に触れたものすべてを突然床にぶちまけたり、急に立ち上がったかと思うと机の上に覆いかぶさって、そこに書類なんかがあろうものなら、見るに耐えないようなやり方でそれをひっぱたいて回るのです。彼のような年配の男がそんなことをしでかすのを見ると、とても悲しくなりました。とはいっても、彼は私にとって他の多くの点で非常に価値のある人物であり、すくなくとも十二時前、太陽が子午線に来る時間の前であれば、常に大変素早く仕事をする堅実な人間でしたし、簡単には真似のできないほどのやり方で、すごい量の仕事を片付けたりしたものです。ですからそれらの理由に鑑《かんが》み、どちらかというと私は彼の奇行を大目に見てやりました。といっても実際には、折に触れて彼をいさめたものです。しかも彼をいさめる時にはとても優しく行わねばなりませんでした。なぜなら、午前中は最も礼儀正しい、いや、最も穏やかで恭々《うやうや》しい人間でありながら、午後になって、ちょっとでも余計な刺激を与えたりすると、言葉遣いが少し無分別に、というか、無礼なものになりがちだったからです。それで彼の午前の働きぶりは高い評価に値し、しかもその働きぶりを維持してもらいたいと、いつも願っていたのですが、十二時以降の彼の狂おしい状態にはいつも辟易《へきえき》させられました。前にも言いましたように、私は平穏を好む人間ですし、注意した後に口答えされたりするのはみっともなく感じましたし、気分の悪いことでした。ですから、ある土曜日の正午（いつも土曜日になると、彼はとりわけひどい状態でした）、彼に、とても優しい調子で、それとなく次のように仄《ほの》めかしてみました。さあ君ももう年だし、仕事は短縮した方がいいかもしれないね、つまりだ、君は十二時以降には事務所にいなくたっていいから、昼食が終わったら、自分の部屋に戻って、ティータイムでもとりながら体を休めるのが一番いいんじゃないだろうか、と。でも、ダメでした。彼は、

3 無煙炭も燭炭もともに効率よく燃える石炭。とくに燭炭は油分を含み、強い炎を出して燃える。

午後も仕事に集中したいと言ってきかないのです。彼の表情を見ると、そんなことはとても我慢ならないといわんばかりに熱を帯び、雄弁に私を説得しようとさえしました。部屋の向こうの隅で、長い定規を振り回し、身振り手振りを交えながらこう言ったのです。私の午前の働きぶりが役に立つとおっしゃるのなら、どうして午後の働きが不要だ、なんてことになるんです?

「謹んで申し上げますが」こんな時のターキーは言ったものです。「私は自分を先生の右腕だと自負しております。午前中、私はただ隊列を配置し、展開するだけではございますが、午後になると、不肖《ふしょう》私は隊列の先頭に立ち、果敢に敵へと突進するのでございます、そらこのように!」彼は定規を激しく突き出して見せました。

「でもね、ターキー、染みがね……」私はそれとなく言いました。

「確かにそうかもしれません、しかし、謹んで申し上げますが、この髪をご覧下さい! 私ももう年なんでございます。暖かい午後の空気に浮かれて染みの一つや二つ作ったところで、どうだというのです。この白髪頭が厳しく咎《とが》められる筋合いはございません。老年というものは——たとえ書類に染みぐらいつけたとしても——尊敬に値するものなのであります。謹んで申し上げますが、私どもは、まごうことなくお互いに、結構な年になっているのでありまする」

こんな具合に仲間意識に訴えられると、とっても抗《あらが》えないものです。いずれにしても、彼がどうしても言うことを聞いてくれないことだけはわかりました。そこで私は彼を今のまま居させてやることに決めました。とはいっても、午後の間、彼にはあまり重要でない書類を扱わせるよう、気を配ることにしました。

使用人リストの二人目、ニッパーズは頬ひげを生やし、血色が悪く、全体から見て、海賊のような風貌をした、二十五歳くらいの若者でした。私はいつも彼のことを、二つの悪の力――野心と消化不良――の犠牲者だとみなしていました。野心があると推察できるのは、筆耕作業などという単純な仕事が我慢ならず、法律文書の原本作成など高度に専門的な業務を担当する機会を不当に奪われているとみているようだったからです。また消化不良だと思われるのは、時折、いらいらと怒りっぽくなったり、かんしゃくを起こして歯をむき出しにしてみせたりするからです。それが原因と思われますが、筆写の仕事をしている時に間違いを犯すと、はっきり聞こえるほどギシギシと歯ぎしりしたりするのです。さらに仕事のまっ最中に、不必要な怒声を、言葉というより、シューシューという異様な音とともに発したりするのです。そんなことがとりわけ目立ったのは、自分の使っている机の高さが、どうしても気に入らない時の騒ぎでした。ニッパーズは私から見ると、きわめて機械いじりの才能に富んでいる方だと思うのですが、それでも机を自分にぴったり合うようにはできなかったのです。机の脚の下に木の切れっ端《ぱし》やら、いろんな種類のブロック、はては何枚かのボール紙、そしてついには染みのついた紙を何枚か折り曲げてはさみこむといった、非常に細かい芸当なんかをやってのけたんですが、そうした工夫がうまくいったためしはありませんでした。背中を楽にすると言って、机の表面を自分のあごに近づけるように急な角度に傾けると、オランダ風の家の急勾配の屋根を、机の代わりに使っている男さながらに作業するといった姿になりました。そのくせ彼は、これじゃ腕に血が回らなくなると文句を言うのです。そうかと思えば、今度は机の端をズボンのベルトのところまで低くし、それに覆いかぶさるようにして書いたりすると、背中が痛くなると文句を言ってききません。つまり、この問題の本質は、ニッパーズが、自分が一体何をしたいのかサッパリわかっていないということだったのです。あるいは、もし彼がほんとに何かをしたいと思っていたとしたら、それこそ書記の机なんぞきっぱりと放り出してしまうことだったんでしょう。ところでここで、ニッパーズの病的な野心を示す、別の一例をお話ししましょう。彼のところへ品の良くないコートを着た胡散《うさん》臭い人たちがよく訪れてきたものです。ニッパーズは彼らのことを自分の法律依頼人《クライアント》だなどと呼んでいましたが、実のところ、私は次のようなことを知っていたんです。たしかに彼は、いくらかこの界隈の政治屋として通っていただけではなく、時折、治安裁判所でもちょっとした仕事をしていたため、その名前は「墓場」[4]と呼ばれる刑務所の辺りでも結構知られていました。しかしながら、この事務所まで彼を訪ねてくる肩で風を切るような連中――ニッパーズが得意になって自分のクライアントだ、などと主張する人物たち――は、その実、借金取りに他ならず、不動産権利証書だなどと言ってのけた書類も、彼らからの請求書に過ぎないことを、私はちゃんと知っていました。とはいえ、多くの欠点があり、私を困らせることが多々あっても、ニッパーズは、同僚であるターキー同様、私にとって非常に役に立つ男でした。字体はきれいで素早く、その上やろうと思えば、紳士的な振る舞いができないこともなかったのです。それに

4 ニューヨーク市の刑務所で「墓場」の名で呼びならわされていた。一八三〇年代のエジプト様式リバイバルの時期に建設された。

加えて、彼はいつも紳士らしい着こなしをしていましたので、付随的なことではありますが、それが私の事務所の信用を高めたりもしたものです。それに比べるとターキーのいで立ちときたら――私の信用を落とす原因にならないように、ひどく苦労したものでした。彼の服は油っぽくて、安食堂の臭いがプンプンしました。また夏になると、ダブダブのズボンをだらしなく着ていました。まったくその上着とくると、見るに堪えないものでしたし、帽子にいたってはとても手に触れることができるような代物《しろもの》ではありません。もっとも、帽子など私にとってどうでもよかったんです。彼はいかにも英国人らしく、生まれつき礼儀正しく、また人様に敬意を払っていたので、部屋に入る時はいつでもすぐに脱いでくれたからです。ですが、上着となると話は別です。上着については、私も彼に言って聞かせたのですが、効果はありませんでした。私は思うんですが、本当のところ、収入のとても少ない男がテカテカした赤ら顔をして、同時にテカテカした上着を身につけるなどという余裕はないはずです。ニッパーズがかつて言っていたように、ターキーの金は主に赤ワインに消えていったはずなのです。それである冬の日、私はターキーに自分のかなり上等な上着を提供してみました。柔らかいパッドの入ったグレイの上着で、とても着心地がよくて暖かい、そしてひざから首までまっすぐ上にボタンで留めるといった上等品です。私は、きっとターキーがこの厚意を喜んでくれて、午後のドタバタや、騒々しさも和らぐだろうと期待したのです。でも、ダメでした。とても柔らかい毛布のような上着に身を包んでボタンで留めるなどということは、むしろ彼に有害な効果をもたらすのだと、つくづく私は思い知りました。よく、馬にオート麦を与えすぎると良くないといいますが、その法則と同じなんです。つまり、せっかちで落ち着きのない馬にオート麦をたくさん与えると、むしろ気が荒くなるというのとまったく同じで、ターキーは立派な上着を与えられるとおかしくなってしまいました。立派な上着によって彼はかえって傲慢な態度をとるようになったのです。つまりターキーのような人間は、豊かさがむしろ悪影響を与える類《たぐい》の人間だったといえるのです。

ターキーの放埒《ほうらつ》な性癖については、私は密かにではありますが、確固とした意見を持っていましたが、ニッパーズに関しては、他の面でどんな欠点があろうとも、少なくとも酒には走らない節度のある青年だ、と深く信頼していました。ところが実際は、自然の女神自身が彼にとってのワイン蒸留人だったようで、ニッパーズは生まれついて身体の中に、たっぷりと、火がつくほど強いブランデーのような気質を注ぎ込まれていたのです。ですからその上に、一杯やるなんてことは必要なかったのでした。事務所の静けさの中で、ニッパーズは時々もどかしそうに席から立ち上がったかと思うと、机の上に覆いかぶさり、次に両腕を大きく広げたかと思うと、机を丸ごとつかんで動かし、それを床の上で荒々しくギシギシ揺さぶったりしたものでした。まるでその机が、言うことを聞かない、意志を持った強情な奴ででもあって、彼の目的をわざと妨げ、困らせてやろうと考えているかのようでした。ニッパーズがそうしている様子から考えると、たしかに彼にとってブランデーの水割りなどまったく必要なかったのだ、とはっきり合点がゆきました。

私にとって幸運だったのは、その特殊な原因——消化不良——によるニッパーズのかんしゃくと、それに伴ういらいらは主に午前中に見られたということです。一方、午後になると、彼は比較的穏やかになりました。ターキーの発作は十二時頃になって初めて起こるものでしたし、私は彼らの奇癖を同時に我慢しなくてもよかったのです。彼らの発作は衛兵のように互いに交代し合っていました。ニッパーズの発作が働いている時、ターキーの発作は休んでいて、逆の場合も同じ。これはこの状況下において、絶妙な天の配剤でした。

さて使用人リストの三人目、ジンジャーナットですが、彼は十二歳くらいの少年でした。彼の父親は生前、荷馬車の御者で、自分の息子が荷馬車の座席ではなく、裁判官の席に坐ることを夢見ていました。その目論見《もくろみ》によって彼は、息子を私の事務所に送り込んできましたが、その実、ジンジャーナットは法律家見習い、使い走り、掃除係として週一ドルの給料で働いていたにすぎません。自分専用の小さなデスクも持っていたのですが、あまり使っていませんでした。調べてみると、その引き出しから、色々な種類の木の実の殻[5]がずらりと並んで出てきたのです。確かに、この才気走った少年の頭、すなわち「木の実の殻」の中には、さしずめ法律の優れた知識が、ギッシリ詰め込まれていたんでしょう。ところでこのジンジャーナットの仕事の中で、彼なりに重要と考え、やる気満々で遂行していたことは、ターキーやニッパーズのためにお菓子やりんごを調達してくることでした。法律文書の写しの作成は無味乾燥な仕事としてよく知られていますから、私の二人の書記たちは、好んでスピッツェンバーグという品種のりんごを食べて口を潤したものです。それに税関や郵便局の近くにはた

5　木の実（ナット）には「狂った頭」の意もある。

くさんの売店があり、いつもりんごを売っていました。それ以外にも、彼らはとても頻繁にジンジャーナットを使ってあの独特のお菓子を買いに行かせました。それは、小さく、平らで、円《まる》く、そしてとてもスパイシーなお菓子で、彼らはそのお菓子の名にちなんで彼にジンジャーナット[6]というあだ名をつけたのです。寒い朝、仕事がただでさえ単調に続く時など、ターキーはよくそのお菓子をまるで赤ちゃん用のウエハースででもあるかのように、バリバリ貪《むさぼ》り食っていました。実際、それは一セントで七つや八つも買えるものだったのです。そしてそんな時、ターキーのペンのこすれる音と、口の中で例のお菓子のかけらをバリバリと嚙《か》み砕く音とが混ざり合ったものでした。するとある時、こんなことが起きてしまいました。火を噴くような午後のターキーの、手に負えぬズッコケやあわてふためきぶりを表す最適な例の一つなのですが、彼は一度、そのお菓子を唇の間でぬらしたかと思うと、印章代わりにそれを抵当証券にバンと貼り付けてしまったのです。すんでのこと、私は、彼を即刻クビにしてやろうとさえ思いました。にもかかわらず、彼がやってのけたのは、まずは東洋風に慇懃《いんぎん》にお辞儀をして私をなだめ、しかも次のように言ったのです。「謹んで申し上げますが、私としたことがなんと気前良くも、自分持ちで先生に文房具を提供してしまったとは！」と、こうだったのです。

その頃のことですが、衡平法裁判所主事の職が与えられたことによって、私の本来の仕事――財産譲渡専門弁護士、権利証書取扱人、そしてあらゆる種類の法律文書作成者の仕事――が一挙に増えました。もはやいまの書記たちだけでは追いつかなくなるほどの量になってしまったのです。すでにいる書記たちを駆り立てるだけではなく、さらなる人手が必要不可欠となりました。そこで私が出した広告に応じて、一人のおとなしい若い男がある朝、事務所の入り口に立っていました。夏だったので、入り口のドアは開いていたのです。ああ、その姿は今でも私の目に浮かびます――青白いほどこざっぱりして、哀れなほど礼儀正しく、救いがたいほど孤独な姿！　それがバートルビーだったのです。

資格についていくつか言葉を交わした後、私は彼を雇うことにしました。私の筆耕書記団の中に、こんなにも物静かな男を得ることができてうれしく思ったものです。きっとこの静かな物腰なら、ターキーの狂おしい性質やニッパーズの激しい気性に良

6　丸い薄焼きの生姜（ジンジャー）クッキーのこと。

い影響を及ぼすはずだ、と。

ところでこれはもっと前に話しておくべきことでしたが、すりガラスのはまった折りたたみ戸によって私の事務所は二つに分けられていました。片方のスペースは書記たちが、もう片方は私自身が使っていました。私の気分次第で、折りたたみ戸は開いている時もあれば、閉じられている時もありました。私はバートルビーに、私の側《がわ》にある折りたたみ戸の脇の一角を割り与えることにしました。これは、何かちょっとした用事がある場合に、この物静かな男をすぐにでも呼び出せるようにしたかったからです。さらに彼の机を部屋の片隅にある小さな窓の近くに配置しました。以前はその窓を通して、眼下に汚れた裏庭やレンガ造りの一部などを眺めることができたのですが、新しいビルが建てられたため、その頃になると何も見えず、いくらか光が入ってくるだけでした。その窓から一メートルもないところに壁が迫ってきており、光ははるか上の、非常に高い二つの建物の間から差し込んできていたので、まるでドーム型の天井のとても小さな窓から光が届くような具合でした。そしてさらに満足のいく配置にするために、私は背の高い緑色の折りたたみ式の仕切り板を用意しました。それがあれば、バートルビーの姿は私から完全に見えなくなりますし、かといって、私の声が届かないところへ追いやるわけではありません。このようにして、いわば、プライバシーと共同性を一体にしたというわけです。

当初、バートルビーは異常なほどの分量の筆写を行いました。まるで、書き写すのに長い間飢えていたかのようで、私の書類を貪り食っているように見えました。その上まるで消化のために休むこともないという様子です。昼も夜もいとわず働き、太陽の光や、ろうそくの光の下で書き写し続けていました。もっとも彼が楽しそうに働いていたというのなら、私もこの男を雇ったことを心から嬉しく思ったことでしょう。ですが彼はひたすら物静かに、青白い顔で、機械的に筆写していました。

ところで、写しに間違いがないか一語一句照合する仕事は、もちろん、書記の仕事の中で最も大切なことであります。事務所に二人か三人の書記がいれば、この確認作業を互いに協力して行います。一人が写しを読み、もう一人が原本を確認するのです。ただこれは非常に退屈で疲れるのみならず、眠くさえなる仕事です。多血質の者であれば、まったく耐えられない仕事であることは容易に想像されます。たとえば、あの熱血詩人バイロンなんかがバートルビーと並んで坐って、およそ五百ページもある、縮れたような文字でびっしり書かれた法律文書を照合する作業に甘んじて取り組むなんて場面は、とうてい想像できません。

時折のことですが、仕事が急を要する時など、ターキーやニッパーズを呼んで、短い文書の照合を手伝わせるというのがここでの習慣でした。私がバートルビーを仕切り戸の背後のすぐ近くに置いておいた目的の一つは、このようなちょっとした機会に、彼の手助けを必要としたからだったのです。それはたしか、彼が私のところへ来て三日目のことでした。その日以前には、彼の書いたものを照合する必要はなかったのですが、その日、私は自分の進行中の些細な仕事を片付けることに急《せ》かされていたので、急いでバートルビーを呼びました。気がせいていましたし、当然の呼び出しにもすぐに応じてくれるだろうと思って、私は坐ったまま顔を自分の机の上にある原本の方へ向け、いくぶんいらいらしながら、写しを持った右手を横へ伸ばしていました。バートルビーが彼の隠れ家《が》から現れればすぐに、これを受け取って、少しも遅れることなく照合作業が続けられると考えていました。

この姿勢で坐ったまま、私は彼を呼び、彼にやってほしいこと――つまり、ちょっとした書類を一緒に照合してほしいということ――をすばやく指示しました。ところがです、この時の私の驚き、いや、激甚な驚愕《きょうがく》ぶりを想像してみて下さい。その時、バートルビーは隠れた所から動かないで、非常に穏やかな、しかししっかりした声で、なんと「わたくしはしない方がいいと思います」と答えたのです。

私はしばしの間、完全に沈黙して坐りこんだまま、停止した精神機能をなんとか回復させようとしていました。すぐに思い浮かんだことは、今のは空耳《そらみみ》だったんだ、バートルビーは私の言ったことを完全に取り違えているんだ、ということでした。それで私はできるだけはっきりした声で要求をもう一度言ってみました。ですが、私の声とまったく同じくらいはっきりした声で、先ほどの答え「わたくしはしない方がいいと思います」が返ってきたのです。

「しない方がいいと思う、だって！」私は彼の言葉を繰り返すと、ひどく興奮して立ち上がり、ひとまたぎで部屋を横切りました。「どういうつもりなんだ？ 狂ったんじゃないのか、君は？ この写しの照合を手伝ってほしいと言ってるだけなんだよ、ほら、さっさと受け取ってくれ」私はそれを彼に押しつけました。

しかし「しない方がいいと思います」彼は言うのです。

私は彼をじっと見つめました。彼の顔はやせ細っていましたが、冷静な様子でした。また灰色の目はぼんやりとしていましたが、穏やかでした。そして感情を表さず、動揺一つ見せませんでした。かりにも彼の態度の中に不快とか、怒りとか、じれったさ、あるいは生意気さなど――ということはつまり、もし彼に普通の人間らしい何かがあったならということですが――そんな素振りがほんの少しでもあったなら、おそらく、私は激怒して彼を事務所から叩き出していたでしょう。しかし、実際のところ、もしそんなことをしたとしても、せいぜい部屋にあった青白い、石膏製のキケロ[7]の胸像をドアから放り出すのと同じようなことになったことでしょう。私は彼をじっと見つめたまましばらく立っていましたが、彼は自分の筆写を続けていたので、私も再び自分の席に戻りました。これまたなんと奇妙なことだ、と私は思いました。どうするのが一番いいというのか？　しかしそれでも、仕事が私をせきたてましたので、この件についてはしばらく時間をおいて、いつか暇な時が来るまで手をつけないでおこうと結論づけたのです。そしてニッパーズをほかの部屋から呼んで、書類を迅速に照合したのでした。

　数日後、バートルビーは四つの長い書類を写し終えました。これは衡平法裁判所において、一週間にわたって私の面前で記録された宣誓証書の、四通の写しでした。その照合が必要となったのですが、それは重要な訴訟であり、少しの間違いがあってもいけません。すべての準備を整え、私は隣の部屋からターキー、ニッパーズ、ジンジャーナットを呼びました。四つの写しを四人の書記に渡して、私が原本を読むつもりだったのです。私の呼びかけに応じて、ターキー、ニッパーズ、ジンジャーナットが一列になって坐り、各自が書類を持ったところで、私はバートルビーに、彼も面白いと思うはずの、この照合グループに加わるように言いました。

「バートルビー！　早くしてくれ、待ってるんだよ」

すると椅子がカーペットの敷かれていない床をゆっくりこする音が聞こえたかと思うと、すぐに彼は自分の隠れ家の入り口に現れました。

「どんなご用です？」彼は穏やかに言います。

「写しだよ、写し」私はせかせかして言いました。「これからみんなでこの写しを確認照合するんだ。ほら」そう言って四通目の写しを彼に差し出しました。

「わたくしはしない方がいいと思います」彼は言うなり、静かに仕切りの向こうへと

7　古代ローマの政治家、雄弁家（前一〇六－前四三）。法廷で活躍し、政界へ進出した。アントニウスと対立して暗殺された。本作品で再度言及される。

消えました。

書記たちが一列に坐っている先頭に立って、私は、しばらくの間、聖書に出てくる「塩の柱」8のように凝固してしまいました。それでも落ち着きを取り戻すと、私は仕切りの方へ進み、どうしてそんな異常な行動を取るのか問いただしたのです。

「どうして拒むのかね？」

「しない方がいいと思うのです」

相手がほかの男だったら、私はすぐに激怒して、これ以上口を利くのもよしとせず、彼を軽蔑すべき輩《やから》として私の前から追い払ったことでしょう。でも、バートルビーには、奇妙にも私から攻撃の力を奪うだけではなく、不思議にも私の心を動かし、まごつかせるような何かがあったのです。そこで私は諄々《じゅんじゅん》と道理を説くことにしました。

「いいかね、これはみんな君自身が写したもので、これから私たちでそれを確認照合しようというんだよ。そうすれば、君自身の仕事も楽になるんだ。一度で、四つの書類すべてが確認できるんだからね。これは通常の慣習なんだ。筆耕人は誰でも自分の写しの確認を手伝う義務を負っているんだ。そうじゃないと言うのかね？　口を利かないつもりかね？　さあ返事をしなさい！」

「しない方がいいと思うのです」彼はフルートの音色のような調子で言葉を返しました。とはいえ彼に話している間、彼は私の言ったことを注意深く考え、その意味も完全に理解し、その抗いがたい結論に異議を唱えることができないことは了解しつつも、同時に、何か至高の考えが彼の中で働いて、彼を説き伏せ、あのように言わせたのではないか、という風に思えました。

「それなら、君は私の頼みを聞かないというんだな。通常の慣習と常識に基づく頼みだというのに？」

その点においてあなたの意見は正しい、と彼は私に素っ気なく伝えました。それでも彼の意志は変わりませんでした。

よくあることだとは思いますが、先例がない形、また過激なほど非合理的な形で断定されると、断定された側の人は、どんなに徹底した信念を持っていても、たじろぎ

8　旧約聖書「創世記」一九章二六節。「ソドムとゴモラ」の一節。「しかしロトの妻はうしろを顧みたので塩の柱になった」以下引用は日本聖書協会『聖書口語訳』より。

始めてしまうものです。不思議なことかもしれませんが、そんな目にあった人は、すべての正義もすべての道理も、もしかしたら相手方にあるのではないか、などとぼんやりと思い始めるものです。したがって、そこに第三者的な人たちが立ち会っていたら、自分自身の揺らぐ心を補強するため、その人たちに助けを求めようとするものです。

「ターキー」私は言いました。「君はこれをどう思う？　私は間違っているだろうか？」

「謹んで申し上げますが」ターキーはきわめて穏やかな口調で言いました。「先生は正しいと思います」

「ニッパーズ」私は言いました。「君はこのことをどう思う？」

「私ならこんなやつ、事務所から思いっきり蹴《け》り出しますね」

（鋭い読者ならもうお気づきでしょう。この時は朝なので、ターキーは礼儀正しく穏やかな言葉遣いで返事をしていますが、ニッパーズは短気な言い方で答えています。要するに、先ほども言ったのですが、ニッパーズの不機嫌は進行中で、ターキーの方は停止中だったのです）。

「ジンジャーナット」私は言いました。自分への賛成票なら、それがどんなに小さなものでも掻《か》き集めたかったのです。「君はこのことをどう思う？」「あの人、ちょっとおつむがイカれているんじゃないかと思います」ジンジャーナットはにたっと笑いながら答えました。

「どうだ、みんなの言ったことが聞こえただろう」仕切りの方を向きながら私は言いました。「出てきて、自分の義務を果たしなさい」

それでも彼は答えを賜《たまわ》ってもくれませんでした。私はしばしの間、いらいらと困惑の中であれこれ考えました。ところが、再び仕事が私をせきたてたのです。私はまた、いつか暇な時が来るまで、この異常事態について考えるのは後回しにしようと決めました。それでひどく不便ではありましたが、私たちはバートルビー抜きで何とか確認照合を終えたのです。もっとも、一ページか二ページごとにターキーは恭々しく、こんなやり方はまことに異例でございますと意見を漏らし、一方ニッパーズは、椅子に坐りながら、消化不良のいらいらのために体をピクピク引きつらせ、歯をギシギシ軋《きし》らせながら、仕切りの向こうにいる頑固なデクの坊に向かって、時折悪口をシューシューと吐き散らしていました。ニッパーズにとって、他人の仕事を報酬なしで行うなんてのは、これが最初で最後だというわけです。

その間、バートルビーは自分の隠れ家に坐り、そこでの彼自身の仕事以外は気にも留めない様子でした。

何日か過ぎる間、バートルビーは別の非常に長い仕事に取り組んでいました。彼の最近の異常な行動のせいで、私は彼の習慣をつぶさに観察するようになりました。まず彼が決して食事をとりに行かないことに気づきました。本当に、彼はどこにも出かけないのです。それまで、私の知る限り、彼が事務所の外にいるのを見たことはありません。まるで人目につかないながら、常に存在する歩哨のようなものだったのです。ですが、朝の十一時ごろ、ジンジャーナットがよくバートルビーの仕切りの、すきまの方へ向かっていくのに気づきました。あたかも私の坐っているところからは見えない身振りによって、静かにそこへ招き寄せられているかのようでした。それからあの少年は、手のひらの上で小銭をチャリンチャリンといわせながら事務所を離れ、例のジンジャーナットを少しばかり持って再び現れ、それを隠れ家まで届け、手間賃としてそのお菓子を二つ受け取るのでした。

それじゃ、バートルビーはジンジャーナットを食べて生きているんだ、と私は思いました。正確にいえば、普通の食事はとらないということです。それなら、彼は菜食主義者ということになるでしょうか。だけど、そうじゃないでしょう。彼は野菜さえも食べません。ジンジャーナット以外何も食べないのです。そんなわけで私の頭は、ジンジャーナットだけを食べる生活が、人間の体にどんな影響を及ぼすか、という物思いにとらわれました。まずジンジャーナットというお菓子がその名前で呼ばれるようになったのは、生姜がその固有の材料の一つであり、そして決定的な味付けの一つとして含まれているからだ。では、その生姜とは何か？　ピリッとしてスパイシーなものだ。じゃバートルビーはピリッとしてスパイシーな人間だろうか？　いや、そうじゃないのはまったく明らかだ。それなら、生姜はバートルビーには何の影響も与えないということになるだろう。おそらく彼なら、そんな影響はない方がいいと思います、とでも言うのだろうけれど。

受動的な抵抗ほどまじめな人間をいらだたせるものはありません。そのように抵抗される者に思いやりがあり、そして抵抗する者が受け身的でしかも悪意がまったくなかったとしたら、前者の気分がいい時に人は、慈悲深く想像力を働かせて、自分の判断では解決できないとわかっていることでも懸命に理解しようとするでしょう。そんな風にまでも、大体において、私はバートルビーとその奇癖を認めてやろうと思っていたのです。哀れな奴なんだ！　私は思いました。彼に悪意はないのだ。それに傲慢な態度を取るつもりがないのは明らかだ。あの顔を見れば、あの奇癖が意図的なものでないことは、はっきりわかる。しかも彼は私にとって役に立つ男なんだ。私たちはきっと仲良くやっていける。もし彼を解雇すれば、もっと厳しい雇い主に出会って、手荒に扱われ、もしかしたら追い出された上に、惨めに飢え死にしてしまうかもしれない。そうなんだ、ここで私はおいしい自己称賛の気持ちを安く手に入れることができるのだ。友人としてバートルビーの世話を焼いてやること、彼の奇妙なわがままを聞いてやること、そうだ、そうしたところで私は、ほとんど、あるいはまったく金を払わなくてもよいのだ。しかもその一方で、心の中に、いつかは良心にとって甘美な喜びとなるものを蓄えておくことになる。しかし、とはいえ、このような気持ちがずっと続いたわけではありませんでした。バートルビーの受け身的な態度は時々私をいらだたせました。ですから奇妙なことですが、私は新たな局面でわざと彼と対立するようなこと、つまり私の心中にあるものに匹敵するほどの怒りの火花を、彼からも引き出してやろう、などという気持ちに駆り立てられたりしました。しかし実際、そんなことをしても、ウィンザー石鹸[9]を殴って火を出そうとするような無茶なことだったでしょう。それでもとうとうある日の午後、私は自分の中の邪悪な衝動に支配されて、次のような小さな出来事を続けざまに起こしてしまいました。

「バートルビー」私は言いました。「それらの書類を全部写したら、一緒に照合しよう」

「わたくしはしない方がいいと思います」

「どうしてだ？　まさかまた例の強情なわからずやを続けようってんじゃないだろうな？」

返事はありません。

私はすぐそばの折りたたみ戸をさっと開け、ターキーとニッパーズの方を向いて大声で言いました。

「バートルビーがまた書類の確認をしないと言うんだ。ターキー、どう思うかね？」

思い返すと、その時は午後でした。ターキーは沸騰する真鍮《しんちゅう》のヤカンのように上気した顔をしており、その禿げた頭からは湯気を出し、両手は染みのついた書類をか

9　褐色または白色の香料入り化粧石鹼。

き回していました。

「どう思うかですって？」ターキーは吠えるように言いました。「仕切りの向こうに行って、目の周りにガツンとあざをつけてやろうと思いますよ！」

そう言ったかと思うとターキーは立ち上がり、さっとボクシングの構えをしました。そして自分の言ったことを実行しようと、素早く突撃しそうになったので、私はあわてて彼を引きとめました。昼食後のターキーのけんか好きをうっかり刺激してしまったとは、われながら迂闊《うかつ》でした。

「坐ってくれ、ターキー」私は言いました。「今度はニッパーズの言うことを聞こうじゃないか。ニッパーズ、どう思うかね？　バートルビーをすぐに解雇したとしても、私は正しいとは思わないかね？」

「すみませんが、それは先生がお決めになることとです。私も彼の行為はきわめて異常だと思います。それにターキーや私のことに鑑みれば、非常に不公平であります。ですが、これも一時的な気まぐれに過ぎないのかもしれません」

「ああ」私は驚きの声を上げました。「君もあれから奇妙なほど考えを変えたものだ。今じゃずいぶん彼に優しいじゃないか」

「すべてはビールのせいですよ」ターキーが大声で言いました。「優しさはビールの影響です。ニッパーズと私は今日一緒に昼食をとったんです。私だって、どれほど優しいかわかるでしょう。ちょっと行って、あいつの目の周りにあざをつけてきましょうか？」

「バートルビーのことを言っているのかね、君は。いや、今日はもう沢山《たくさん》だよ、ターキー」私は答えました。「お願いだから、こぶしを下ろしてくれ」

私は折りたたみ戸を閉じて、再びバートルビーに向かって進み出ました。今や私は自分の運命を試してみたいという新たな衝動に駆り立てられていました。つまり再び反抗されたいと熱く感じたのです。私はバートルビーが決して事務所から離れないことを思い出しました。

「バートルビー」私は言いました。「ジンジャーナットが出かけているんだ。ちょっと郵便局まで行ってきてくれないか？（郵便局は歩いてたった三分の距離でした）そして私あての郵便物があるかどうか見てきてほしいんだ」

「行かない方がいいと思います」

「しないつもりか？」

「行かない方がいいと思うのです」

私は自分の机までよろめきながら戻り、そこに坐って深い思案にふけりました。そうしているうちに私に後先構わぬ執念深さがよみがえってきました。私は、このやせ細った文無しの男――しかも私の雇い人――から、恥辱にまみれて、拒絶されるようなことが、他にもまだあるんじゃないか、完全に理にかなっていながらも、彼がやるのを拒むようなことが、他にもまだ何かあるんじゃないか、と考えていました。

「バートルビー！」

返事はありません。

「バートルビー」さらに大きな声で呼んでみました。

返事はありません。

「バートルビー！」ついに私は怒鳴りました。

まさに、魔法のおまじないの決まり文句にしたがって現れる亡霊のように、三度目の呼びかけで、彼は隠れ家の入り口に現れました。

「隣の部屋へ行って、ニッパーズに、私のところへ来るように言ってくれ」

「そうしない方がいいと思います」彼は恭々しく、ゆっくりと言い、そして、穏やかに姿を消しました。

「ようし、いいだろう、バートルビー」私は静かに、落ち着いて、厳しく、冷静な口調で言い捨てましたが、その口振りで、すぐにでもひどい仕返しをしてやるぞという固い決心を仄めかしておきました。実際そのときの私は、そのようなことを半ば本気で思っていたのです。しかし、ほかの点を振りかえると、夕食の時間が近づいていたため、大いに困惑し苦悩しながらも、その日は帽子をかぶって帰路につくのが一番だと考え直しました。

だけど、こんなことを認めてもよいものだろうか。このもめごとの結末がどうなるのか考えてみれば、この事務所で次のようなことがすぐにでも既成事実となってしまいます。バートルビーという名前の青白い顔の若い書記が、私の事務所に机を置いている。そして私のために一フォリオ（百語）につき四セントの一般的な歩合給で写字の仕事をやっている。ところが、彼は自分が写した文書を確認することを永久にやめてしまう。そしてその仕事は、ターキーとニッパーズに回される。彼らの方がはるかに有能なので、それに敬意を表してのことだ、というおかしなことになる。さらに、この男バートルビーはごく些細な、どんな類のお使いにも絶対に行ってくれない。たとえやってくれと頼んだとしても、彼は、しない方がいいと思います、と答えるにきまっている。言い換えれば、彼が平然と拒否するということは、あらかじめ織り込み済みだ、ということになる。

それでも日が経《た》つにつれて、私はバートルビーに対してかなり友好的になっていきました。彼の落ち着いた態度、まったく浪費に手を出さないこと、いつも勤勉なこと（彼が仕切りの向こうで、立ったまま物思いにふける時は別ですが）、他の人には見られぬ静かな振舞い、どんな状況下においても物腰が不変なこと、こういうことを思い返すにつけ、私は価値のある人物を手に入れたと思い直したのです。なかでも最も重要なことは、彼がいつもそこにいるということです。朝は最初から、昼の間ずっと、そして夜は最後までです。私は彼の正直さに並々ならぬ信頼を置いていました。一番大事な書類も彼に預ければ完璧に安全だと感じました。たしかに時々は、どうしても彼に対して突発的にかんしゃくを起こしてしまいます。あのようなわけの分からない奇癖、特権、聞いたこともないような仕事の免除、バートルビーのみに通用する暗黙の条件、その条件下で彼は私の事務所に居続けること、等々。このようなことをいつも頭の隅にとどめておくのは至難の業《わざ》でした。時々、差し迫った仕事を手早く片付け、るのに熱中して、私はわれ知らずバートルビーを呼びつけてしまうことがありました。たとえば、素早い口調で、これから書類を縛るから、君の指を赤いテープの縛りかけの結び目において押さえてくれ、というようなことを言ってしまうのです。当然、仕切りの向こうからいつもの返事、「しない方がいいと思います」が確実に返ってきます。そんなとき、生身の人間として当然の弱点を持っている一個の人間が、そのような片意地、そのような不合理に対して、抗議の声を激発しないでおくことなぞ、どうやったらできるものでしょうか。しかしながら、この種の拒絶を何度も受けるうちに、さすがに同じ不注意を繰り返す頻度は減ってゆきました。

ここで触れておかなければならないことが一つあります。人でごった返す建物に法律事務所を持つほとんどの法律家たちの慣習に従って、私の事務所でも、ドアの鍵がいくつか用意されていました。一つは屋根裏部屋に住む女性が持っていて、彼女は私の部屋で毎日掃き掃除と拭き掃除をし、週に一回床にブラシがけをしてくれていました。もう一つはターキーが便宜上持っていました。三つ目は私が時々自分のポケットに入れて持ち歩いていました。四つ目は誰が持っているか知りませんでした。

さて、ある日曜日の朝、私は高名な牧師の説教を聴くため、たまたまトリニティ教会へ行くことにしました。そして予定よりかなり早くその場所に着いたことに気づいて、しばらくの間、自分の事務所まで散歩しようと思いました。運がいいことに、事務所の鍵は持っていました。ところが、鍵を鍵穴に入れようとした時、内側から何かが差し込まれていて、入らないことに気づきました。ひどく驚いて、私は大きな声を上げました。するとその時、さらに驚いたことに、鍵が内側から回されたのです。そして、ドアを半開きにしたまま、私に向かってやせ細った顔を突き出したのは、誰あろう亡霊のようなバートルビーだったのです。彼は、シャツこそ着ているものの、それ以外は急いで身に着けたような格好をしていて、静かにこう言ったのです。申し訳ありませんが、今とても取り込んでいます——今はあなたを入れない方がいいと思うのですが。そして短く一言か二言、次のように付け加えました。このブロックを二、三回まわってきてもらえないでしょうか。その頃までには、私の用事も終わっているはずです、と。

さてさて、まったく予想外にバートルビーが現れたこと、日曜の朝なのに、私の法律事務所にいること、紳士的でありながらもだらしない格好で、同時に死人のような不気味さを漂わせていること、さらにはなんの動揺も見せず悠然と構えていること、等々。それらが異様に強い影響力をおよぼしたので、私は思わず自分の事務所のドアからこそこそと立ち去り、要求された通りにしてしまいました。それでも、この不可解な書記の、穏やかなまでのずうずうしさに対して、無駄ではあってもなにか抵抗してやろうという、さまざまな疼《うず》きがなかったわけではありません。しかしそれでも、彼にまつわる不思議な穏やかさが、私から攻撃の力を奪っただけではなく、いわば、私から男らしさまでをも奪ったのです。というのも、私が思うに、自分が雇っている書記に指図される人間、そして自分の事務所から立ち去るように命令されておとなしく従うような人間は、一時的にではあれ男らしさを奪われたといえるように思われるからです。それだけではありません。バートルビーが私の事務所で日曜の朝、シャツこそ着てはいるものの、それ以外では裸に近い格好で、何をしているのかということについて、私の心は不安で一杯になりました。何か人聞きの悪いことが起こっているのではないだろうか？　いや、そんなことはないだろう。バートルビーが不道徳な人

10　聖三位一体教会。英国国教会派。ニューヨーク証券取引所に近く、ウォール街の象徴となっている。

物だ、なんて一瞬たりとも考えられない。では、あそこで彼は何をしているのだろう？　筆写だろうか？　いやそれもないだろう。いかに彼の行動が奇妙でも、バートルビーは際立って身だしなみにきちんとした男だ。決して、裸に近い格好で机に向かうようなことはないだろう。それに、今日は日曜だ。バートルビーが、世俗的な仕事で日曜日という聖なる休日に背くことなどありえないはずだ。

とは思っても、私の心は落ち着きませんでした。そして、不安と好奇心で一杯になりながら、とうとうまたドアの前まで戻ってきました。今度は障害物もなく、鍵を差し込み、ドアを開け、中に入りました。バートルビーの姿はありません。私は気になって辺りを見回し、仕切りの向こうものぞいてみました。ところが、彼がいないことは明白でした。その場所をもっとよく調べてみるうちに私は、どのくらいの期間かはわかりませんが、バートルビーがこの事務所で、皿も、鏡も、ベッドもなしに、食べ、着替え、寝ていたに違いないということに思いあたりました。隅にある古ぼけたソファのクッション・シートには、細身の者が横になったようなかすかな跡が残っていました。彼の机の下からは、丸めてしまいこまれた毛布も見つかりました。何も載っていない暖炉の火格子の下には靴墨とブラシがありました。椅子の上には、石鹸やぼろぼろになったタオルを入れたブリキの洗面器が置いてありました。また新聞紙の中からは、ジンジャーナットのかけらが少しと一片のチーズが出てきたのです。そうか、と私は思いました。バートルビーがここを自分一人の家、つまり独身者の館《やかた》として維持していたことは間違いない。しかし次の瞬間、別の考えが私の頭をよぎりました。それにしてもここには、何という惨めな寄る辺《よるべ》なさと寂寥《せきりょう》感が漂っていることか！　この貧しさは大変なものだ。だがそれ以上に、彼の孤独の何とすさまじいことか！　思ってもみるがいい。日曜日のウォール街は、砂漠に見捨てられた古都ペトラ[11]のような孤絶の空間だ。それに毎日夜になると誰の姿も見られなくなる。この建物も、週日ずっと、日中は勤労に集中する生活力一杯の人々でごった返しているが、日が暮れると純然たる無人の世界となって、空漠がこだまする。とりわけ日曜日は一日中物寂しく荒涼としたままだ。それなのにここをバートルビーは自分の家としている。ほんの少し前まで人で混雑した後にたった一人残され、孤独の空間を見届けてい

11　ヨルダン南西部の古代隊商都市。狭隘《きょうあい》な崖を縫うように延びる細道の奥にあり、石灰岩の建築遺跡で知られる。

るのだ——まるでカルタゴの廃墟で一人物思いにふける、民衆派への忠誠を貫いたローマの将軍マリウス[12]が姿を変えたようなものではないか！

　これまでの人生で初めて、鋭く突き刺すような圧倒的な憂愁の念が私を襲いました。今まで、私は悲しみの中にもある種の快感があるかもしれないなどと思ってきました。しかしこのとき、誰もが持つ人間としての絆《きずな》のようなものがいやおうなく私を憂鬱《ゆううつ》な想いへと向かわせたのです。同胞としての物悲しさ、そう、まさにそうなのです！私もバートルビーも同じ人類の祖アダムの息子だからです。私は、その日ここへ来る途中で見かけた、輝く絹の衣服と晴れやかな顔の人々を思い出しました。彼女らは晴れ着を着て、白鳥のように、ブロードウェイという名の大河、ミシシッピー川にも比される大通りを下っていきました。それゆえに、私は彼女らと青白い筆耕人とを対比しながら、さまざまな想像にふけりました。ああ、幸福には光が付き纏《まと》う、だから私たちは世界は明るいものだと思う。しかし、惨めさは人から離れて身を隠す、だから惨めさなんてこの世にはないと思ってしまう。そういった悲しい想像——病んで愚かになった頭の作り出す奇異な夢想に違いないのですが——にふけるうち別の、バートルビーの奇行に関するもっと深刻な想念が浮かんできました。心の中になにか異様な幻想が生み出され、わだかまり続けるのです。そうです、あの書記の青白い顔が私の眼前に浮かび出たかと思うと、次には、彼のことを気にも留めない見知らぬ人々の間で、冷《ひ》え冷《び》えとした死に装束に包まれ、横たわっているのです。

ふと閉じられているバートルビーの机の引き出しに注意がひきつけられました。その鍵は、鍵穴に差さったままになっていました。

悪気があるわけではない、心無い好奇心を満たすつもりもない、と私は自分に念を押しました。それに、この机は私の事務所のものだし、その中身もそうなのだからと思って、思い切って中をのぞいてみることにしました。すべてのものがきちんと整頓されていて、書類もきれいに整理されていました。引き出しの小仕切りの中は深かったので、書類のファイルを横に寄せて、その奥に手を伸ばしてみました。すると、奥で何かが手に触れたので、引っ張り出してみると、それは重くてしっかり結んである

12 古代ローマの将軍、執政官。前一五七頃―前八六。民衆派の支持を受けてスッラと対決したが、一時北アフリカに逃亡する。ベルジュレの絵画「カルタゴの廃墟に佇むマリウス」がある。

使い古したバンダナで、開けてみてわかったのですが、貯金袋だったのです。

ここに至って、私は、それまでこの男について感じてきた数々の謎めいた振舞いをあらためて思い返してみました。そうだ、彼は答える時以外決してしゃべらない。自分自身の時間をかなり持っているのに、本を読んでいるのは見たことがない。いや、新聞さえも読まない。長い時間、よく立ったまま、仕切りの向こうの薄暗い窓から、向かいの黒く視界を閉ざすレンガの壁を眺めてばかりいる。喫茶店や安食堂には決して行くことがない。あの青白い顔を見れば、ターキーとは違って、まずビールなどは飲まないはずだ。また他の者たちのように紅茶やコーヒーを飲むということもない。それに名前をあげれば私でさえも知っているような場所へは決して出かけはしない。散歩にも行かない。もっとも、今のこの時は外出しているのだが。いったい彼は自分が何者なのか、どこの出身か、そして親戚がいるのかどうかさえも言おうとしない。そのあげくに、私は、かなりやせていて青白いのに、彼は決して体の不調を訴えない。そのあげくに、私は、彼が無意識にある種の青白い——といったらいいものか?——青白い傲慢さのような雰囲気を漂わせていることに思い当たりました。まあ、いってみれば、有無をいわせない慎み深さのようなものが彼にはあって、それこそが、断然私に畏敬の念を生じさせ、彼の奇行に対しておとなしく黙認させてしまい、たまたま生じたごく些細なことをやってくれと頼むことさえためらわせてしまうのです。しかもそんな時ですら、彼はずっと身動きもせず、仕切りの向こうの窓から視界を遮《さえぎ》るレンガの壁に向かって物思いにふけっていることは確かなのです。

こういったことすべてについて熟考し、そしてそれらをさきほど発見したばかりの事実、つまり、彼がこの事務所にずっと住んでいて、ここを自分の家にしているという事実と結びつけ、そして彼の病的な気まぐれさをも含めて思い返してみると、自分はもっと賢明であるべきだという思いが私の中で次第に広がってきました。なるほど最初に私に訪れた感情は、純粋な物悲しさと極めて率直な哀れみでした。ところが、バートルビーの惨めさが私の想像の中でますます広がるにつれ、その物悲しさは恐れに、そして哀れみは嫌悪へと変わっていったのです。つまりまぎれもない真実であり、また非常に畏怖すべきことでもあるのですが、惨めな有り様を思い描いたり、実際に見たりした時、ある程度までなら、私たちはそれに対して最大限の同情心を寄せるということはあります。しかし、ある特定の場合において、その限度を超えるとそうはいかなくなるものです。これを、人間の心に本来備わっている利己主義のせいだと主張する人たちがいるとすれば、それは間違っています。この件には、むしろ生まれつきの治し難い病いというべきある種の絶望感が関係していることがあるのです。感受性の鋭い人間にとって、哀れみが苦痛になるのは珍しいことではありません。しかし最終的にそのような哀れみが十分な助けにつながらないとわかった時、常識はもはやそんな哀れみなど捨ててしまえと命ずるのです。私がその朝目にしたことで確信できたのは、この書記が生まれつき持っている治し難い病いの犠牲者である、ということでした。彼の肉体に施しを与えることはできるかもしれません、しかし彼を苦しめているのはその肉体ではないのです。苦しんでいるのは彼の心であり、そして彼の心までは、さすがの私も救いの手を差し伸べることはできません。

私はその朝、トリニティ教会へ行くという目的を果たせませんでした。なんとなく、目にしたもののせいで、しばらくは教会へ行く気がしなくなってしまったのです。家に向かって歩きながら私は、バートルビーをどうするかと考え続けました。そして最終的にこう決めました――明日の朝、彼に、経歴などについていくつか穏やかな質問をしてみよう。そして彼が率直に、そして隠しだてなく答えることを断ったら（彼はきっと、答えない方がいいと思います、と言うと思えるのですが）、それなら、私は彼に払う給料分に二十ドル紙幣を一枚加え、こう言おう。君の働きはもう必要なくなったんだ。でも、もしほかの方法で君を援助できるのなら、喜んでさせてもらうよ。特に、君が故郷に帰ることを望むのなら、それがどこであれ、その費用を出したって構わない。それにもし、家に帰ってから、援助が必要だと思った時はいつでも手紙を出しなさい。必ず返事を書くから、と。

そして次の日の朝になりました。

「バートルビー」私は仕切りの向こうの彼に優しく呼びかけました。

返事はありません。

「バートルビー」私はさらに優しい声で言いました。「こっちへ来なさい。私は、君が、しない方がいいと思うようなことを頼むつもりはないんだ——ただ君と話をしたいだけなんだ」

こう言うと、彼は音もなくすべるように姿を現しました。

「話してくれないか、バートルビー、君はどこの生まれなんだね？」

「言わない方がいいと思います」

「何でもいいから、君自身について話してくれないか？」

「言わない方がいいと思います」

「それじゃ、理解できるようなどんな理由があって、話すことを拒むのかね？　私は君と仲良くしようというのに」

　こんな風に話している間、彼は私を見ずに、部屋にあったキケロの胸像にじっと視線を注いでいました。私はその時坐っていたので、その胸像は私の真後ろ、私の頭より十五センチほど上にありました。

「バートルビー、答えてくれたまえ」かなり長く待った後、私は言いました。待っている間、彼の表情はずっと動かないままでした。ただ、白く薄い唇がかろうじて見てわかるほど微《かす》かに震えていました。

「今のところ、何も答えない方がいいと思います」彼はそう言って、また隠れ家に引きこもったのです。

　私もちょっと弱気だったことは認めます。しかし、この時の彼の態度はさすがに私をいらつかせました。ある種の無言の尊大さがそこに潜んでいるように感じただけではなく、これだけ私から申し分のない好待遇を受け、優しくされているにもかかわらず、その片意地には感謝の念が少しもこめられていないように思えたのです。

再び私は坐って、どうしたらいいものか考えをめぐらしました。彼の振舞いに屈辱を感じてはいましたし、事務所に入った時には彼を解雇しようと決めてはいましたが、それでもやはり、奇妙なことですが、迷信めいた何かが私の心の扉をノックし、そんな目的を実行してはならないと命令し、もし私があえて、こんな、人類でも最も孤独で惨めな男に向かって辛辣な言葉を一言でも発したら、私を悪党として糾弾するぞ、と言うのを感じたのです。最終的に、私は親しみをこめて自分の椅子を仕切りの向こうまで引っ張っていき、腰を下ろして言いました。「バートルビー、そういうことなら、君の経歴を明かさなくたっていい。しかし、友人として頼むんだが、この事務所の慣習にはできるだけ従ってほしいんだ。明日か明後日《あさって》には書類の確認照合を手伝うと言ってくれたまえ。つまり、一日か二日以内に、少しは物わかりのいい行動をするようになると言ってくれ――そう言ってくれ、バートルビー」

「今のところ、少しは物わかりのいい行動をしない方がいいと思います」というのが彼の穏やかで死人のような返事でした。

ちょうどその時、折りたたみ戸がパッと開いて、ニッパーズが近づいてきました。彼はいつもよりひどい消化不良のため、昨晩は珍しくあまり眠れなかったようでした。

ふと彼はバートルビーの最後の言葉を耳にしたのです。「しない方がいいと思う、だと?」ニッパーズは歯ぎしりしました。「私が先生だったら、こいつに、する方がいいと思う、という気にさせてやるんですがね」と私に言いました。「する方がいい、する方がいいってことを叩き込んでやりますよ、このひねくれた強情っぱりに!　こいつ今度は何をしない方がいいって言うんです?」

バートルビーはピクリとも動きませんでした。

「ニッパーズ君」私は言いました。「さしあたり、君は引っ込んでいてくれた方がいいと思うのですが」

どうしたものか、近頃私はこの言葉、「方がいいと思う」という言葉を、厳密に言えば、使うのがふさわしくない時でも、無意識に使うのが癖になってしまいました。ですから、この書記と付き合っていることがすでに深刻なほど精神面に影響を与えていると思うと、身震いするほどでした。これから先、もっと恐ろしい異常事態が起こるんじゃないだろうか?　このような不安があるせいで、手っ取り早い手段を選ばなきゃならないぞ、という気持ちにさえなってきました。

ニッパーズが非常に不機嫌でむっつりした様子で立ち去ったのと入れ替わりに、今度はターキーが穏やかに恭々しく近づいてきました。

「謹んで申し上げますが」彼は言いました。「きのう、私はここにいるバートルビーについて考えてみました。そして、もし彼が毎日上等のビールを一クォートほども飲んだ方がいいと思いさえすれば、態度もよくなって、自分の写した書類の確認を手伝えるようになると思うのですが」

「ああ君までもその言葉が口癖になってしまったな」私はいささか興奮して言いました。

「謹んで申し上げますが、どの言葉でしょうか」ターキーは尋ねながら、恭々しく、仕切りのこちらの狭い場所に体を押し込んできました。それによって、私はあの書記をいくらか乱暴にひじで押す形になりました。「どの言葉だというのですか?」

「わたくしはここで一人きりにしてもらう方がいいと思います」バートルビーは、自分のプライバシーに人が押し寄せたことで機嫌を損ねたかのように言いました。

「その言葉だよ、ターキー」私は言いました。「まさしくそれだ」

「ああ、方がいいと思う、ですか? ああ、なるほど——奇妙な言葉ですな。いいえ、私は自分自身では決して使いませんよ、そんな言葉。ですけど、さきほど申し上げましたように、もし彼がビールを飲んだ方がいいと思いさえすれば――」

「もう沢山だ、ターキー」私はさえぎりました。「頼むから引っ込んでいてくれたまえ」

「ああ、かしこまりました。先生がそうした方がいいと思うのだが、とおっしゃるのでしたら」

彼が折りたたみ戸を開けて立ち去った時、自分の机についていたニッパーズが私をちらっと見て、ある書類を写すのに青い紙と白い紙のどちらの方がいいと思うか、と尋ねました。彼は決して、「方がいいと思うか」、という言葉にいたずらっぽくアクセントを置いて使ったわけではありません。それでも明らかにその言葉は彼の口から淀みなく出てきたのです。ああ、ついにここまで来たか、こうなったら、この狂った男は必ず追い払わなければならない、あいつはすでに私自身と書記たちの、頭までとは言わないが、言葉までは相当程度染め上げてしまったのだから。しかしそれでも私は、すぐに解雇通告をしない方が賢明だと考え直しました。

次の日、バートルビーが自分の席の近くの窓辺に立ったまま、外の視界を閉ざす壁に向かって物思いにふけっているだけなのに気づきました。彼にどうして筆写をしないのかと聞くと、彼はもう筆写はしないことに決めましたと言ったのです。「もう筆写はしないだって？」

「ええっ、どうしてなんだ？ 驚いたな」私は大声をあげました。「もう筆写はしないって？」

「もうしません」

「それで、その理由は何だというんだね？」

「あなたはその理由をご自分でおわかりにならないのですか」彼はボソッと答えました。

私は彼をハタと見据えました。そして彼の目が薄ぼんやりして生気がないのに気づきました。すぐに心に浮かんだのは、私のところへ来てから最初の数週間、彼は薄暗い窓のそばで、先例がないほど熱心に筆写に専念したため、一時的に目が悪くなったのかもしれないということでした。

私は心を動かされ、慰めの言葉をかけました。そして、君はしばらく筆写は控えた方がいいだろう、とそれとなく言いました。そして屋外で健康によい運動をしてみてはどうかとも勧めました。しかし、彼はそうしませんでした。この数日後、ほかの書記たちがいなかった時のことですが、大急ぎで手紙を郵便で送らなくてはならなかっバートルビーも他にやることがまったくなかったのだから、きっとそれほどまでは頑固にならず、手紙を郵便局まで持って行ってくれるだろうと私は考えました。ところが、彼は平然と断りました。それで仕方なく、わざわざ私が自分で行ったのです。

さらに数日が過ぎました。バートルビーの目がよくなったかどうかは私にはわかりませんでしたが、どう見ても、よくなったように思えました。しかし、彼に目がよくなったかどうか尋ねても、答えようとはしてくれませんでした。いずれにしても、彼は筆写をやろうとしません。そしてとうとう、私の強硬な質問に答えて、筆写は一切やめましたと告げたのです。

「何だって！」私は叫びました。「たとえ君の目が完全によくなった——いや前よりもよくなったとしても、それでも君は筆写をしないというのか？」

「筆写はやめたのです」彼はそう答えて、すべるように離れていきました。

そして彼は今まで通り私の事務所の中で不動の姿勢をとり続けました。いや——もしこんなことがあり得るとすればの話ですが——彼は以前よりもさらに動かなくなったのです。どうしたらいいのだろう？　あいつ、事務所で何もしようとしない。じゃなぜここに居続けるのだ？　明白な事実として、あいつはもはや私にとって重荷になっている。ネックレスのように役に立たないだけでない、首枷《くびかせ》のように身につけていることさえ苦痛な存在になっている。もっとも、彼のことを気の毒だとは思います。実のところ、たしかに彼が自分個人の都合で私を不安な気持ちにさせていると言えば、本当のことを言ったことにはならないでしょう。でももし彼が親戚か友人の名前を一人でも挙げてくれさえすれば、私はすぐにでも手紙を書いて、この哀れな男をどこか安全な場所へ引きとってくれるように説得するつもりでした。しかし彼は一人ぼっち、全宇宙で完全なまでに一人ぼっちに見えました。まるで大西洋のど真ん中で難破した船のひとかけらです。しかし結局いつものように、差し迫った仕事が猛威を振るい始め、ほかのことは考えられなくなってしまいました。そこで私は、バートルビーが六日以内にこの事務所から無条件で出て行かなければならないことを、できるだけ穏やかに言い渡しました。そして、その間に、どこかほかの住居を手に入れる準備をするようにとも言いました。さらに彼が転居に向かって最初の一歩を踏み出そうとするなら、その時には私も手を貸そうとも申し添えました。「いいかね、バートルビー、君が最終的に私の許《もと》を立ち去る時には」私は付け加えました「まったく手ぶらで出て行くなんてことがないように取り計らうからね。ただ今日から六日間だぞ、忘れないでくれ」

その六日間が終わった時、私は仕切りの向こうを覗《のぞ》いてみました。すると、なんと！ そこにバートルビーがいたのです。

私は上着のボタンをすべて留め上げ、自分自身を落ち着かせ、ゆっくりと彼の方へ進み、彼の肩に手を触れ、言いました。「約束の時は来たんだ。君はここを離れなければならない。気の毒だとは思うが。金を受け取ってくれ。とにかく、君は出て行かなければならないんだ」

「出て行かない方がいいと思います」彼はじっと背中を私に向けたまま、答えました。

「そうしなければいけないのだ」

彼は黙ったままでした。

これまでのところ、私はこの男の常日頃の正直さに限りない信頼を寄せていました。彼はよく、私がうっかり床に落とした六ペンス貨やシリング貨[13]をすぐ拾って返してくれました。私はそういったあまり細かい金のことなど気にかけない方だったのです。ですから、次のようなことをしたとしても、おかしくはないはずです。

「バートルビー」私は言いました。「君には給料として十二ドル払わなくてはならない計算だが、ここに三十二ドルある。余分の二十ドルも君のものだ。受け取ってくれるね？」そして私は紙幣を彼に手渡そうとしました。

けれども、彼は動きませんでした。

「それなら、ここに置いておくよ」そして、紙幣を机の上の文鎮の下に置いて、帽子とステッキを手に取り、ドアの方へ行き、静かに振り返って付け加えました。「この事務所から自分の所持品を持ち出したら、バートルビー、当たり前のことだが、ドアに鍵をかけておいてくれ――今日は君以外みんなもう帰ってしまったからね――そして鍵をマットの下に滑り込ませておいてくれないか。そうすれば、明日の朝、鍵が受け取れるからね。もう君とも会うことはないだろう。さようなら。もしこれから先、君が新しい住まいで何か私の助けが必要になったら、必ず手紙で知らせてくれたまえ。さようなら、バートルビー、元気でな」

13　ヘンリー七世の時期から一九四六年まで続いた一シリング銀貨。一シリングが新五ペンスに相当する。

しかし、彼は一言も反応を示しませんでした。どこかの廃墟となった寺院の、一本だけ残った石柱のように、彼は、他にもう誰もいない部屋の真ん中で、物も言わずただただ一人、立ち尽くしていたのです。

物思いに沈んだ暗い気分で家へ向かって歩いているうち、それでも私の心の中では、自惚《うぬぼ》れに近い気持ちが生じてきて、哀れみの気持ちを凌《しの》ぐようになりました。私は、バートルビーを追い払った自分の巧みな手腕に、すっかり得意になってしまったのです。このやり口は巧みだった、公平に見てくれる人なら誰もが私の手際が巧みだった、と言うに違いないと思いました。なによりもこの処置の鮮やかさはその完璧な穏やかさにあるわけです。下品に威張り散らすこともなく、虚勢を張ることもまったくなく、怒って相手を責め立てたり、部屋をずけずけ大またで歩き回り、さっさとおんぼろな荷物をまとめて出て行け、などと憎しみを込めて命令することもなかったのです。そう、そんなことはまったくしませんでした。ひたすら怒鳴って指図することもなしに——能力の劣る人だったらそんなことをしたかもしれませんが——バートルビーが姿を消さねばならない、つまり、彼が出ていかなければならないような根拠を仮定し、そのあり得る仮定の上に私が言うべきことのすべてを積み上げたわけです。ですからこの処置について考えれば考えるほど、私はわれながら惚れ惚れとしてしまいました。しかしそれでもなお、次の朝目覚めた時、私の頭には疑いが生じていました。眠っている間になんとなく、のぼせた自惚れが冷めてしまったのです。人間にとって一番冷静で慎重な時間というのは、朝起きた直後です。たしかに私の処置は前日と同じように確かなものだったように思えました。でもそれは理論の上だけの話です。実際にどうなるか——それが問題なのです。バートルビーが立ち去ることを仮定したところまでは、本当に見事な考えでした。しかし、やはりその仮定は私だけのものに過ぎず、バートルビーのものではないのです。重要な点は、彼が私の許を離れるという風に私が仮定したかどうかではなくて、彼にとってそうした方がいいと思うかどうか、なのです。つまり彼は仮定の人間というより、したく思うかどうかの人間だということです。

朝食後、うまくいっただろうか、いかなかっただろうかと考えながら繁華街へ向かって歩きました。ある瞬間には、自分の処置が惨めな失敗に終わり、バートルビーはいつものように、平然として私の事務所にいるだろうと考え、次の瞬間には、きっと彼の席は空っぽになっているだろうと思ったりしました。そのようにあれやこれやと考え続けているうちに、ブロードウェイとカナルストリートが交わる角のところまできましたが、そこにはかなり興奮した人々がいて、熱心に議論しているところにぶつかりました。

「ダメな方に賭けるね」通り過ぎる時に誰かの声が聞こえました。

「出て行くのがダメだって？　よしわかった！」私は言いました「君の賭け金を出したまえ」

反射的に手をポケットに入れて自分の賭け金を取り出そうとしましたが、その時私はその日が選挙日だということに思い当たりました。私がふと耳にした言葉はバートルビーとは関係がなく、市長候補者の誰かが当選するかどうかということだったのです。あまりにも頭が一杯だったので、いわば、ブロードウェイの人たちすべてが私の興奮を分かち合っていて、私と共に同じ問題を議論していると思ってしまったのです。それでも私は通り過ぎながら、この路上での騒ぎが、つかの間の忘我の境から私を解放してくれたことを、とても有難く思いました。

予定通り、私はいつもより早く事務所のドアの前に着きました。少しの間、耳を澄ましてみました。すべてが静かでした。彼は出て行ったに違いありません。私はノブを回してみました。ドアには鍵がかかっていました。そうだ、私の処置は惚れ惚れするほどうまくいったのだ。あいつは本当に消えたに違いない。にもかかわらずこの気持ちには、ある種の物悲しさが混じっていました。私はあまりにも見事に目的を達成したことを、むしろ残念に思うほどでした。バートルビーがマットの下に置いていったはずの鍵を探して、そこを手探りして身をかがめた時、私のひざが偶然ドアの羽目板に当たって、ノックするような音になりました。すると、それに答えて内側から声が聞こえたのです。「まだダメです。取り込み中です」

それはバートルビーでした。

私は雷に撃たれたような衝撃をうけました。昔、ヴァージニアで、雲一つないある日の午後、パイプを口にくわえたまま夏の雷に撃たれて死んだ男がいました。その男のように、私は一瞬、棒立ちになってしまいました。その男は自宅の開かれた温かい窓辺で死んだのですが、そのまま午後の間中、夢見心地で窓にもたれかかったままでいて、誰かがやって来て、おいどうしたそんなに黒くなって、と触ったとき、彼はガサッと崩れ落ちたという話でした。

「出て行かんのか――」私はやっとのことでつぶやきました。けれどまたもや不可解な書記が持つあの不思議な力に支配され、どんなにじれったく思っても、その支配力から完全に抜け出すことはできませんでした。私はゆっくり階段を下り、通りへ出て、そのブロックを歩き回りながら、この前代未聞の困惑の中で、次に何をしたらいいかよくよく考えてみました。あの男を力ずくで追い出すことは、私にはできない。乱暴な罵声《ばせい》を発して彼を追い払うというのもうまくいきそうにない。警察を呼ぶというのもいやな発想だ。けれども、死人のような彼が私を制圧するのを許すなんて――そんなことだけはとうてい我慢できない。それじゃどうしたらいいというのだ？　もしどうしようもないというのなら、この件についてさらに仮定しうる何があるというのだ？　そうだ、昨日、私はバートルビーがいなくなるだろうと、将来のことを仮定したが、それと同じように、今度は、あたかも彼はいなくなったのだ、という風に過去のこととして仮定してみてはどうだろう。この仮定を徹底的に実行するとしたら、まず事務所に大急ぎで戻り、バートルビーがまったく存在しないという振りをし、彼が空気でもあるかのように、彼へ向かってまっすぐぶつかっていくという手が考えられるな。うん、これはかなり痛いところを突くやり方だ。こんな仮定に基づいて行動したらバートルビーだって我慢できないだろう。いや、しかしそれでも考え直してみると、その計画の成功はかなり心許なく思えました。結局私はこの問題について彼ともう一度じっくり話し合おうと決心しました。

「バートルビー」事務所に戻って、静かながら険しさをこめて言いました。「本当に不愉快だね、バートルビー。傷ついているんだよ、私は。君を過大に評価していたようだ。君はもっと紳士的な人間だと思っていたんだ。どんな微妙な状況に陥っている時でも、ほんの少しのヒントを──つまり、あり得る仮定ということだけどね──与えるだけで十分だと思っていたんだ。しかし私は裏切られたようだね。おや」私は思わず驚いて付け加えました「その金にまだ触れてもいないじゃないか」私が指差した場所には、ゆうべ私が置いていった金がそのまま残っていました。

彼は何も答えませんでした。

「私の所から立ち去るのか、立ち去らないのか、どうなんだ?」その時私は突然、激情にかられ、彼に詰め寄りながら問いただしました。

「あなたの所から立ち去らない方がいいと思います」と、「ない」という言葉を穏やかに強調しながら、彼は答えました。

「じゃ一体何の権利があって君はここにとどまっているんだ? 少しでも家賃を払っ

ているというのか？　固定資産税を払っているというのか？　でなきゃ、この事務所は君のものだとでもいうのか？」

彼は何も答えませんでした。

「もう筆写を続けられるようになったのか？　目はよくなったのか？　午前中だけでも、私のちょっとした書類を筆写してくれるというのか？　何行かでもいい、照合するのを手伝ってくれるのか？　郵便局まで使いに行ってくれるのか？　つまり、君は何かをしてくれるというのか、この事務所から出て行くのを拒むだけのもっともらしい理由になる何かを？」

彼は静かに自分の隠れ家へと引き下がりました。

その時私は非常にカリカリと興奮していたのですが、ここはなんとか自分を抑えて、これ以上感情を表に出さないようにするのが賢明だと考えました。この場面でバートルビーと私は二人きりでした。私は不運なアダムズとさらに不運なコルトが、ほかには誰もいないコルトの事務所でひき起こした悲劇[14]を思い出しました。あの時哀れなコルトはアダムズに恐ろしいほど激しく腹を立て、軽率にもひどい興奮に身を任せたあげく、われ知らず破滅的な殺人行為に走ってしまったのです。それは疑いなく、その当人自身がほかの誰よりも深く悔やんだ行為でした。この事件について考える時、よく思うのですが、もしその争いが人目にさらされた通りや、あるいは個人の家で起こったとしたら、そんな終わり方にはならなかったことと思われます。人間的、家庭的な雰囲気が少しも漂っていない、誰もいない事務所の二階——おそらく床にはカーペットも敷かれていなかったでしょうし、ほこりっぽく、荒涼とした事務所に二人きりだったという環境——その時はそういった状況だったに違いありませんし、それこそが、あの不幸なコルトが、怒って自暴自棄になるのに大きく作用したものと思われます。

けれども、バートルビーに関する、人の祖先アダム以来の人間の罪深い本性である殺意の虫が私の中に取りつき、私をそそのかした時、それでも私はそれをムズとつかみ、投げ捨てることができたのです。どんな風にか、とお聞きになりますか？　それはもちろん、ひたすら神の聖なる諭しを思い出すことによってなのです。「新しい

14　一八四一年に起きた有名な殺人事件。J・C・コルトがS・アダムズを斧で殺害、絞首刑になる直前に刃物で心臓を刺し自殺した。

ましめをあなたがたに与える、互に愛し合いなさい」[15]。そうです、これが私を救ってくれたのです。もっと崇高な考えがあるかもしれませんが、優しい慈愛の心は非常に賢明かつ慎重な道徳原理として機能することが多いのです。それゆえ、その持ち主にとって優れた安全装置ともなります。人間は嫉妬《しっと》のため、怒りのため、憎しみのため、身勝手のため、また精神的な思い上がりのために殺人を犯してきました。ですが、私の知る限り、優しい慈愛の心のために極悪非道な殺人を犯した例は今まで聞いたことがありません。それゆえ、他にもっと優れた動機が得られなかったり、また単なる自己満足といわれたりしようとも、すべての人間を憐憫や博愛の気持ちへと向かわせるのは望ましいことなのであり、激しい気質の人間にとっては特にそうなのです。いずれにせよ、問題になっている一連の出来事について、私は、この書記の行動をあえて好意的に解釈してやることによって、彼に対する腹立たしい感情を懸命に抑えようとしました。哀れな奴なんだ、哀れな奴、と私は思いました。彼に悪意はまったくないのだ。その上、辛《つら》い時期を経験してきたのだから、いくらかはわがままも認めてやるべきなのだ、と。

それから私はすぐに自分の仕事に専念しようとし、同時に、自分の気落ちした心を慰めようと努めました。かすかな期待をこめて、その朝の間に、バートルビーが適当な時間に自発的に隠れ家から現れ、そしてドアの方へ断固とした足取りで出てゆくのではないかと想像したりしてみました。でも、ダメでした。十二時半になり、いつものようにターキーは顔を輝かせ始め、インク壺を倒し、ほとんど手に負えなくなります。ニッパーズは落ち着いて、静かで礼儀正しくなります。ジンジャーナットは昼食のりんごをむしゃむしゃ食べています。そしてバートルビーは彼の席のそばで窓辺に立ち尽くしたまま、視界を遮るレンガの壁を見つめ、深遠なる物思いにふけっているのです。一体こんなことがいつまで許容されるものだろうか？　その日の午後、彼にそれ以上一言も言うことなく、私は事務所を離れました。

数日が過ぎましたが、その間の暇な時に、私は『エドワーズの自由意志論』[16]と『プリーストリーの必然論』[17]に目を通す機会がありました。これまでの状況下で、これら

15　新約聖書「ヨハネによる福音書」一三章三四節。
16　アメリカの神学者ジョナサン．エドワーズ（一七〇三―五八）の主著『意志の自由論』（一七五四）。人間には自由意志がありえないことを論証しようとした。

の本は有益な感情を引き起こしてくれました。あの書記に関わるこれらの面倒ごとは、すべて永遠の昔から自分に運命付けられているということ、そして全知の神の不可測な目的、私のようなただの人間が推し量ることのできない目的のために、バートルビーは私に与えられたのだ、と次第に確信するようになっていったのです。そうだ、バートルビー、仕切りのそちら側に居続けるがいい、私はもう君を煩《まど》わせたりはしない。君はそこにある古い椅子の一つのように無害で静かな存在だ。そう、私は、君がそこにいると知っている時ほど一人きりの安らぎを感じる時はない。そうなのです、とうとう私は悟ったのです。私は神が予《あらかじ》め運命付けた自分の人生の目的を理解し、満足しました。ほかの者たちにはもっと重要な役目が与えられたかもしれません。でも、私のこの世での使命は、バートルビー、君がとどまりたいと思う期間だけ、君に事務所の部屋を提供してやることだ、と悟ったのです。

ただ、私の事務所を訪れる仕事仲間が、私に無遠慮で無慈悲な意見をあからさまに言ったりすることがなかったら、きっと私もこの賢明で神聖な考え方を抱き続けたことと思います。ですが、彼らのような狭量な心と頻繁に摩擦を起こし続けるようなことが生ずると、いかに寛大な心が下した最良の決定であっても、ついには擦り切れてしまうというのはよくあることです。そのことについて熟考してみれば、確かに、私の事務所に入ってきた人たちが不可解なバートルビーの特異な様子に驚いて、思わず彼について意地の悪い意見を洩《も》らしたとしても、それほど不思議なことではありません。時々、私と一緒に仕事をしている弁護士が事務所を訪れ、バートルビー以外誰もいないのに気づくと、私の居場所を彼から詳しく聞き出そうとしたものでした。ところがそんな弁護士の質問などまったく気にも留めず、バートルビーは部屋の真ん中でじっと立ち尽くしているのです。くだんの弁護士は、そんな姿勢のままでいるバートルビーをしばらく見つめた後、せっかく来たのに、全くお手上げだといった体《てい》で、そのまま立ち去ったものでした。

また別な時には、仕事が立て続けに舞い込んだため、部屋が弁護士や証人などで一杯になり、あわただしくやりとりが行われていたことがありましたが、その場でとても忙しく立ち回っていた弁護士の一人が、まったく仕事をしていないバートルビーを

17 イギリスの聖職者、化学者ジョセフ・プリーストリー(一七三三—一八〇四)の著書『哲学的必然の教理』(一七七七)。

見て、自分の事務所まで急いで行って、これこれの書類を持ってきてくれないか、と彼に頼んだものでした。するとすぐバートルビーは静かに断ります。そしていつものように何もしないままです。そうなるとその弁護士はジロジロッと彼をにらみつけてから、私の方を向きます。でも私に何が言えるでしょう？　とうとう、仕事仲間の間で、私が事務所で飼っている奇妙な生き物について怪訝《けげん》そうにささやく声が広まっていくようになりました。これは私を大いに悩ませました。そして彼が長生きして私の事務所に住み続けることにより、私の権威を否定し、訪問者を当惑させ、仕事の信用を落とし、事務所全体に暗い影を投げかけ、自分の貯金で（おそらく彼は一日に五セントしか使わなかったので）心も体も最後まで養い続け、とどのつまり、多分私より長生きし、永年居住権に基づいて、私の事務所の所有権を主張するようになるかもしれない――そんな考えが私の心に浮かびました。このような暗い予感のすべてが次々に私の心に押し寄せただけでなく、友人たちは私の事務所の幽霊のような存在について、絶えず容赦のない意見を広めてゆくものですから、とうとう私の中で大きな変化が起こりました。私は全力を傾けて、この耐えがたい悪夢のような怪物を永久に取り除こうと決意したのです。

しかしながら、その目的のための周到な計画を練る前に、私はまずバートルビーに、彼が永久に出て行くべきであるということの正当性を端的に話してみました。穏やかかつ真剣な口調で、それを慎重に深く考えてくれるよう要請しました。しかし、それについて彼は三日間も熟考したにもかかわらず、私に、自分のもともとの決心は変わらないこと、つまり、彼はまだ私と一緒にいる方がいいと思います、と答えたのです。

もう、どうしたらいいのだろう？　上着のボタンを最後まで留め上げながら、私は心の中で様々に思いめぐらしました。どうしたら？　いや、どうすべきなのだろう？　良心は、あの男、というよりあの幽霊に対してどうしたらいいと言うだろう？　どんなことがあっても、私はあの男を自分から取り除かなくてはならないのだ。出て行かせよう、だが、どうやってだ？　お前はあいつ、あの哀れで青白い顔をした受け身の人間を追い出したりなんぞできないよな？　お前はあんなに困っている存在をドアから叩き出したりしないよな？　そんな残酷なことをして自分の名誉を傷つけたりはしないよな？　――そうなのです、私はそんなことはしないし、できないのです。それどころか、私は彼をここに住まわせ、もし死んだら彼の亡骸《なきがら》を壁の中へ埋め込んでやろうとさえ思っているのです。それなら、お前はどうするんだ？　どんなに説きつけても相手はまったく動こうとしないんだぞ。食い扶持《ぶち》を与えても、やつはお前の机の文鎮の下に残したままじゃないか。つまりだ、やつがお前にしがみついて、離れない方がいいと思っているのは完全なまでに明白なことなのだ。

それなら、何か容赦のないこと、何か普通でないことが実行されねばならない。何だって！　まさか警官に彼を捕らえさせて、あの罪もない青白い顔の男を刑務所へ送り込もうっていうんじゃないだろうな？　もしそうなら、どんな根拠でそんなことができるというんだ？　彼が浮浪者だというのか？　おいおい、本当にあいつが浮浪者や放浪者だなんていえるのか、動くことを拒んでいるというあの男がだぞ。それじゃまるで本来浮浪者でないことが理由で、浮浪者だとみなすことになるじゃないか。そいつは論理がおかしすぎる。それじゃこれはどうだ、目に見える生計の手段を持っていないこと、これがあいつの弱点でもあるし、これを理由にするか？　ダメ、これもダメだ。なぜなら、疑う余地なくあいつは自立しているからだ。なぜって、彼が生活の手段を持っているということは、周知の決定的な事実だからだ。よしそれなら、もはやこれまでだ。あいつが私の許を離れないというのなら、私の方が彼の許を離れるしかない。事務所を変えるのだ。どこかよそへ引っ越そう。そして、もし新しい事務所で彼を見かけたら、断固として不法侵入者として訴えるぞと警告しよう。

そのような考えに従って、次の日、私は彼にこう宣告しました。「この事務所は市役所から遠すぎると思う。それにここの空気も健康によくない。手短に言って、来週、事務所を引っ越そうと思うんだ。だから、もう君の働きも必要なくなる。今のうちからこう言うのは、君もほかの場所を探すことができるだろうからだ」

彼は返事をせず、何も言いませんでした。

約束の日、私は荷車と人を雇って、事務所へ行きました。備品は少ししかなかったので、数時間ですべてのものが運び出されました。初めから終わりまでずっと、あの書記は仕切りの向こうに立ち尽くしていました。最後に私はその仕切りを運び出すように指示しました。そこで仕切りが倒され、巨大な二つ折りの書類のように畳まれたのですが、残された彼はガランとした部屋の中でひとりじっとしていました。私は入り口に立ち、少しの間彼を見ていましたが、一方で、心の中の何かが私を咎めるのを感じていました。

私は手をポケットに入れて再び部屋に入りました――そして――そして心臓が口から飛び出しそうな気がしました。

「さようなら、バートルビー、私は行くよ――さようなら、天のご加護があるように。元気でな。それからこれを受け取ってくれ」いくらかの金を彼の手に滑り込ませました。しかしそれは床に落ちてしまい、そしてそれからですが――こういうのもまことに不思議ですが――私はあんなにも追い払いたかった彼から、自分の身を無理に引き剝《は》がしているような気持ちがしたのです。

新しい事務所に落ち着いて一日か二日の間は、私はいつもドアに鍵をかけ、廊下で足音がするたびにビクッとしていました。留守にしてから戻って来た時は、それがどんなに短い間だったとしても、一瞬入り口で立ち止まり、注意深く耳を澄ませ、そして鍵を開けたものでした。だがそのような心配は無用だったのです。バートルビーが私の近くに現れる気配は二度とありませんでした。

すべてがうまくいっている、と思ったその時、狼狽《ろうばい》した様子の見知らぬ人物が私の許を訪れ、あなたが最近までウォール街某番地の部屋を借りていた人かと尋ねました。いやな予感で胸が一杯になりながら、私はそうだと答えました。

「それなら」そう言って、その見知らぬ人物は弁護士だと自己紹介した上で、「あなたはあそこに残してきたあの男に対して責任がありますぞ。彼は筆写をするのを一切拒否するんです。それだけじゃない、どんな事も一切拒否する始末で、しない方がいいと思います、などと言うんですよ。そして事務所から立ち退《の》くことさえ拒否するんです」

「まことに残念ですが」私は平静を装いながら言ったのですが、心の中では震えていました。「あなたがおっしゃっているその男は、私とは本当に何の関係もないのです。親戚でも使用人でもありませんので、私と彼との間には責任関係はないのです」

「じゃ教えてくれませんか、彼はいったい何者なのです？」

「申し上げることができないのです。彼については何も知らないのです。かつては、彼を書記として雇っていました。ですが、ここしばらくの間、私に何もしてくれなかったのです」

「そうですか、それじゃ、私が何とかしましょう。では、ごきげんよう」

数日が過ぎ、それ以上何も伝わってきませんでした。その場所を訪れて哀れなバートルビーに会ってみようか、などと同情の念が時折私を駆り立てたのですが、よくわからないある種の気分の悪さが私を引き止めました。

さてこれで彼とはすべてが終わったな、とようやく思ったのは、さらに一週間が過ぎ、新たな情報が何も伝わってこなかった時のことでした。にもかかわらず、その翌日になって、自分の事務所に着いた時、何人かの人たちが私の部屋のドアの前で、不安そうにとても興奮しながら待っているのが目に入りました。

「あの人です、来ましたよ」先頭にいた人が叫んだのですが、その人は先日一人で訪ねてきた弁護士だと気づきました。

「先生、あの男をすぐ連れ出していただかないと困りますよ」彼らの中の、太った人物が大声で言い、私の方へ進み出たのですが、その人は私の知っている人で、ウォール街某番地の建物の家主でした。「こちらの方々はうちの部屋を借りておられるんですが、もう我慢できないとおっしゃってましてね。Bさんが――」とあの弁護士を指差して「あの男を自分の部屋から追い出したら、今度は建物全体をしつこくうろつきまわるようになったんです。昼は階段の手すりに坐って、夜は玄関ホールで眠るんです。みんな不安でたまりません。法律の依頼人さんたちも事務所に来ないようになるし、暴動でも起こるんじゃないかと心配してる人もいます。何とかしてもらわないと困りますよ。それもすぐにです」

こんなふうに畳み掛《か》けられ、すっかり度を失って、私はそこから後ずさりしました。

新しい事務所に閉じこもって鍵をかけてしまおうかとさえ思いました。とにかくバートルビーがほかの誰とも関係がないのと同様、私とも関係がないんだと言い張りました。もっともそれも言い張るだけ無駄でしたが――しかしそれも承知で、私は彼とは何の関わりもない、と言い続けました。それでも彼らはさらに強硬に私の責任を追及しつづけ、とうとうしまいには、新聞沙汰となって書き立てられるのを恐れ（その場にいた一人がそれとなく脅したのです）、ようやくのことで私は、この件についてよく考え、もし例の弁護士が彼の事務所で私にあの書記と内密の面会をさせてくれるのなら、その日の午後、苦情の的となっているその厄介者を彼らから取り除くのに全力を尽くす、と言ったのでした。

以前の職場へと階段を昇っていくと、踊り場の手すりに静かに坐っているバートルビーがいました。

「ここで何をしているんだ、バートルビー」私は言いました。

「手すりに坐っているんです」彼は穏やかに答えました。

私は彼に、身振りであの弁護士の部屋に行くよう命じ、そして、弁護士の方は私たちを残して去りました。

「バートルビー」私は言いました。「わかっているのか？　君は私の大きな苦労の種になっているんだ。事務所を解雇されたのに、しつこく入り口に居続けたりして」

答えはありませんでした。

「今や、二つのうちのどちらかだ。君が何かをなすか、君に何かがなされるか、だ。だけどその前に、なにか仕事をやってみたいと思わないかね？　誰かのためにまた筆写をやろうとか？」

「いいえ、何も変わらない方がいいと思うのですが」

「服屋の店員なんかはどうだ？」

「その仕事は閉じこもってばかりで、嫌です、私は店員にはなりたくありません。でもえり好みしているわけではありません」

「閉じこもってばかりだと？」私は叫びました「いいかね、君はいつも閉じこもってばかりじゃないか！」

「店員にはならない方がいいと思うのです」彼は答えました。まるでこんな些細な事柄は早く片付けてしまいたいという様子でした。

「バーテンダーの仕事はどうかね？　これなら目が疲れることもないし」

「その仕事はまったく好きではありません。とは言って、さっきも言いましたように、えり好みしているわけではありません」

彼のいつにない口数の多さが私を元気づけました。そこで再び攻めに転じることにしました。

「そうか、それなら、田舎を歩き回って商店の集金をするなんてのはどうだ？　そうすれば、体もよくなるはずだし」

「いいえ、何かほかのことの方がいいと思うのですが」

「それなら、若い紳士の付き添いとしてヨーロッパへ行き、君の会話で彼らを楽しませる——そういうのはどうだね？」

「まったくやりたくはありません。その仕事にこれといったものがあるとは私には思えません。私はじっとしているのが好きなのです。でもえり好みを言っているわけではありません」

「もうっ！　そんなら好きなだけじっとしていろ！」そう叫んだ私は、その時、堪忍袋の緒が切れて、彼とのいらだたしい関係の中で初めて、はっきりと激しい感情を爆発させたのです。「君が夜になる前に、どうしてもこの建物から出て行かないんなら、どうしても——本当にどうしてもというんなら——この——この——この建物から、この私自身が出て行って、あとは知らんからな！」私はかなり非論理的に締めくくってしまいました。もうどんな脅しを使っても、彼の不動性を捨てさせ、従わせる見込みがないことがわかったからです。これ以上努力するのは一切あきらめて、私は急いで彼から離れようとしました。しかしその時、ふと最後の考えが心に浮かびました——といってこの考えが今までまったく思いつかなかったわけでもなかったのですが。

「バートルビー」このような興奮した状況下、精一杯の優しい口調で私はバートルビーに言いました。「これから一緒に私のところにこないか。事務所ではなくて、私の家《うち》にだ。そして、暇な時によく話し合おう。君に都合がいいように話がまとまる時までずっといたらいい。さあ、行こう、今すぐにだ」

「いいえ、今のところ、何も変わらない方がいいと思います」

さすがに私は何も答えませんでした。私は突如素早くそこから逃げ出し、多くの人々をうまくかわしながら、建物から飛び出し、ブロードウェイへ向かってウォール街を突っ走り、最初に見つけた乗合馬車に飛び乗り、その乗合馬車のおかげで、うまく人々の追跡から逃れたのです。落ち着きが戻るとすぐに、あの家主とその借家人たちの要求だけでなく、バートルビーの力となって彼を思いやりのない迫害から守ってやろうという願望と義務、その両方に関して、私は自分のできることは、すべてこれ、やり遂げたのだとはっきりと感じました。これからはもう完全に気楽かつ平静でいようと自分に言い聞かせました。そして私の良心ですら、その生き方が正しいと認めていると確信したのです。もっとも、はっきりいって、全体に私が望んだほどうまくいったとはいえなかったのですが。いきり立った家主やいらだった借家人に再び追われるのをひどく恐れたので、私は仕事をニッパーズに任せ、数日間、街の北部や近郊を馬車で移動しました。ジャージーシティやホボーケンへ渡り、そしてマンハッタンヴィルやアストリアまで逃避行をしました。実際、私はしばらくのあいだ馬車の中に住んでいたようなものだったのです。

その後再び自分の事務所にもどると、なんと机の上にあの家主からの手紙が載っているではないですか。震える手でそれを開けました。その手紙によると、家主は警察に届けを出し、バートルビーは浮浪者として「墓場」と呼ばれている刑務所へ連れて行かれたということです。そしてさらに、私は彼についてほかの誰よりもよく知っているので、「墓場」まで出頭してきちんと事実の供述をしてほしいと書いてありました。この知らせは心中に相反する反応を作り出しました。最初のうち私は憤慨したのですが、それでも最終的には好意的に思うようになりました。あの家主は、その精力的で即断的な性格のおかげで、私一人では決意できないような処置を取ることができたと思いました。それに最後の手段ではありますが、このような特別な事情の下ではこれが唯一の方法のように思えました。

後で知ったことですが、あの哀れな書記は、「墓場」へ連行すると告げられた時、少しも抵抗せずに、あの青白い、動ずることもない態度でおとなしく従ったといいます。

同情したり興味深げに見たりしていた見物人たちもその一行に加わり、バートルビーの腕をつかんでいる警官の一人を先頭にして、その静かな行列は騒然とした真昼の道路の、あらゆる喧騒、熱気、浮かれ騒ぎの中を行進していったそうです。

その手紙を受け取ったのと同じ日、私は「墓場」、もっと正確にいうと、「司法の館」へと赴きました。担当の職員を見つけて、ここへ来た目的を話すと、私がその特徴を伝えた人間は確かにこの中にいるということでした。それから私はその職員に、バートルビーは、どんなに不可解で奇妙な人物に見られようとも、まったく正直で、大いに哀れむべき男だと得心させました。私は自分が知っていることのすべてを語り、なるだけ厳しくない処置が決められるまでの間、彼の拘束をできるだけゆるやかにしておいてくれるように言って締めくくりました――実を言って、それがどんな処置になるかはわからなかったのですが。いずれにしても、ほかに何も裁定が下されなければ、救貧院が彼を受け入れることになるでしょう。それから私は面会の許可を求めました。

不名誉な罪に問われているわけでもなく、あらゆる点で完全に穏やか、そして無害な様子だったので、彼は刑務所の壁の内側、特に芝生が生えている中庭を自由に歩き回ることを許されていました。そしてそこで私は彼を見つけました。庭の一番静かな場所にたった一人で立っている彼の顔は高い壁に向けられ、一方、四方を囲む獄舎の窓の細い鉄枠からは殺人犯や窃盗犯の目が彼をじっと見ているように思われました。

「バートルビー！」

「わたくしはあなたを知っています」彼は振り向きもせずに言いました。「そしてあなたには何も言いたくはありません」

「君をここへやったのは私ではないよ、バートルビー」私は言いました。彼の暗黙の疑念に鋭い痛みを感じていたのです。「それに君にとって、ここはそんなにひどい場所ではないはずだ。ここにいるからといって、君が非難されるようなことは何もないし。それに、ほら、ここは人が思うほどわびしい場所ではないよ。見てごらん、空も見えるし、ここには芝生もある」

「わたくしは、自分がどこにいるかは知っています」彼はそう答えましたが、それ以上何も言おうとしなかったので、私は彼の許から去りました。

再び廊下に入ると、肩幅の広い、肉付きのよい男がエプロン姿で私に声をかけ、親指を自分の肩越しに指しながら言いました、「あの方はあんたさんのお友達で？」

「そうです」

「あの人は飢え死にしたいっていうんですかね？　もしそうなら、刑務所の食事だけ食っていればいいんですけどね。それで十分ですから」

「あなたはどなたですか？」私は尋ねました。こんな場所でこんなにくだけた調子で話す人物がいることをどう理解したらいいのかわからなかったのです。

「私は食い物屋ですよ。ここにお友達のいるみなさんが私を雇って、そのお友達に何かおいしいものを提供するってわけです」

「そうなんですか？」私は看守の方を向きながら聞きました。

彼はそうだと答えました。

「そうか、それなら」と言って、私は何枚かの銀貨をその食い物屋（彼はそう呼ばれていたからです）の手に滑りこませました。「あそこにいる私の友人に特別の世話をしてやってほしいんだ。君が用意できる最高の食事を食べさせてやってください。それからできるだけ礼儀正しく接してもらいたいんだ」

「それじゃ私を紹介していただけますか？」食い物屋は、自分の行儀作法の良さを見せる機会がきたといわんばかりの表情で私を見ながら言いました。

これでもあの書記のためにはなるだろうと考え、私は同意しました。そしてその食い物屋に名前を尋ね、彼と一緒にバートルビーのところへ戻りました。

「バートルビー、こちらはカツレツさんだ。大いに君の役に立ってくれる人だよ」

「召し使い、あなた様の召し使いでございます」食い物屋はそう言いながら、エプロンの裾をつまんで深々とお辞儀をしました。「ここが気に入って下さるといいんですがね。辺りもいいところですし――それにお部屋も涼しそうで――しばらくの間ご一緒させていただきたいものです——快適に過ごしましょう。私ども夫婦とのお食事などはいかがですか、それも家内の部屋で？」

「今日は食事をしない方がいいと思います」バートルビーは言って、顔をそらしました。「私の体に合わないと思います。まともな食事には慣れていないのです」そう言うと彼はゆっくりと中庭の向こう側へ行き、視界を閉ざす壁に向かう位置に立ちました。

「これはどういうことです？」食い物屋は驚きの目で私に向かって言いました。「あの人、変わってますよね？」

「少し狂っていると思うんだ」私は悲しみをこめて言いました。

「狂ってる？　狂ってるんですか？　いやあ、あんたの友達は紳士を装った詐欺師じゃないんですか？　あの手の連中はみんな、いつも青白い顔をして育ちがよさそうに見えるんですよ。でも同情せずにはいられませんやね——実際、同情せずにはいられませんよ。あんたさん、ほらモンロー・エドワーズ[18]のことを知っていますか？」彼は感動した面持《おもも》ちで付け加え、一息つきました。それから哀れむように手を私の肩に置き、ため息混じりに言いました。「あの人は肺結核のためにシンシン刑務所で亡くなったんです。それであんたはモンローとはお知り合いではなかったんで？」

「いや違います、詐欺師と付き合ったことはまったくありません。それより、私はここに長くいられないんだ、だからあそこにいる私の友人の世話をしてやってください。損はさせませんから。では、また会いましょう」

その数日後、私は再び「墓場」へ入る許可を得、バートルビーを探して廊下を歩きました。しかし、彼は見つかりませんでした。

「ちょっと前に彼が監房から出てくるのを見ましたよ」看守は言いました。「庭をぶらつきに出たんでしょう」

それで私はそっちへ向かいました。

「あのしゃべらず屋をお探しですか」もう一人の看守がすれ違いざまに言いました。「向こうで横になってますよ——あっちの庭で眠ってるんです。横になったのを見てから二十分もたってませんが」

18　「墓場」　刑務所に収監されたことのある悪名高い詐欺師。「ニューヨーク・トリビューン」紙の主筆ホレス・グリーリーによって、「イスカリオテのユダ以来の卓越したもうけ頭」と呼ばれた。

庭は静まり返っていました。ここには一般の囚人たちは入れないのです。周りを取り囲む壁は驚くほどの厚さで、その向こうの音を完全にさえぎっていました。エジプト様式のその石造建築が、陰鬱に私にのしかかってきました。しかしそれでも足元には、緑やわらかな芝が、周りを壁に囲まれながらも生えていました。それは永遠のピラミッドの中心部に、小鳥が裂け目を通して落とした草の種が、何か不思議な力によって芽吹いたかのようでした。

壁のそばで奇妙に身を縮め、ひざを抱き寄せ、横向きに寝転び、冷たい石を枕にしている男、それが弱り果てたバートルビーでした。まったくぴくりともしなかったのです。私は立ち止まり、そして彼に近づいていきました。かがみこみ、見てみると、そのくすんだ目は開いていました。そうでなければ、深い眠りについているように見えたことでしょう。何かが私に、彼の体に触れるようにと促しました。そして彼の手に触れた時、ぞくぞくっとする震えが私の腕を伝って上り、それから背筋を下り、足にまで達したのです。

その時食い物屋の丸い顔が私を覗き込みました。「食事の準備が整いました。今日も召し上がらないつもりですかね？　それとも、食事なしで生きていらっしゃるんですか?」

「食事なしで生きているのさ」私はそう言って、彼の目を閉ざしました。

「ええっ、この人、眠ってらっしゃるんですよね?」

「そう、地の王たちや参議たちと共にね[19]」私はつぶやきました。

＊

この物語をこれ以上進める必要はほとんどないように思えます。哀れなバートルビーの埋葬に関する話はわずかながらありますが、想像してもらえばそれも容易に補われることでしょう。ですが、読者の皆さんとお別れする前に、言わせてほしいことがあります。この小さな物語が皆さんの興味を十分に引き、バートルビーとは何者だったのか、そして私と知り合う前にどんな生活を送っていたのか、等々について好奇心をお持ちになる向きもあるでしょう。しかし私は次のように答えるしかありませ

19　旧約聖書「ヨブ記」三章一四節。

ん。私自身そのような好奇心を大いに共有していますが、その好奇心を満足させることはまったくできないのです、と。ただここに、話していいかどうかわからない噂が一つあります。それはあの書記が死亡した数カ月後、私の耳に入ってきたものです。もっともそれがどんな根拠に基づいているのか、私には確認できませんでした。それゆえ、どの程度信憑性《しんぴょうせい》があるのか、今となってはわかりません。でも、このあいまいな風説がどんなに悲しいものであれ、そこにある種の奇妙な、何かを仄めかすような趣きを感じなかったわけではありません。またこのことはほかの人にとっても同じでありましょう。そこでそのことについて手短に話しておきましょう。かくいう風説とはこういうものだったのです。バートルビーは首都ワシントンにある配達不能郵便物局の下級職員だったのですが、管理者が代わったことにより、突然罷免《ひめん》されてしまったということです。この噂について考える時、私は自分に襲ってきた感情をうまく表現することはできません。「配達不能郵便物《デッド・レターズ》」、それは「死者《デッド・マン》」のような響きを与えないでしょうか？　生まれつき、そして不運によって、いつも青白く絶望へと向かってしまう男を想像してみてください。彼はいつまでもそんな配達不能郵便物を扱い、燃やすためにのみ仕分けするのです。このような仕事よりも、絶望感を深めるのに適した仕事があるでしょうか。荷車一杯の分量でそれらの手紙は毎年焼かれるのです。あの青白い職員は、時には折りたたまれた手紙から指輪を取り出したことでしょう——その指輪がはめられるはずだった指は、もしかするともう墓の下で朽ちているかもしれません。窮状を救うとして大急ぎで送られた紙幣——その紙幣が救うはずだった男はもはや食べることも飢えることもありません。自暴自棄になって死んだ者への許しの手紙。絶望のうちに死んだ者への希望の手紙。救われない不運によって煩悶死した者への吉報。人に伝える使命を抱きながら、これらの手紙はすべて死へと急ぐのです。

ああ、バートルビー！　ああ、人間の生よ！

漂流船——ベニート・セレーノ

一七九九年のことである。マサチューセッツ州の港町ダクスベリー出身のアメイサ・デラーノ船長は、アザラシ猟と雑貨交易とを兼ねた大型の船を指揮していた。この時船は、毛皮など貴重な貨物を積んで、サンタ・マリア島の港に投錨した。この島は、荒涼とした小さな無人島で、チリの延々と続く海岸線の南端の沖に浮かんでいる。船は飲料水を補給するために寄港したのだった。

停泊して二日目、夜明けから間もない頃、航海士がまだ寝台に横になっている船長のところまで降りて来て、見知らぬおかしな船が一隻湾内に入ってきました、と報告した。その当時は今と違ってこの海域で船を見かけることはあまり多くなかったので、船長は急いで起き上がり、服を着ると甲板に出た。

その日の朝は、この沿岸特有の様相を呈していた。あらゆるものが沈黙し、静穏そのものだった。そして周囲はすべてが灰色だった。わずかに波があるものの、海面はねっとりと広がり、まるでそのまま固まってしまったかに見えた。その滑らかな表面は、あたかも鋳型に注がれた熱い鉛が、冷めた後、波形にかたどられて出てきたような鉛色だった。空もまた灰色の外套そのもの。その中を自分たちも同類だといわんばかりに、灰色の鳥の群れがあわただしく飛び交っており、揺れ動く灰色の霧の中に混じり合っていた。鳥たちが狂おしく海面すれすれをかすめるように低く飛ぶそのさまは、さながら嵐の予兆を前にして、牧草地を乱舞する燕《つばめ》に似ていた。眼前の暗い風景は、やがて来る、さらなる深い影の到来を予告するかのようだった。

デラーノ船長が驚いたことに、その見知らぬ船は、望遠鏡を通して見ても、目につく船旗の類はひとつも掲げていなかった。もちろん入港するにあたって旗を掲げることは、たとえその海岸に人影がなく、船がたった一隻しか停泊していなかったとしても、万国の平和を愛する船乗りに共通の慣習であった。それゆえ、かりにデラーノ船長が、最近この海域が無法状態にある上、他から隔絶していること、またそんな海域につきものの海賊がらみの話などを思い浮かべて船を見直したならば、彼の驚きは、むしろ不安へと大きく変わっていってもおかしくはなかった。しかし彼は、並みはずれて他人に不信の念を抱《いだ》くことの少ない人の良い人間であり、さらにいえば、度を越すような悪意に満ちた行為に繰り返し襲われる時でさえ、警戒心にとらわれないばかりか、それを人間の持つ邪悪さのせいにしようとはしない人間であった。それゆえ、そのような彼にどれほどの判断力が備わっているのかとなると心もとない。とりわけ慈悲深い心を持つこのような人物が、はたして人並み以上に、俊敏かつ正確な判断力を持っているかどうかは、世の賢者の見方に委ねる他はない。

とはいえ、たとえ最初にその見知らぬ船を目にした時にどんな疑念が浮かんだとしても、海に生きる者であれば、そんなことはすぐさま頭から消え去ったことと思われる。というのも、その船は、入港するにあたって、危ういほど陸地に接近しつつあったからである。事実、船首の前には危険な岩礁が顔を出していたのだった。これは、その船がデラーノ船長のアザラシ猟船にとって見慣れないということだけではなく、この島にとっても、事実上の新参者であるということを、自ら物語っているように思われた。ならばこの船は、この海域に頻繁に出没するといわれる海賊であるはずがない。少なからぬ興味をもって、デラーノ船長はその船を見守っていたが、その船の船体を部分的に覆っている霧のために、状況があまりよく把握できなかった。ただその霧の奥から早朝祈禱の灯火とおぼしい船室の光が、うすぼんやりと流れ出ているのが認められた。それはその時の陽光によく似ていた。入港しつつある奇妙な船に合わせるかのように、この時、水平線のへりにわずかに顔をのぞかせている太陽。それは、低く這うように延びる雲に覆われていて、そのおぼろな様子は、リマの密通女の不吉な片目が、頭からすっぽり被《かぶ》る薄黒いヴェール《サヤ・イ・マンタ》[1]に開けられた、インディオの砦の銃眼のごとき穴から、広場全体をじっと覗き見る様子に似ていなくもなかった。

当初は霧がもたらす錯覚かとも思えたが、その見知らぬ船の動きは、時間をかけて見れば見るほど、ますます奇異なものに思えてきた。いったい、この船は入港しようとしているのか、そうではないのか。またこの船がどうしたいのか、あるいは何をしようとしているところなのか、さっぱり分からなかった。夜のうちに風はいくらか吹いていたのだが、今では方向も定まらぬままごくごく微《かす》かなものとなってしまい、それに合わせてその船の動きも、ますます定まらなくなっていくように見えた。

これは遭難船かもしれないぞ、とデラーノ船長は考え、狩猟用ボートを降ろすように命じた。航海士は万が一の事態を心配して反対したが、船長は自らその見知らぬ船に乗りこんで、少なくとも水先案内ぐらいはしてやろう、という気持ちになっていた。

前日の夜、魚釣りの得意な船員たちが、本船から見えないほど遠く離れた岩礁まで出かけていたが、夜明けの一、二時間前に、少なからぬ釣果《ちょうか》を上げて帰船していた。おそらくあの新参の船は、外洋の水深の深い海域を長いことさまよっていたのだろうから、と思いなして、人の良い船長は魚を入れたカゴを数個、贈り物としてボートに積み入れ、本船から出かけることにした。同乗している航海士たちに指示を出しながら、デラーノ船長は、一刻も早く相手の船の乗組員たちに、彼らがおかれている状況を知らせてやろうと思った。見知らぬ船は暗礁に接近しつつあり、きわめて危険な状態にあったのだ。しかし、ボートが接近しようとしたまさにその時、微かに吹いていた風が向きを変えたので、その船も危険な方向から逸《そ》れることになった。と同時に、船体を覆っていた霧が、部分的ではあったが薄れ始めてきた。

いくらか近くまで来て眺めてみると、その船は、船体のあちこちに、まだ濃霧の切

1 女性が全身を覆う黒い着衣。目の部分のみ開けられている。「リマの密通女」は出典未詳。ただしメルヴィルは『白鯨』でリマを「堕落の都」(54章)に、また『ピエール』で最後まで出自の曖昧な女性イザベルを「全身をサヤ・イ・マンタで隠すリマの女」(第八の書)に喩えている。

れ端をボロきれのようにまとっていたが、鉛色の波に押し上げられて、かなりはっきりと視界に入ってきた。それはあたかもピレネー山中の灰褐色の断崖絶壁に鎮座する、雷雨に洗われた白亜の壁を持つ修道院のごとき様相を見せてきた。それゆえ、その時デラーノ船長をして、あそこに見えるのは、きっと船上に大勢乗り込んでいる修道僧たちだ、と思わしめたとしても、それは全く的外れな連想ではなかったといえる。なるほど、舷側の手すりに目をやると、ぼんやりかすんだその向こうでは、黒い僧帽を被った修道士たちが大勢ひしめきあって、こちらを眺めているように見えたからである。さらに、開け放たれた舷窓の奥では、別の黒い衣服に身を包んだ姿がいくつか動いているのが微かに見てとれたが、その姿は、黒衣のドミニコ会修道士たちが修道院の回廊をゆっくりと歩き回っている姿を思わせた。

より接近するにつれ、船の外観はさらに変容し、その実態がより明らかになってきた。すなわちこの船は第一級のスペイン商船で、他の高価な船荷とともに黒人奴隷を満載し、植民地の港から港へと運搬する船であることが分かってきたのである。船体は非常に大きく、おそらく船の全盛期には、きわめて豪華な外観を誇っていたと思われる。かつては、この海域の辺りでは、このような船とそこかしこで出くわすことが珍しくなかった。この種の船は、アカプルコを基地に宝石などの高価な船荷を運ぶ貨物船として、またスペイン海軍を退役した快速帆船の後継の船として引き続き使用されることがあるが、それでもなお、年を経たイタリアの宮殿のごとく、たとえその主人が凋落《ちょうらく》し廃《すた》れた後であっても、かつての王国の威厳の残影だけは保ち続ける、といった風情を漂わせていたものであった。

　ボートがさらに接近すると、その見知らぬ船がなぜ白色粘土で塗り固められたような異様な外観を呈しているかが分かってきた。その船には、外装の整備に救いがたいほどの手抜きが進行していることが窺われたのである。帆柱、ロープ、そして舷側の手すりの大部分は、羊毛で覆われているように見えたが、それはとりもなおさず、長期にわたり、やすりによる汚れ落としやタール塗り、そしてブラシ掛けなどを怠ったためのものに違いなかった。その船は、あたかも旧約聖書「エゼキエル書」に描かれた乾燥しきった白骨の谷間[2]で、船底の竜骨が据えられ、肋材《ろくざい》が組み上げられ、そこから出航してきたのではないかとさえ思われた。

2　旧約聖書「エゼキエル書」三七章一―三。

その船の全体的な船型と艤装《ぎそう》には、現在従事している奴隷運搬に対応して何らかの修理変更がなされた形跡は見られず、フロワサール[3]が紹介するところの武装を施された軍艦様式を保ったままに見えた。しかしながら、艦砲の類は一つも見えなかった。

檣楼《しょうろう》[4]はどれも巨大で、欄干が備わっていたが、かつては網目模様の手すりが八角形にめぐらされていたとおぼしい形をしていた。しかしそれも今では、悲惨なまでにまったく手入れがなされていなかった。三つの檣楼は、荒廃した三つの鳥小屋ででもあるかのように、船の高みに設置されていたが、その一つの内部には、まさに一羽の白いアジサシが縄梯子の足綱にとまっている有様《ありさま》である。これは奇妙な鳥で、「まぬけ鳥」という名が与えられているが、それは、のろまで、夢遊病的なぼんやりとした性格のため、海上でもしばしば素手で捕まえることができることに由来している。他方、城郭のような構えを持つ船首楼[5]もまた、傷み放題で黴《かび》に覆われ、何か古ぼけた大昔のやぐら——ずっと以前に攻撃を受け、その後朽ちるままに放置された小塔——のような姿となっていた。さらに船尾に向かって見てゆくと、聳《そび》え立つ船尾回廊が二つめぐらされて、——その欄干もあちこちが、さながら焚《た》き付けに使われそうな乾いた紅藻類で覆われていた——主人もいないと思われる上級船員用船室をとり巻いていた。

その船室の舷窓は、おだやかな天候にもかかわらず、きつく閉じられ、目地《めじ》が詰められていた。このような人の姿もない船尾回廊が海上に張り出している様子は、まるで海が広大なヴェネチアの大運河ででもあって、それをはるかに眺め渡しているかのごとくに思われた。しかしそのような中でも、今はすっかり色あせてしまった威光を刻印のごとくに残しているものはといえば、分厚い楕円形をした、船尾を飾る装飾板であり、そこにはカスティリヤ・レオン王国の紋章が細やかに彫りこまれていた。その紋章の周囲には、一群の神話的あるいは象徴的な図柄の浮彫りがほどこされており、その中央上部に大きく彫られているのは、黒いサテュロスの像で、仮面を着け、片足でおのれの足元に平伏している別の人物像の首根っこを踏みつけていた。もだえ苦しんでいるその像も、同様に仮面を着けていた。

この船が船首像を備えているか、あるいはその種の飾りもないただの船首にすぎな

3 ジャン・フロワサール（一三三七?―一四〇〇?）。フランスの軍事年代記作家。
4 マストの中ほどに設けられた見張りなどのためのバルコニー状の場所。
5 フォクスル。船の前方の甲板上に設けられた下級船員たちの居住する高台状の部分。

いのか、この点はあまりはっきりとしなかった。というのもその部分が帆布で覆われていたからである。おそらくそれは改修作業中で船首を保護するためか、そうでなければ、その部分が朽ち果ててしまったのを隠して、見苦しくないようにするためか、そのどちらかであるように思われた。帆布の覆いの下にある台座のようなものの表面に、おそらくは誰か船員が気まぐれな気分のままに、乱暴な筆使いでペンキかチョークで書きなぐったものと思われる、次のごとき一文がスペイン語で記してあった。「汝の先導者に従え《セギド・ブエストロ・ヘフェ》」。一方、その下にある、光沢のあせた船名板の表面に、これ見よがしに堂々とした大文字体で書かれていたのは、かつては金色《こんじき》を放っていたとおぼしいその船の名前、「サン・ドミニク」であった。しかし今となってはその各々の文字も、銅製の大釘の錆びが垂れ落ちて、縞模様に侵食されており、そのうえ、海草が喪章のような黒い花綱《はなづな》となって垂れ下がり、船体が棺《ひつぎ》のように揺れ動くたびに、船名を前に後ろにぬらぬらと撫で回すのであった。

やっとのことで、ボートが相手の船首からの鉤爪で捕えられ、船体中央の舷門《げんもん》に沿う位置に接舷すると、まだ相手の船体から十数センチほど離れていたにもかかわらず、あたかも珊瑚《さんご》の暗礁に乗り上げてしまった時のように、こすれてギギギッという耳障りな音を立てた。それはすなわち、相手の喫水線下の船体の側面にフジツボ類がビッシリと付着して巨大な群生を成し、まるで瘤《こぶ》のようになっていたところに接触した音だった。ということは、この船がおそらくこの海域のいずこかにおいて、方向定まらぬ風に翻弄されたあげく、長期の凪《なぎ》に遭遇していたことを物語っていた。

舷側の梯子を登っていくと、デラーノ船長はたちまちけたたましく騒ぎ立てる白人と黒人の群衆に取り囲まれた。ただ近寄ってくる黒人の方が白人よりも数で勝っているという状況は、奴隷輸送船としては異例なことに思われた。しかも、この群衆は、まるで一つの事を、一人の声で話すかのように、全員が口をそろえて同じ苦難の物語をまくし立てるのである。中でも、多くの黒人女たちが、口を極めて悲しみを強調するその激しさは、他の者たちの声をはるかに圧倒していた。ともかく彼らは口々に訴えた。壊血病が熱病とともに、乗員たちの大部分の生命を奪い去ったこと、特にスペイン人水夫の間に死者が多く出たこと、ホーン岬の沖では、あやうく難破しかかったこと、それから、凪のために何日にもわたって身動きがまったくとれなくなってしまったこと、食糧の蓄えは乏しく、水はほとんど尽きてしまったこと、等々。たしかにこれを語る彼らの唇は、今のこの時も、焼け焦げてしまったかのようにカラカラに乾いていた。

こうしてデラーノは夢中になって話す彼らの言葉の渦の中に巻き込まれていたが、それでも、注意深く全員の顔色を窺い、周りにいる人物以外のあらゆる物にも怠りなく目を配っていた。

海上で、乗員や乗客の多い大型船に乗り込んだ時に受ける印象というのは、とりわけその船が外国船籍のもので、インド人やマニラ人水夫など素性の知れない乗組員たちが乗り合わせていれば、見知らぬ土地で見知らぬ人の家に入り、その居住者たちと出くわした場合に最初に受ける印象とはまるで違ってしまうものである。もちろん家は四方を壁と窓のブラインドで囲われており、他方、船は城壁のごとき高い舷側の手すりで囲われていて、中に入り込むまではその内側の様子が分からない、という点では似ているかもしれない。しかし、船の場合には、次の点が付け加えられる。つまり、船の乗員たちがにぎやかに繰り広げる光景が一挙に眼前にさらし出されると、船を取り囲んで茫漠と広がる大海原との対照で、見る者を幻惑する効果が加わるのである。この船はとても現実のものとは思えない、とデラーノ船長は思った。それに目の前の奇妙な服装、身振り、そして表情ときたら、まるで怪しげな絵画で見たことのある、深淵から浮上してきたような代物《しろもの》ばかりじゃないか。しかもその深淵にしてからが、海上に出現したものを、直ちに引きずり込もうと待ち受けているようだ。

おそらくそのようなことが頭をよぎったからであろう。デラーノは細かな観察を続けるうちに、とりわけ尋常ならざる光景に出くわした。すなわち、いくらか白髪混じりの頭をした四人の初老の黒人たちのひときわ目立つ姿である。彼らの頭部には、黒い髪がしなびた柳の葉のように残っており、威厳ある様子は、眼下で繰り広げられている騒動とは強い対照をなしており、身構えて座るその姿は、さながらスフィンクスを思わせた。一人は右舷の吊錨架《キャットヘッド》[6]に、別の一人は左舷の同位置に、そして残りの二人はメイン・マストの横静索留板《チェーン》[7]上方の左右の手すりの所に、それぞれ向かい合うように座っているのである。彼らはそれぞれの手に、古綱の切れ端をいくつか持っていて、一種禁欲的に、同時に自分を満足させるかのように、その古綱をほどいては、板の継ぎ目を埋めるのに使う槙皮《まいはだ》を作っていた。すでに槙皮の小さな山が彼らの脇にで

6　船首部分に張り出していて、そこから錨を下ろしたり、係留しておく所。
7　メイン・マストからの支索を鎖などで固定する。

きていたが、彼らはその作業を低く抑揚のない歌を物憂げに口ずさみながら続けていた。その様子は白髪のバグパイプ吹きたちが葬送行進曲を奏でているようであった。

後甲板には一段と高く、十分な広さのある船尾楼があった。群衆の二・五メートルほど上方にあるその高くしつらえられた前部のへりには、槙皮作りたちと同じように、また別の黒人たち六人が、一定の間隔をとって並び、あぐらをかいた格好で座り込んでいた。彼らはそれぞれ錆びた手斧を手にして、もう片方の手には煉瓦《れんが》やボロきれを持って磨いていたが、その姿は皿洗いにいそしんでいる台所の下働きのようであった。彼らは二人ずつ向かい合い、その間にはたくさんの手斧が小さな山のように積み上げられていた。そして、錆び付いた刃は手前の方に向けられ、研磨作業を待ち受けていた。四人の老人の槙皮作りたちは、時折そばにいる人や眼下の群衆の何人かに短い言葉をかけたりしていたが、六人の手斧研ぎたちは誰一人として他人に話しかけたりはせず、また自分たち同士でささやきあったりすることもなかった。ただ彼らは、座ってせっせと作業に専念していたが、時折、黒人たちが気晴らしがてら好んでやるように、隣同士でお互いの手斧をシンバルのように打ち当て、バシン、バシンと鳴らすのであった。それは、野蛮な騒がしい音であった。この六人の黒人たちはみな、他の大多数の従順そうな黒人たちとは異なり、文明化されていない現地アフリカ人特有の野蛮な顔つきをしていた。

ざっと全体を見渡して、デラーノの目がこの十人の上に止まったのは、他の数十人の者たちが彼らほど目をひかなかったからだが、それも束の間のことで、周りの群衆の声の騒がしさにはしびれを切らし、いったいこの船の指揮を執る者は誰なのだろうと、その人物の姿を求め、見まわしてみた。

スペイン人船長は姿を見せた。しかし、まるで苦しみあえいでいる自分の運命は自然のなすがままに任せていると言わんばかり、あるいは、その苦悩を抑えることは、しばしの間無理なことだと絶望しているかのように、紳士然とした身なりではあったが、ひどく控えめな様子で現れた。デラーノの目には、彼はかなり若い男のように映ったが、奇妙なほど過度に着飾っていた。しかし見た目にも、最近かなり長い間睡眠を削らざるをえなかったらしく、心労と不安の色がはっきり表れていた。そして何ごとにも尻込みしがちな人物のように、メイン・マストの根もとにもたれかかったり、興奮する周りの人々に陰鬱で生気のない視線を投げたかと思うと、次の瞬間には、訪れたデラーノに対しても悲しげな視線を向けたりするのであった。その傍らには小柄な黒人がひとり立っていて、粗野な顔立ちではあったが、時折、羊飼いに付き添う番犬のように、物も言わず顔を上げ、スペイン人船長の顔を覗き込んでいた。その黒人の表情には悲しみと親愛の情が等しく混じり合っていた。

苦労して群衆をかき分けながら、アメリカ人船長デラーノはスペイン人船長に歩み寄り、同情の念をはっきりと表明して、できる限りのいかなる援助も惜しまず提供するつもりである、と申し出た。それに対してスペイン人船長は、ともかくも重々しく儀礼的な謝意を返したが、彼の国民性に由来すると思われる儀式ばった様子には、健康を害していることから来る陰気さが、暗い影を投げかけていた。

しかしデラーノ船長は、単なる儀礼的な挨拶などは時間の無駄とばかりに、みずからのボートを係留してある舷門へとって返し、持参した魚の入ったカゴを手にして戻り、いまだ風は軽く吹いている程度なので、あなたの船を投錨地点まで導くまでには、少なくともあと数時間は要するでしょう、と伝えた。そしてボートの部下たちには、本船のアザラシ猟船に戻り、ボートで運べる限りの水と、司厨長《しちゅうちょう》が保管しているはずの柔らかいパン全てと、甲板に残っているカボチャを全部、砂糖一箱、さらには船長個人の所有であるリンゴ酒の瓶を一ダース積んで戻ってくるようにと命じた。

ボートが離れてさほど経たないうちに、風はピタリと止んでしまった。これにはみんな困惑したが、その上、潮の流れが変わり、船はなされるがまま、再び沖に向かって流されはじめた。しかしこんな状態はそんなに長く続かないはずだと見てとったデラーノは、あえて希望に溢れた様子を見せながら、なんとかこの船の人たちを励まそうと考えた。スペイン領海をしばしば航海していたお陰で、デラーノ船長は、少なくとも乗員の何人かとは、スペイン語でかなり自由に会話を交わすことができ、そのことに少なからぬ満足感を覚えていた。

ただし彼ら異国人の中にひとり残されてみて、デラーノは当初抱いた印象をさらに強めるような出来事を、いくつか目にするようになった。しかしその驚きの気持ちもやがては同情の気持ちの中へと溶け込んでゆき、スペイン人たちと黒人たちのどちらにも等しく憐憫《れんびん》の情を覚えた。というのもみんな一様に、水と食糧の不足が原因で、明らかに衰弱していたからである。長く続いた苦しみのせいなのだろうが、黒人たちのあまり善良とは言えない性質が表に出てきているように見えた。しかしその一方で、スペイン人船長の彼らに対する権威も失われてしまっているように見えた。それでもこのような悲惨な状況下にあるならば、事態が悪くなるのはむしろ予期しえたことであり、陸軍、海軍、都市、あるいは家庭、いや自然そのものにあっても、悲惨ということほど良き秩序を弛緩《しかん》させるものはない。とは言っても、デラーノは、この船の船長ベニート・セレーノがもっと活力に溢れた男であったならば、現在目にしているほど混乱した状態を招きはしなかったろうと思わざるを得なかった。あの男ベニートの体の衰弱が生来の体質に由来するものであれ、様々な苦難によって引き起こされたものであれ、肉体上も精神上も、衰弱ぶりはあまりにも明らかで、とても見過ごすことはできないほどだ。きっと全身に染み付いてしまった失意の犠牲者なのだろう。長い間希望から見放されてきたので、もはや明るい見通しを抱くことなぞできなくなってしまっているのだ。それでも希望を妨げている事態がすぐにでも終わり、遅くともその日の夜までには錨を下ろし、乗組員たちのために十分な量の水も手に入れ、自分のような同業の船長が親身に相談に乗り、友人となるというのに、その程度では、彼を勇気づけるところまではとてもいかないように思える。そうなのだ、彼の精神は、最悪とまではいかないにしろ、相当に壊れてしまっているのだ。こんなオーク材でできた船の壁に閉じ込められ、ただ形式的に命令を下すだけの無気力な日々に縛られて、自分の責務となるものが何もないことにすっかりうんざりしているのだろう。まるで心気症を病む大修道院の院長のようじゃないか。緩慢にあたりをうろつきまわり、時々急に立ち止まったかと思えば、また急に歩きはじめたり、あたりにじっと目を凝らしているかと思えば、唇をかんだり、爪をかんだり、顔を赤らめたかと思うと、青くなったり、頰鬚《ほおひげ》をひねったりしている。およそ放心状態やむら気な性質の人間に特有の様々な症状を呈している。こんな精神の不調が、肉体の不調にも繫がっていることは明らかだ。かなりの長身だが、筋骨たくましい体つきとはとてもいえない。すっかり精神の苦痛に苛まれて、ほとんど骨と皮ばかりじゃないか。肺疾患の兆しすら、はっきり現れている。それにあの声はなんだ。まるで片肺を失った人が喉元を押さえつけられたようにしわがれて、ささやくような声になっている。こんな不安定な状態を眺めると、従者がかいがいしく世話を焼いているのもうなずけることだ。あの黒人は、時々主人に腕を貸したり、ポケットからハンカチを取り出して彼にあてがったりしている。見るがいい、あのいつに変わらぬ気遣いの様子を。なんとも情愛のこもった熱心さではないか。もはやあの熱心さは、召使としてのものというよりも、子の親に対するもの、あるいは兄弟同士の愛情こもった行為そのものだ。だからこそ、黒人という人種は、この世で最も人を喜ばせる従者という評判を得ているのだ。またたからこそ、彼の主人は、主人と従僕という堅苦しい間柄を超えた、心を許せるほどの信頼の念をもって彼を扱うことができるのだ。従僕というよりも、慈愛に満ちた伴侶といった方がいい。

他の大多数の黒人たちは白人のいうことを聞かずに騒ぎ立てているし、白人水夫たちも不機嫌に沈み込んで無気力そのものと見える中で、デラーノは従僕バボウのたゆまぬ献身的な振舞いを目にして、相応の満足感をおぼえずにはいられなかった。

しかしながら、バボウのその申し分ない振舞いにしても、他の者たちの混乱を超えるだけの力をもって、半ば異常な精神状態にあるこの船の主人、ドン・ベニートを暗鬱な無気力から引き戻すことができるとは思われなかった。もっとも、訪問者デラーノの心の中に、そのような印象が確かな形で刻まれたとまでは、まだ言えなかった。ただ現在のところ、このスペイン人船長に見て取れる不安の色は、この船全体を包み込む悲惨の中にあって、際だった特徴として目を引くものであった。それに加えてデラーノが少なからぬ関心を抱いたのは、ベニートが、出会いの当初から自分に対して、意図的に非友好的かつ無関心に振舞っているのではないか、ということであった。ベニートの振舞いには、自分に対して、なにか辛辣で陰鬱な侮蔑の念が込められているようであったが、それをまた何の苦もなく偽装しているようにも思われた。しかし、心優しいアメリカ人デラーノは、その原因は心の病のやっかいな影響のゆえだと考えた。というのは、過去の経験の中で、長引く肉体上の苦痛に悩まされる者が同様の特徴を見せることがあったからである。そのような心を病んだ者たちは、他者に対して親愛の情を持って接しようとする友好の心を自ら捨て去ってしまうように思われた。まるで自分が粗末な黒パンを食べるように強《し》いられた者が、そんな侮蔑的で無礼な対応を受けている以上、自分に近づくものは誰であろうとも、自分と同じような粗食に甘んじて当然ではないか、と考えているように思われた。

　しかし、その後デラーノは思い直した。このスペイン人ベニートの人となりを判断する上で、当初俺は寛大であろうと心がけたつもりだが、それでも実際のところ、十分なほどの思いやりの気持ちをもって応対しなかったかもしれない。もちろんベニートのよそよそしい態度が気に障ったことはたしかだ。しかし、あの男のよそよそしさは、忠実に身の回りの世話をするあの従僕は別として、周りの者みんなに向けられて

8　スペイン語における敬称。姓ではなく名の前につける。

いる。あの男には、航海中では当たり前のものとなっている公式の定時報告でさえ、それが白人であれ混血や黒人であれ、下級船員によってもたらされる場合には、報告にじっくり耳を傾けるだけの度量というものがない。それだけじゃない、相手を見下し、嫌悪の情をあからさまに示したりしている。そんな時の振舞いは、程度の差こそあるが、あの男の同郷の王、あの塞《ふさ》ぎの王として知られる、スペイン帝国のカール五世さえ思わせるものがある。そうだ、カール五世は、のちに玉座を離れ、帝王から身を引いて、修道院へと隠遁《いんとん》したのだったな。

ベニートが、周囲に対して示す、このような嫌悪に満ちた不機嫌な振舞いは、他のほとんど全ての職務に関しても表れていた。ただし彼の不機嫌さは高慢の域に十分達してはいたが、それでも自分から直接的に命令を下すようなことはしなかった。特別な指示が必要となる時には、それがどのようなものであっても、伝達する役目は彼の従僕に託された。従僕はそれを受けて、指示の最終対象者に伝達するため、機敏なスペイン人の少年や奴隷の少年を伝令として走らせるのだった。少年たちは、小姓か、はたまた鮫に付き添う小魚ブリモドキのごとく、呼び出しにすぐ応じられるように、ベニートの周りに控えていた。それゆえ陸の社会になじんだ人が、内にこもりがちな心の病人ベニートが無関心を表に見せ、押し黙ったままの様子を目撃したとしても、誰一人として、彼の中に独裁者、つまり海上にあって通常の人間の訴えなど断固却下するタイプの独裁者の気質が宿っているなどとは、とても想像できなかったであろう。

かくしてそのよそよそしさに鑑みて、ベニートは、不本意ながら精神の病の犠牲となっていると思われた。とはいえ、実際には、彼のよそよそしい態度のいくぶんかは、意図的になされているようにも見えた。かりにそうであったとしたならば、そこには細心の注意を払いながらも氷のように冷淡な人心掌握術の極みがあるということになる。そのような人心掌握術は、程度の差こそあれ、大型船の指揮官みんなが有しているものだ。しかしそれは、顕著な緊急事態を除くあらゆる場面で、他者との意思疎通の機会を失わせるだけでなく、権威をはっきり示す機会をもまた失わせてしまうものだ。その結果当人をただ石のように押し黙る存在、あるいは弾丸を装塡しただけの大砲のようなものに変えてしまう。だから彼が「撃て！」の命令を下すまでは、周りの

9　スペイン王であり神聖ローマ皇帝（一五〇〇―五八）。在位最後の二年間は修道院に籠《こも》った。

者には何も伝わらないのだ。

このような見方をもとに、デラーノはベニートについてあれこれと考えをめぐらせてみた。このスペイン人ベニートは、自分の船が現在異常な状況にあるにもかかわらず、今も頑迷に自分のやり方に固執しようとしているように見える。となると、あまりにも長くつらい自己抑制を続けながら航海してきたがために、あんなつむじ曲がりの気質が作られてしまったのだ、と理解する方が自然なのではないか。ただ、そんな状況であっても、サン・ドミニク号が、今の惨状とちがって、出航当初そうであったであろうように、準備万端怠らずしっかりと艤装《ぎそう》が施されている船であったならば、あのような振舞いは、無害なものというだけでなく、むしろ適切なものであったかもしれない。いや、あの男ベニートは、おそらく、自分のようなよそよそしさは、神々にそなわっているのと同様に、船長という職に就く人間すべてについてもそなわっていると考えているような節《ふし》がある。あらゆる出来事において、よそよそしく振舞うということを、今もなお行動の規範としているのだ。しかし、この船を統治する権限がすっかり眠りについて停止しているように見えながらも、それが実は、意識的に無能さを偽装する試みだったとしたら、どうだろう。もっともそうだとしても練りに練られた深謀遠慮ではなく、単なる浅はかな見せかけに過ぎない場合だってあるが……。ただ意図的なものであろうとなかろうと、彼の振舞いの全体にわたって感じられるあのよそよそしさはどうしようもなく目についてしまう。しかしそうであればあるほど、そしてたとえそれがとりわけ俺に向けられていようとも、かえってこちらの不安が小さくなってゆくのだが——。

もはやデラーノの注意はスペイン人船長から少しずつ離れていった。自分の船の家族のように気の置けない乗組員たち、そして黙っていても整然と仕事が進む毎日に慣れていたので、サン・ドミニク号の苦痛にうめく乗員たちが引き起こしている騒然とした混乱ぶりは、繰り返しデラーノの目を捉《とら》えた。いくつか見逃せない無法行為がいやでも目についたが、それは規律違反に関するものばかりではなく、乗員として当然守らなければならない品格に関するものもあった。デラーノは、このことの原因を、主として、スペイン人の甲板監督員たちの職務怠慢にあると考えた。彼らは、本来のより重要な職務とともに、乗員乗客の多い船の風紀を取り締まる警察に相当する部署を委任されている。たしかにこの船では、例の年老いた槇皮《まいはだ》作りたちが、折にふれ、彼らの同郷人たち、つまり黒人たちに対して監視の目を光らせる警官の役目を担っているようには見えた。しかし、彼らが人々の間で時々突発する些細なもめごとをうまくなだめる場面も何度かあったとはいえ、それでも船全体の秩序を確固たるものとするには、ほとんどというか、全く力不足の状態だった。サン・ドミニク号は、大西洋横断移民船に類する船であるが、その種の船における客の大部分は、明らかに、貨物入れの木箱や梱《こり》と同様、ほとんど手のかからない人々である。そのような人々が、同行者たちの粗野な態度に対して、やんわりと咎《とが》めたとしてもどうにもならないが、航海士の冷酷非情な鉄拳制裁があれば効果はてきめんだ。サン・ドミニク号に欠けていて移民船にはあるもの、それは厳格に秩序を維持する航海士たちだ。しかし、この船の甲板上には、四等航海士すら見当たらなかった。

訪問者デラーノの好奇心はかき立てられて、このような航海士不在の状態とそれによって生じたであろう災難の詳細を知りたいと思った。なぜなら、最初に彼を出迎えた群衆の嘆きの言葉からは、この航海で何があったのか、ある程度の手がかりはつかめたが、その詳細については、まだはっきりとした理解には至っていなかったからである。やはり船長自身の口から説明してもらうのが一番だ。しかしデラーノは、当初そうすることをためらった。よそよそしく拒絶される愚を繰り返したくなかったからだ。それでも、勇気を奮い起こすと、彼は意を決してベニートに近づいて声をかけ、あらためて善意から関心を寄せていると断って、次のように付け加えた。もし貴船の不幸な状態に陥った経緯が分かれば、そこから最終的に脱出することが、今よりもずっと容易になるはずです。どうか、ドン・ベニート、私に事の一部始終を話していただけないでしょうか？

それに対し、ベニートはうろたえ、よろめいた。それから、夢遊病患者が急に夢を妨げられたかのように、しばしデラーノを虚《うつ》ろな目で見つめ、次に甲板に目を落とし、そのままの姿勢でかなり長い間じっと黙りこくってしまった。それでデラーノは、相手と同じくらい困惑し、心ならずもほとんどぶしつけに彼に背を向けると、スペイン人水夫の一人の方に歩み寄って、自分が今望んでいる情報を聞き出そうとした。しかし、五歩もいかないうちに、ベニートは、ある種の熱心さをもって彼を呼び戻し、先ほどは一瞬頭の中がぼうっとなっていましたと詫《わ》びを入れて、デラーノ船長の意に添って説明するつもりであると言った。

ベニートの話の大半が語られている間、二人の船長は主甲板の後方部に立っていたが、そこは特別な場所で、ベニートの従僕以外、近くには誰もいなかった。

「もうこれで百九十日になります」ベニートは、しわがれたささやき声で話しはじめた。「当船には、十分な人数の上級船員と乗員が乗り組んで、一等船客も何人かいました。全部で約五十名のスペイン人です。それで、ブエノスアイレスからリマに向けて出航しました。積荷は、雑貨、金属製品、パラグアイ茶などです。それに加えて」と前方を指差して言った。「あの黒人たちの一団です。現在では、ごらんのように、せいぜい百五十名ほどですが、出航当時には、三百名を超えていました。途中ホーン岬の沖合で、激しい暴風に遭いました。夜半までに、我が最良の航海士三名と、水夫十五名を、メイン・マストの下桁もろとも一瞬にして失ってしまいました。そうなったのは、梃子《てこ》[10]棒を使って、帆桁の吊り索を足場にして、帆にこびりついていた氷を叩き落とそうとしていたのですが、彼らの足元から円材の帆桁がぽっきり折れて、みんな落下してしまったからです。また船体を軽くするために、積荷の中でも他のものと比べて重いパラグアイ産のマテ茶の袋を、当時、甲板にロープで縛り付けて張りめぐらせてあった配水管の大半と一緒に、海中に投棄しました。しかしやむを得ない事情から配水管を放棄したとはいえ、この処置が、その後私たちに降りかかってきた大きな災難、つまりあの長期間にわたる凪と結びつき、最終的に、私たちの苦しみの主な原因となったのです。そんな時に――」

ここで突然、意識を失わんばかりの激しい咳の発作があったが、それは明らかに、彼の精神的な苦痛によってもたらされたように見えた。すると従僕が彼を支え、ポケットから小瓶に入れた薬のようなものを取り出すと、それをベニートの口にあてがった。そのおかげで彼はやや持ち直したが、黒人の従僕は、まだこんな不完全な回復状態では、とても放っておけないとばかり、主人の体に片方の腕を巻きつけ、主人の顔をじっと見つめていた。まるで、この状態が完全な回復の兆しなのか、あるいはこの事態が発作のぶり返しなのか見定めようとしているかのようだった。

ベニートは話を再開したが、あたかも夢を見ている人のようで、話の中身も途切れがちな上、はっきりしなかった。

「ああ、我が神よ！　私が経験したことに比べれば、最悪の暴風さえも大喜びで歓迎したことでしょう。しかし――」

ここで再び咳がぶり返し、その激しさが増していった。この咳き込みが鎮まると、

10　ロープの張りを強めるための棒状の器具。

次にベニートの唇は見る見るうちに赤くなり、目を閉じたかと思うと、彼を支える者の腕に倒れこんだ。

「ご主人様の心はさまよっておられます。ご主人様は暴風に続いて生じた疫病のことを思い出しておられるのです」従僕はそう言って、悲しげにため息をついた。「ああ、かわいそうな、かわいそうなご主人様！」従僕は片手を堅く握って大きく振り、もう片方の手で主人の口をぬぐってやった。「しかし、こらえてください、船長様」そして再びデラーノの方を向くと、「この発作はすぐに終わります。ご主人様はまもなく正気を取り戻されます」と言った。

実際ベニートは意識を回復し、話を続けた。しかし、この時の話は、きわめて断片的であったので、ここではその要旨だけを記すに留《とど》める。

おおよそのところ、以下のようであった。ホーン岬沖で遭遇した嵐に何日も翻弄されたあげく、壊血病にかかる者が続出し、白人黒人双方に多数の死者を出すことになった。ようやくのことで、なんとか太平洋に進出したが、円材の帆桁と帆の損傷があまりにもひどく、さらに、生き残った水夫たち――彼らの大半もすっかり体を壊してしまっていた――によってきわめて不適切に操船されたために、風上に向かう北寄りの航路をとることが不可能となってしまった。風はきわめて強かったため、制御不能となった船は、何昼夜にもわたって北西へ押し流されてしまった。しかし、やがて風が突然止み、船は未知の海域の蒸し暑い凪の中で、見捨てられたような状態に陥ってしまった。とりわけ以前には乗員の生命に対する脅威であった配水管を破棄してしまったことは、致命的な事態を招いてしまった。つまり水の供給が不十分どころか、ほとんどなくなってしまったのである。そんな時に悪性の熱病が壊血病に続いて発生して、より事態を悪化させた。長引く凪のさなかに太陽の熱射があまりにも強くなったのが原因だったが、その結果、大波でさらうがごとくに、いくつもの黒人の家族の命、そしてそれに比しても少なからぬ数のスペイン人たちの命を奪い去った。何とも不運なことに、その亡くなったスペイン人たちの中には、船上に残っていた上級船員の全員が含まれていた。最終的には、ようやくのことで凪に続いて強い西風が起こったが、すでに裂けてしまっていた帆は、なすすべもなく垂れ下がったままで、たたみ上げることもできなかっただけでなく、必要な時に際しては何の役にも立たぬほど傷みが進み、物乞いのまとうボロ切れのようなものと化していた。この事態に直面して、すぐにでも失われた水夫の代わりと、水と帆の補充を得ようと、船長は、バルディビアへの針路をとった。そこはチリの、そして南米の文明化された港としては最南端に位置する港である。しかし、海岸線に接近すると同時に、深い霧のために、当の港を見つけることもできなくなってしまった。その時以来、必要な水夫も帆布も水もほとんどない状態で、時折さらなる死者を海に葬りながら、サン・ドミニク号は、羽根つき遊びの羽根のように向かい風に翻弄され、海流に押し流され、あるいは、凪にはまって、船体は海草を生やし放題になった。しかも、いわば森の中で道を見失った迷い人のように、船は一再ならず同じ航路を行き来したということであった。

「それでも、このような災難の間中ずっと」ベニートは苦しげに身をよじると、従僕に半ば抱かれる格好となったが、しわがれ声で続けた。「私は、あなたが今ご覧になっておられる黒人たちに感謝しなければなりません。あなたにはお分かり頂けないかもしれませんが、あの者たちは一見手に負えない荒くれのように見えて、実のところ、取り乱すこともなく、落ち着いて振舞ってくれたのです。彼らの所有主が言っていた通り、いやそれ以上でした」

話がここまでくると、彼は再び少しよろめいた。そしてまたもや精神がさまよいはじめたが、再び正気を取り戻した。そして、今度は前よりもはっきりとした口調で話を再開した。

「そうなのです、彼らの所有主は、この黒人たちに足枷《あしかせ》は必要ないと請け合っていましたが、実際その通りだったのです。それで私は、当船での輸送における習慣として、あの黒人たちが常時甲板上にいることを許していました。ギニアの奴隷船のように、甲板の下に押し込めるようなことはしませんでした。また彼らには、出航当初から、指定された範囲内であれば意のままに、自由に歩き回ることも許していたのです」

再び失神への気配がぶり返し、精神がさまよいだしたが、なんとか持ち直し、彼は話を再開した。

「しかし、私がこうして生き延びることができたのは、なによりもここにおりますこのバボウのお陰であります。そのことに、心から感謝しなければなりません。しかし、それればかりではありません。この者は、自分の同胞である無知な者どもが、ぶつぶつ不平を漏らし不穏な様子を見せる時など、彼らをうまくなだめてくれました。その功績について、何よりもまず彼に感謝しなければなりません」

「ああ、ご主人様」黒人はため息をついて頭を垂れた。「私のことなど何もおっしゃらないで下さい。バボウめは取るに足らぬ輩《やから》でございます。バボウめがしましたこ

せん」

「なんという忠義なやつ！」デラーノは叫んだ。「ドン・ベニート、あなたがこんなに素晴らしい友人をお持ちで、うらやましい限りです。とても奴隷などとは呼べません」

主人と従僕、白人を支える黒人。デラーノは、目の前の二人の間柄に美しさを認めざるを得なかった。忠実なる者とひたすら信頼を寄せる者、なんとも見事な光景であった。それはまた、二人のそれぞれの立場を表す対照的な服装によっても、一段と目立つものとなっていた。ベニートの方はゆったりとした黒いビロード地のチリ・ジャケットを身につけていた。そして、白い半ズボンとストッキング。膝と足首には銀の留め金《がね》。細やかな草で編んだ山高のソンブレロ。銀の装飾が施された細身の剣が腰に巻いた飾り帯の結び目から提《さ》げられていた。この剣は、ほぼ日常的に身を飾るものだが、装飾品というよりも実用的なものであり、当時の南米紳士階級の服装には欠かせないものであった。ベニートが時折見舞われる精神の錯乱によってその服装に乱れが生じる時を除いては、その服装にはある種の厳密な調和があり、それは周りの見苦しい混乱状態とは奇異なほどに好対照をなしていた。とりわけメイン・マストの前方にあり黒人たちがその全域を占有している混乱極まりない密集居住区《ゲットー》の様相と比べると、それが顕著に感じられた。

従僕の方は、だぶだぶのズボンだけを身につけていたが、それは、その生地の粗さと継ぎが当てられていることから見て、どうやら古くなった帆布から作られたものらしい。表面は清潔で、腰の部分をロープをほどいて作った一本の紐で縛っていた。時折彼は、落ち着きの中にも詫びるような雰囲気を漂わせるので、その物腰を見ていると、アッシジにある聖フランチェスコ修道院の托鉢修道士を想わせた。

しかし、ベニートの華美な装いは、そういうことに疎いアメリカ人デラーノの目から見ても、どうも時と場所にそぐわないように思われた。彼の話したような何ともすさまじい苦難をかろうじて生き延びてきたというわりには、少なくともその服装の点では、彼の属する南米の紳士階級に日常的に見られるスタイルとあまり違いがないように思われた。現在の航海は、ブエノスアイレスからの出帆であったが、彼は、チリの生まれで現在もその住民であると明言した。たしかにチリの住民たちは、一般的に質素な上着や昔ながらの平民風長ズボンなどは着用せず、その土地特有の服飾の流儀、すなわち適度に手を加えて、世界中のいずれに劣らぬ豪華な服装にこだわることが通例ではある。しかし当船の航海の血も凍えるような経緯、そしてベニートの青ざめた顔と併せて考えると、彼の華美な服装には、非常に不調和なものがあるように思われた。その姿は、さながら黒死病時代のロンドンの通りをよろめきながら歩く、病んだ廷臣の姿をまざまざと思い起こさせた。

彼の話の中で、驚かされると同時に、もっとも興味をかき立てられたのは、あの長い凪、つまり、問題になった海域の緯度にしては長すぎる凪のことであり、そしてさらに注目すべきなのは、当船が異常なほど長期にわたって漂流したことである。もちろん、そのことについて意見を交わすことはなかったが、デラーノは、この船が身動きもままならぬ事態に陥った原因を、少なくとも、手際の悪い操船術と欠点だらけの航海法にあると考えざるを得なかった。ベニートの小さな手が日にも焼けず黄色いままであることに目を止めて、デラーノは、この若い船長が揚錨機《ようびょうき》の現場などで直接指揮をとっていたのではなく、ひたすら船長室の窓辺から指示を出していただけにちがいないということが、容易に推測できた。そうだ、もしそうなら、この若者の中で、心の病と上流階級然とした上品さとがあいまって、こんな無能ぶりをさらけ出したと考えても何の不思議もないことだ。

しかしデラーノは、ベニートの話を最後まで聞き終えると、批判めいた気持ちを思いやりの心の中に抑え込んで、さらに同情の言葉を繰り返した。そして、最初乗船した時に表明したようにこの時も、必要な物資を早急に供給するよう取り計らうと申し出ただけでなく、帆布と索具とともに、大量の水を補給するよう支援すると約束した。さらに、デラーノ自身にとっては、後でいささか問題となることかもしれなかったが、自分の船の有能な水夫三人を臨時の甲板監督員として派遣してもよい、ということさえ付け加えた。そうすることで、船は遅れることなくコンセプシオン港へと航行し、そこで完全に再装備して、当船の最終目的港リマへ向けて出帆できるだろうと考えたからである。

このような寛大な申し出は、病人ベニートに対しても、好い影響を及ぼさないわけはなかった。彼の顔が一挙に明るくなった。熱のこもった目と紅潮した頬をして、ベニートはデラーノの真心のこもった視線に応えた。実際彼は感謝の気持ちでいっぱいになっているように見えた。

その時、「こんな風に興奮されては、ご主人様の体に障ります」と従僕がささやいて、主人の腕を取った。そして、彼の気持ちを鎮める言葉をかけながら、彼の体をやさしく引いて、少し離れたところへ連れ出した。

ベニートが戻ってきた時、デラーノの心に痛みが走った。というのもベニートの頬に一瞬燃え上がったように見えた希望の灯《ひ》は、単に熱に浮かされた一過性のものに過ぎなかったことが見て取れたからである。

やがて喜びも失せ果てた様子をにじませて、ベニートは船尾楼の方を見上げながら、デラーノに対し、あそこまで同行して下さいませんかと要請した。そこに行けば、わずかながらも風がそよいでいて、気持ちもよくなるかもしれない、ということであった。

先刻ベニートが話をしている間、デラーノは、手斧研ぎたちが時折立てるシンバルのような音を耳にして、一、二度ビクッとしたことがあった。どうしてあんな雑音を立てて話の邪魔をするというのだ、とデラーノは思った。船尾のこんな場所、しかも、病人の耳の届くところでは、なおさらのことだ。それに、手斧などとても愉快なものじゃないし、それを扱う男たちもえらく険しい顔だ。実をいって、さきほど表面上はおとなしくベニートの船尾楼への同行を承諾した時でも、心のうちでは、ためらいの気持ち、実際しり込みする気持ちがなかったわけじゃない。あの時、あの男は気まぐれとしか思えないほど場違いの、えらく儀式ばった態度を示し、苦しげに青ざめた色を浮かべながらも、カスティリャ風に深々とお辞儀をして、厳《おごそか》かに、客人が先に梯子を上がるように促したりした。それで登ることは登ったのだが、その梯子の最後の段の両端には、例の黒人どもが不気味な様子で並んでいて、そのうち二人が向かい合って、紋章つきの盾持ち兼番兵といった格好で腰を下ろしているという有様だった。いくら人が良い方だといっても俺は、えらく気を遣いながら、その間を通らざるを得なかった。その上、彼らを背後にして先に進み、さらに二列に並んだ黒人の間を通り抜けた時など、まるで鞭打ち刑を受ける罪人のように、両脚のふくらはぎあたりがピクッとひきつるのを感じたものだ。

しかし、振り返ってその隊列の全体を目にしても、黒人たちは、列をなす手回しオルガン弾きのように、ひたすら無心に自分たちの作業に集中していて、周りのことには全く注意を向けていないように見えた。それゆえデラーノは、落ち着かない気持ちに陥った先ほどの自分自身に苦笑せざるを得なかった。

ベニートとともに船尾楼に立つと、すぐ前方の眼下に広がる主甲板が見渡せたが、そこには黒人たちの相変わらず混乱した様子があった。その時、衝撃的な光景が目に入った。三人の黒人の少年が、二人のスペイン人の少年と一緒に昇降口《ハッチ》に腰を下ろして、粗末な木の大皿をこすり洗いしていた。しばらく前に粗末な食事がその皿に盛られて出されたのだろう。すると、突然、黒人の少年の一人が、一緒に作業していた白人少年の一人が漏らしたらしい一言に怒って、ナイフをつかみ、楨皮作りたちの一人が制止しようと懸命に呼びかけたにもかかわらず、白人の少年の頭に切りつけ、深手を負わせ、流血の事態を招いたのであった。

驚いたデラーノは、これはいったい何事ですかと尋ねた。それに対して青白い顔をしたベニートは、ぼんやりとした様子で、若者の気晴らしに過ぎませんよ、とつぶやいた。

「それにしても、ずいぶん深刻な気晴らしですな、これは」デラーノは答えた。「こんなことが私のバチェラーズ・ディライト号で起こったりしたら、ただちに厳罰を下しますよ」

このデラーノの言葉に対して、ベニートははっとして彼の方に向き直ったが、アメリカ人を見つめるその眼つきには、半狂乱に陥ったような様子があった。それから、再び無気力状態に落ち込んでしまい、つぶやくように言った。「たしかに、たしかにそうですとも、船長殿」

なんだこの哀れな男は、とデラーノは考えた。これが噂に聞いた、張り子細工船長ってやつなのか？　船長としての権力で事態を鎮めることができないばかりか、狡《こう》猾《かつ》に見て見ぬふりをするというやつだ。まったく名ばかりで実際の指揮権などほとんど持っていないこんな指揮官を目の当《ま》たりにするとは、なんと情けないことか。

「私が思うにはですね、ドン・ベニート」デラーノは少年たちを制止しようとした槙皮作りたちの方に視線を送りながら言った。「黒人たちにはみんな、とりわけ若い連中には、どんなに役に立たなくても、また船に何が起ころうとも、仕事を与えておいた方がいいですな。私の船の連中についても、そのような方針を取らざるを得ませんでした。それでもこんなことがありましたよ。ある時、猛烈な嵐に襲われて、船はどうしようもなく翻弄されていたのですが、しかしそんな時でも、私は後甲板にチームをつくらせて、短いロープを使って、船長室に敷くマットに滑り止めの房をつける作業をずっとさせたものです。三日にわたってです。もっとも、その嵐のせいで、危うく船を、いやマットも部下たちも、そして何もかも一挙に失ってしまうところでしたがね」

「なるほど、なるほど、そうでしょう」ベニートはつぶやいた。

「そこでですがね」デラーノは話を続けて、再び樹皮作りたちを見やった。それから次に、自分の近くにいる手斧研ぎたちにも目を向けた。「見たところ、あなたは、ご自分の部下のうち、少なくとも何人かには監督の仕事を与えていますね」

「はい」再び虚ろな返事があった。

「あそこにいるあの年寄りたちですがね、まるで説教壇で頭《かぶり》を振ったりしているようなのですが」デラーノは樹皮作りたちを指差して、話を続けた。「ほかの者たちに対して年老いた牧師のように振舞っているように見えますね。とはいえ、みんなは、彼らの説教にあまり注意を払ってないようにも見受けられますが。ドン・ベニート、あれは、彼らが自発的にやっているのですか、それともあなたが命じて、黒い羊たちの群れの番をする羊飼いの役割をさせているのですか？」

「彼らの職務はみんな私が命じたのです」スペイン人は答えたが、その口調には棘があり、デラーノの言葉に皮肉が籠められていると受けとって、憤慨しているようだった。

「そして、他にも別の連中がいますね。あそこにいるアシャンティ族[11]の奇術使いたちのことですが」手斧研ぎたちによって振り回され、時折きらりと光る手斧の刃を、さも不安げに眺めながら、デラーノは話を続けた。「彼らが従事しているあの仕事は、どうも奇妙なものに思えるのですが、ドン・ベニート？」

「私たちが嵐に遭遇した時に」ベニートは答えた。「雑貨の積荷のうち、船外に投げ捨てなかったものは、海水を被って相当の被害を受けました。凪に入り込んでからというもの毎日、ナイフと手斧を数ケースずつ引っ張り出して点検し、修理と研磨のために持ち出させているのです」

「なるほど、それは賢明なお考えですね、ドン・ベニート。ところで、思うに、あなたは船と船荷の共同所有者ですよね。しかし、見るところ、奴隷についてはそうではないようですが？」

「私はあなたがご覧になっておられる全てのものの所有者です」ベニートは苛々《いらいら》しながら答えた。「もっとも黒人たちの大多数は違います。彼らは私の今は亡き友人であるアレハンドロ・アランダのものです」

この名を口にした時、彼は悲嘆に暮れた様子で、両膝が震えていた。そこで従僕が彼の身体を支えた。

11 アフリカ西部のイギリス領であった黄金海岸一帯に居住する黒人。

デラーノは、このような尋常ならざる感情の表出の原因を推測し、その推測を確かなものとするために、しばし間を置いてから言った。「それでお尋ねしたいのですが、ドン・ベニート、少し前にあなたは一等船客の乗客たちが何人か乗船していた、と話されましたね。そのご友人、亡くなられたためにあなたをそんなにも悲しませているそのご友人は、この航海の当初には、自分の所有する黒人たちに同行なさっていたのでしょうか？」

「同行していました。その通りです」

「しかし、熱病で亡くなられたのですよね？」

「熱病で亡くなりました。ああ、その話は、私は――」

再び全身が震えて、ベニートは口をつぐんだ。

「申し訳ありません」デラーノは小声で言った。「思うに、私もあなたに同情できるだけの経験をしてきたのです。ですからドン・ベニート、あなたの悲しみをそんなにも痛切なものとしているものが何なのか想像がつくのです。かつて私も、海上で親愛なる友人でもあるわが弟――当時船荷監督をしていましたが――その彼を失うという、つらい運命を経験しました。その御霊《みたま》の安らかであることが確信できさえすれば、私は、断固として、その死に耐えることもできたでしょう。しかし、いつも目くばせを交わし合った弟のあの誠実な瞳、そしていつも触れ合わせたあの誠実な手、そしてあの温かな心、全て、その全てを——まるで犬に与える残飯のように、サメたちに投げ与えてしまわなければなりませんでした！　その時でした、私は誓ったのです。今後は二度と、親しい者を航海の仲間にはするまい、と。もちろん不慮の事故に備えて、陸地で埋葬するために、当人には知らせずに、死体の防腐処置用に必要なものを全て準備しておくというなら、話は別ですがね。今あなたの友人のご遺体がこの船の上にあったならば、ドン・ベニート、その名を口にしただけで、先ほどのように動揺されることはなかったでしょうに」

「この船の上に？」ベニートはそのまま繰り返して言った。と思うと、何か亡霊とでも顔を合わせたかのように身震いをし、意識を失って倒れたが、すでにその先には従僕が腕を伸ばして待ち構えていた。その従僕の目は、デラーノ船長に無言で、主人にはこれ以上、耐えられぬ苦痛を与える話題を持ち出さないように嘆願しているように思われた。

これまたなんと哀れなやつよ、と心を痛めながらデラーノは思った。あのおぞましい迷信、悪鬼と見捨てられた人間の死体とを一緒に結びつけてしまうという迷信、それに幽霊と廃屋を結びつけて連想するという迷信、この男はそんなものの犠牲者となってしまっている。この俺とは何と違っていることか！　同じような場合、俺は重々しい思い出の中にでも、なにか満足感を感じることとさえある。しかしこのスペイン人にとっては、そんな思い出がほんの少し仄《ほの》めかされただけで、大変な恐怖となって、こんな恐慌状態に陥ってしまうのだ。かわいそうなアレハンドロ・アランダよ！　かりに君がここにいて、君の友人のこの姿を目にしたならどう思うだろう。ほかならぬこのベニート——以前には君を残して数カ月も航海に出て、いつも君に一目でも会えないものかと心から望んでいたという君の友人——は、どのような形であれ、自分の近くに君がいる、と言われただけで、恐怖のどん底に投げ込まれたような有様なのだ。

この時、墓場に響くような陰鬱な鐘の音が聞こえた。その鐘には一筋のひびが入っているような響きだった。それはこの船の船首楼で白髪混じりの槙皮作りたちの一人によって打たれたのだったが、鉛のような凪の空気を貫いて十時を告げた。デラーノはその時、大きな黒い人影が動くのに注意を引かれた。その人影は、眼下の群衆の中から姿を現すと、船尾楼の高台になっているところに向かってゆっくりと進んできた。鉄の首輪が首に巻いてあったが、首輪からは一本の鎖が下がっていて、体に三重に巻きつけてあった。鎖の端は、彼の腰に締められた幅広の鉄の腰帯《こしおび》に南京錠でつなぎとめてあった。

「なんとまあ、だんまり野郎アトゥファルのあの歩き方といったら」従僕はつぶやいた。

その黒人は船尾楼の階段を昇ってきた。そして、勇気ある囚人が引き出されて判決を受ける時のように、ベニートの面前に、無言で少しもひるむことなく立ったが、その時には、ベニートもようやく発作から回復していた。

しかしこの黒人が歩み寄るのを一目見て、ベニートは体をギクリとさせた。ベニートの顔が曇り、怒りの色が覆った。それから、怒っても仕方がないと急に思い直したかのように、彼の白い唇はぴたりと固く合わされた。

こいつは、きっと強情な反逆者だな、とデラーノは思った。それでもなんと、こいつ、見ればみるほどそそり立つ黒い彫像みたいじゃないか。ほれぼれするほどだ。

「さあ、やつめはご尋問を待っていますよ、ご主人様」従僕が言った。

そう言われて、ベニートは、ハッと気を取り直したが、彼を避けるかのように、すぐ苛立たしげに視線を逸らした。きっと反抗的な返答を予期してのことだったのだろう。落ち着きをなくした声で彼は次のように言った。

「さて、アトゥファルよ、私の赦《ゆる》しを請うか？」

黒人は無言だった。

「もう一度です、ご主人様」従僕はささやいた。そして自分と同じ黒い同胞に対して、辛辣に咎め立てするような目を向けた。「もう一度です、ご主人様。やつめはもうすぐ屈服しますよ」

「答えよ」ベニートは言ったが、視線は外したままだった。「お赦しください、と一言いえばいいのだ。そうすれば、鎖を解いてやる」

これに対して、黒人は、ゆっくり腕を前の方に持ち上げたかと思うと、力なくだらりと降ろした。鎖の輪がカチャカチャ音を立てる中、彼は頭を垂れた。それは、「いいえ、私はこのままで結構です」と言うに等しい動作だった。

「下がれ」ベニートは言った。その声には抑制のきいた、何とも言い難い感情がこもっていた。

黒人はやって来た時と同様、ゆっくりとその言葉に従った。

「すみませんが、ドン・ベニート」デラーノ船長は言った。「今の場面には驚かされましたね。いったい、どういうことなんです？」

「あの黒人は、全員の中でただ一人、私に特別無礼な振舞いをしたからです。私は彼を鎖で縛りつけることにしました。私は――」

ここで彼は言葉を切って、片手を額へ上げた。まるで眩暈《げんうん》を感じ、突然記憶の混乱に襲われてしまったかのようだった。しかし、従僕の思いやりのこもった視線を感じると、気を取り直したように、話を続けた。

「私は、あのようにがっしりした体の持ち主を鞭打つことはできませんでした。ただ彼に命じたのです、お前は私の赦しを請わなければならない、と。しかし、あの男は今に至るまでそうしません。それで私は、二時間ごとに私の前に立つよう命令したのです」

「そんな風になってもうどのくらいになるのですか？」

「もうだいたい六十日になります」

「他のことでは従順なのですか？　行儀をわきまえてもいるのですか？」

「それなら、きっと」デラーノは思わず声を大にした。「あいつは王者然とした精神の持ち主なのですよ」

「あの男にはその資格があるのかもしれません」ベニートは苦々しく答えた。「自分の生まれた国では、王であったと言っていました」

「そうなのです」従僕が言葉を添えた。「アトゥファルの耳たぶにありましたあの切れ目には、かつて金の輪が付けられていました。しかし、ここに控えておりますこの哀れなバボウめは、自分の生まれた国で、哀れな奴隷に過ぎませんでした。この私、バボウめは黒人の奴隷だったのです。そして今では白人の奴隷というわけです」

このような従僕の話好きな態度に、過剰な馴れ馴れしさを感じて、いくぶん苛々しながらも、デラーノは彼に好奇の眼を向けた。それから探るようにその主人をちらと見た。しかし、このような些細な礼儀にこだわらぬ従僕の態度は、もう長きにわたって続いていると見え、主人もその従僕もデラーノの怪訝《けげん》な気持ちに気づいているようには思われなかった。

「いったい、アトゥファルの無礼な振舞いとは、どのようなものだったのでしょうか、ドン・ベニート？」デラーノは尋ねた。「もし、事がそんなに重大なものでなかったらですね、あの態度にはなぜか尊敬の念さえ抱きたくなりますから、あの従順そうな態度に免じ、ここは私のような愚か者の助言を聞き入れて、彼の刑罰を免除してやって下さいませんか」

「いえ、いえ、ご主人様は決して赦すことなどありません」ここで従僕が口ごもりながら言った。「生意気なアトゥファルは、なによりもまずご主人様の赦しを請わなければなりません。あの奴隷アトゥファルめは南京錠を身につけていますが、ここにましますご主人様はその鍵をお持ちなのです」

この言葉によってデラーノの注意はそちらに向けられ、細い絹製の紐に吊るされた鍵がベニートの首からぶら下がっていることに初めて気づいたのだった。従僕がぶつぶつ呟くように口をはさんだことで、直ちにその鍵の用途に思い当たり、デラーノ船長は微笑を浮かべて言った。「なるほど、ドン・ベニート。南京錠と鍵ですか。なんとも意味深長な代物《しろもの》ですね」

するとベニートは下唇をかんで、身をひるませた。

デラーノ自身としては生来単純な頭の持ち主で、皮肉や当てこすりなどを言える方ではないのだが、今口にした言葉は、軽い仄めかしとはいえ、奇妙な形でスペイン人船長の黒人に対する支配力をはっきり思い起こさせたようだった。しかし心気症ともいえるベニートは、その言葉を、はしなくも暴露した自分の無能さに対する悪意のこもった当てつけと受け取ったように見えた。その無能さとはすなわち、口頭の通告ぐらいでは、少なくともこれまでのところ、あの奴隷の堅固な意志を打ち砕くことなどできなかったということである。デラーノは、これはつまらん誤解が生じてしまったと、残念に思いながらも、それを正すことは諦めて、話題を変えようとした。しかし相手は、まるで先ほどの当てつけのような形になった言葉を今もなお実際に侮辱と感じて、苦々しくそれに耐えているかのようであった。それゆえデラーノは、相手が今までよりもなお一層内にこもってしまったのを見てとると、ベニート同様に口数が少なくなり、むしろ自分が虐げられたかのように感じてしまった。しかしそんな反応は自分の意に反することであり、なにやら病的なほど神経過敏になっているベニートが秘かに抱いている復讐心のようなものによって生じたように思われたのだった。それにつけてもデラーノは、自分はそのような気質とはまったく正反対の性格を具《そな》えた、人の良い海の男であると自負しており、あえて気持ちを顔に出さないようにするとともに、心に生じた反発をも抑えることができた。彼はたとえ自分が黙り込んだとしても、それはただ相手の態度が感染したに過ぎないからだ、という風に思い直した。するとと突然ベニートは、従僕に支えられて、いくらかぶしつけに客人デラーノの目の前を横切って彼から離れて行った。その振舞い自体は、例の不機嫌さに由来する、なんら他意のない気まぐれとして見逃すことが許される程度のものであった。もっとも、主人とその従僕が、かなり高い位置にある明かり取りの下の辺りをぶらつきながら、低い声でひそひそ話をはじめたのは、不愉快なことだった。その上、それまでベニートに漂っていた憂鬱な雰囲気には、病いに悩む人間に見られる、ある種の品のある厳かさといったものが付随していたものだが、今ではそんな気品のかけらもなくなったように見えた。またその一方で、従僕の、へりくだってはいても親しみのこもった態度からは、心からの純粋な献身に認められる本来の魅力がなくなっているように見えた。

これには当惑して、デラーノは顔を反対方向に向けた。すると彼の視線は、思いがけず一人の若いスペイン人水夫の上に留まった。綱を一巻き手に持ったまま、ちょうどその時甲板から進み出て、船尾に積まれた索具の横木の辺りに出てきたところだった。その水夫は帆桁のひとつへと昇って行く時、デラーノに何か意味ありげな視線を注いでみせたが、そういうことがなければ、おそらくその男に特別注意を引かれることはなかっただろう。そのうちその水夫の視線は、自然な流れを装うかのごとく、デラーノから例のささやき合っている主人と従僕の方に向けられた。

その振舞いによって、デラーノ自身も再びそちらに目を向けてみたが、少なからずどきりとさせられた。というのもちょうどその時のベニートの態度から判断して、少なくとも訪問者である自分が、自分から離れたところで進行している相談ごとの、部分的ではあれ、直接の対象となっているように思われたからである。そのような推測が正しければ、客人にとっては無視しがたいことであり、また主人の態度としてもほめられたものではない。

ベニートが、奇妙にも丁重さと無作法を交互に、しかも理由なく繰り返すという事態は、理解の範囲をこえるものだった。いったいあの男はどっちなのだ、罪なき狂人なのか、あるいは悪意あるペテン師なのか。

しかし、前者の罪なき狂気ということも、あまり物事を深く考えない観察者デラーノにとっては、ごく自然に思いついただけのことに過ぎないし、それに、これまでの経験上、デラーノにとって、全く予想外のことではなかった。しかし、デラーノも今や、まだ初期の段階とはいえ、ベニートの振舞いを、意識的な侮辱という観点から見直して、何か意図が隠されているかもしれないと思いはじめていたので、狂気という想定は、頭から消え去っていた。しかし、狂人でないとしたら、いったい何者なのだろう？　このような状況下で、いやしくも紳士たるものが、いや愚直な田舎者ともいえるものが、今目の前で演じているこんな主人役を演じうるものだろうか？　この男は詐欺師かもしれんな。言ってみれば、卑しい生まれの山師が、海のスペイン大公を演じているということか。だから純粋な紳士としての第一要件に全く無知なために、さっきのようなひどく目立つ無作法を、はしなくも露呈させてしまったのかもしれない。時折見せるあの奇妙なまでの仰々しさにしても、本来の自分の能力以上の演技をしている役者のようだった。ベニート・セレーノ——ドン・ベニート・セレーノか——仰々しい名前だ。近頃では、その姓セレーノは、カリブ海沿岸域の貿易に携わる船荷監督や商船船長たちの間でも、いくらか知られてなくもない。セレーノという名は、その一帯において、最も進取の気性に富んで、最も大々的に商いを展開している商人一族の名前だ。彼らの中には、貴族の称号を持つ者すら何人かいたはずだ。

いってみればカスティリャのロスチャイルド[12]一族といった具合か。南アメリカのあらゆる大貿易都市に、貴族然とした兄弟あるいは従兄弟《いとこ》がいるというわけだ。おそらくこの自称ドン・ベニートは、まだ若年、二十九か三十歳くらいだろう。それじゃ、海事に携わるさすらいの名門子弟というのは結構だが、この才能と気概に溢れた若い詐欺師野郎は何を企んでいるというのだ。といって実際、このスペイン男は青白い顔をした病人に過ぎんし、気にするほどのことはないだろう。実際のところ、命に関わる病いにかかっているふりをするなら、悪知恵に長《た》けた詐欺師の中には、こいつよりもっとうまく演じおおせる連中がいるじゃないか。それじゃこう考えてみるとどうだろう。幼児じみた病弱さという見かけの裏には、この上ない野蛮なエネルギーが潜んでいることだってあるし、あのスペイン男の身を包むビロードの清らかなよそおいだって、その下に野獣の鋭い爪を潜ませるなめらかな前足なのかもしれない、と。

このように勘繰《かんぐ》ってみても、それは一貫した思考から導き出されたのではなかった。頭の中というより、外見を眺めることから思いついたにすぎないものだった。ただその思いは、突如一かたまりとなって、白い霜柱のように茫《ぼう》として立ち上ってきた。しかしそれでも、デラーノの穏やかな人の良い心が、太陽のように再び昇りつめると、そんな霜柱はすぐに蒸発してしまうという性質のものであった。

もう一度主人役のベニートの方へ視線を向けると――ちょうどその時、明かり取りの下に現れ出た彼の横顔が、デラーノの方へ向く形になった――デラーノはその横顔に衝撃を受けた。顎鬚《あごひげ》のおかげで下顎の辺りに高貴さが漂っているだけでなく、体調不良によって頬の肉がすっかり削《そ》げ落ちてはいても、それでもくっきりと明らかに高貴な輪郭が浮き出ていた。ああ、疑念よ、去れ。彼こそ正真正銘のスペイン貴族セレーノ家の正統の嫡男だ。

このように思い直し、他にもさらに楽観的な考えが浮かんできて心が軽くなり、デラーノは、鼻歌でも歌いたいような気分で、軽やかに船尾楼を歩きはじめた。きっとこんな態度をとれば、あの男の無作法な態度を全く信用していなかったことや、とりわけ、彼が二枚舌を弄《ろう》する人間だと思っていた、なんてことに気づかれる心配はないだろう。実際、そんな不信の念も錯覚に過ぎないものだし、周りで発生した出来事に

12　ネイサン・マイヤー・ロスチャイルド（一七七七―一八三六）。ドイツ生まれのイギリスの銀行家。ユダヤ系の国際金融業者でもある。

惑わされただけのことなのだ。しかしそれでも、こんな疑念を引き起こすことになったさっきの状況は、まだ理解できないままだ。といって、そんな些細な疑問など、頭の中からきれいさっぱり一掃できるかもしれないのだから、自分があんなに度量の狭い推測に捉われていた、ということだけはベニートに決して気づかれない方がいい。そんなことになったら、まったくもって後悔することになるだろう。とにかく、このベニートについては、スペイン人好みの装飾過多な黒字体《ブラック・レター》を地で行くものぐらいに考え、しばらくの間は欄外の余白を広く取っておく、というようなやり方で付き合うのが最善だということだ。

そうこうするうち、青白い顔を引きつらせ、陰鬱な影を漂わせて、ベニートがいまだ従者に支えられたまま、デラーノの方へ近づいて来た。その時の顔には、それまでよりもなお一層困惑した表情が浮かんでおり、しわがれたささやき声には何事か企んでいるような奇妙な抑揚があったが、それはともかく、次のような会話がはじまった。

「船長殿、ひとつうかがいたいことがあるのですが。この島にはもうどのくらい停泊なさっているのでしょうか？」

「ああ、まだ一日か二日ばかりですよ、ドン・ベニート」

「最後に出港なさったのはどちらからでしょうか？」

「広東《カントン》です」

「その港では、船長殿、アザラシの毛皮と交換なさったのは、茶と絹だとうかがったと思うのですが」

「そうです。おもに絹ですね」

「そして、おそらく差額は現金でお受け取りになられたのでしょう？」

デラーノ船長は、いくぶん動揺したが、それでも答えた。

「そうです。銀貨でいくばくかでした。そんなにたいした額にはなりませんでしたがね」

「ああ、そうですか。ところであなたの部下は、今何名ぐらい乗船しているのでしょうか、船長殿？」

デラーノは少しばかりドキッとしたが、それでも答えた――

「総員で二十五名といったところですね」

「それが、今現在のことですね、船長殿、その全員が乗船しているということですね？」

「全員が乗船していますよ、ドン・ベニート」船長は、今や満足げに答えてみせた。

「そして今夜も全員が乗船なさっているということですね、船長殿？」

こんな風にいくつもの質問が執拗に続いた後の、この最後の探りを入れるような質問に対しては、さすがのデラーノも、質問者を真剣なまなざしでまじまじと見返さざるを得なかった。しかし相手は、デラーノと目を合わせず、甲板の上に視線を落としていたが、心中の狼狽《ろうばい》は目にも明らかだった。その様子は、彼の従僕の態度と比べると、全く恥ずかしいほどに対照的であった。従僕は、ちょうどその時、ドン・ベニートの足元にひざまずいて、ゆるんでいた靴のバックルを直してやっていた。その間、従僕の平然とした顔には、つつましやかではあるが好奇の色が浮かんでおり、下からまっすぐに見上げた時の彼の視線は、下を向いた主人の視線をつかまえていた。

ベニートは、いまだに何かやましい気持ちがあるかのように足を小刻みに震わせながら質問を繰り返した。

「そして、そして今夜も全員が乗船なさっているのでしょうね、船長殿？」

「そうです、私の知る限りは、ですが」デラーノは答えた。「しかし、ですね」彼は真実を恐れずに口にしようと、おのれを鼓舞して言った。「乗員の中には、真夜中頃に集団で魚釣りに出かけるつもりだ、と話していた者もいましたよ」

「あなたのお乗りになるような船は、たいていは多少なりとも武装されていると思うのですが、船長殿？」

「ああ、六ポンド砲が一門か二門ありますよ、緊急時に備えてですがね」と、相手の質問に大胆なほど無造作に答えた。「そしてマスケット銃がわずかばかり、アザラシ猟用の銛、それに短剣《カットラス》といったところですかね」

そのように答えながら、デラーノは再びベニートを見やったが、相手の方は目を逸らした。それからベニートは、突然ぎこちなく話題を変えて、例の凪の話を不機嫌そうに持ち出したかと思うと、なんの断りもなしに、再び従僕とともに、反対側の船縁《ふなべり》の方に引っ込んでしまい、そこでまたひそひそ話が再開された。

この時、デラーノがふたたび生じた事態について冷静に振り返る間もなく、先ほど見かけた例の若いスペイン人水夫が索具から降りてくる姿が目に入った。その水夫が甲板の上へ飛び降りようと前傾姿勢をとった時、そのゆったりした、ボタンを締めていない仕事着、つまり粗い毛織りで、タールの染みがたくさんついていたシャツの胸元が広くはだけ、汚れた肌着をさらけ出す形になった。その肌着は、最高級のリネン地のように見えた。首回りは青色の細いリボンで縁取りがされてあったが、そのリボンはひどく色あせて擦り切れていた。一瞬、その若い水夫の目は再びひそひそ話をする二人に注がれた。デラーノは、あたかも自分がその身振りの中に潜んでいるある重大な意味を目にしているように思われた。まるで、秘密結社《フリーメイソン》[13]の無言の合図といった類のものが、一瞬のうちに交わされたような気がした。

このような思いにとらわれて、デラーノは視線を再びベニートの方へ向けた。そして、以前そうだったように、やはり彼自身がその話し合いの主題となっているのだと推測せざるを得なかった。思わず彼は身を固くした。すると手斧を打ち鳴らす音が彼の耳をとらえた。彼は改めて二人の様子をすばやく盗み見た。彼らには共謀者の雰囲気が漂っていた。ついさきほどのベニートの執拗な質問と若い水夫の行動を結び合わせると、思わず知らず、再び疑念がぶり返してきた。自身は謀《はか》り事などには無縁であったとはいえ、デラーノは、その疑念を抑えることができなかった。そこで彼は陽気におどけた表情を作り、二人の方へ足早に歩み寄って、言った。「ほほう、ドン・ベニート、あなたのその黒人は、あなたの信頼を十二分に得ているようですね。参謀兼顧問といったところですか、実際の話」

これに対し、従僕は顔を上げると善良そうにニタッと笑ったが、主人は毒蛇にかまれたかのように一瞬身を引きつらせた。しばし間を置き、ベニートはやっとのことで気を取り直し、答えようとした。しかしそんな時でも、感情を抑制する冷たい響きがその口調にはあった。「その通りです、船長殿、私はバボウに信を置いております」するとバボウは、さきほどのえらく動物じみた、滑稽でにやついた顔を、今度は知性の感じられる微笑へと変化させたが、主人を見つめるその様子には感謝の色がなくもなかった。

ベニートの方はひたすら押し黙ったままだったが、それはまるで無意識のうちにか、あるいはむしろ意図的にか、今デラーノが近くにいることは自分たちには都合が悪いのだと言わんばかりだった。しかしデラーノは、そのような無礼な振舞いに対してさえ、自分が礼をわきまえていないと思われることは望まず、二言三言意味のない感想を口にすると、その場から離れた。それでもその間、ベニートのこのような不可解な態度については、様々に思いをめぐらさざるを得なかった。

13　十八世紀に結成された石工ギルド（友愛組合）を基盤にした世界規模の秘密結社。

デラーノは、色々な考えにとらわれながら船尾楼を降りると、内部の暗がりへと続く昇降口《ハッチ》のそばにたどり着いた。その昇降口は三等船室に通じていたが、その時、そこで何かが動く姿が目に入った。彼はその動くものが何なのかを確かめようと目を凝らした。するとその瞬間、暗い昇降口の中からまぶしい光が閃《ひらめ》いた。と同時に彼はスペイン人水夫の一人が、その辺りをこそこそと急ぎ足で動き回っている姿を目にした。その水夫は片方の手を仕事着の胸元に入れており、まるで何かを隠し持っているかのようだった。横切っていくその男がいったい何者なのかはっきりとは分からなかったが、そのうち男はこそこそ逃げるように奥へと姿を消した。しかしそれでも、その男が先ほど索具のところで見かけた若い水夫であるということは十分見当がついた。

あんなにまぶしい光を放ったのはいったい何だったんだろう？　とデラーノは考えた。ランプではないし、マッチでもない。燃えている石炭でもない、いや、宝石だったかもしれない。でも、どういう訳で水夫が宝石なんかを持っているんだ？　それに、絹の縁取りのついた肌着にしたって、あれはいったいどういうわけだ？　あの男は、死んでしまった上級船客の荷物を盗んだとでもいうのか？　しかし、もしそうだったとしても、この船上で盗んだものを身につけるなどということは、まずあり得ない話だ。でも、ああ、実際のところ、少し前にこの怪しげな男とベニートとの間で交わされているように見えたのが秘密の合図だったとしたらどうだろう。まったくこんな不安な状態であっても、自分の五感が俺自身を欺くことなどないと信じられればいいのだが。そうできさえすれば……。

この時、これまで疑わしく思えたことが次から次へと頭をよぎった末に、デラーノ船長は、奇妙なほど自分の船について聞かれたことに思い当たった。

そこでいままでのことを思い返してみた。そうだ、俺が何か怪訝に思った時、奇妙なことにいつも、あのアシャンティ族の黒い奇術使いたちが手斧を打ち鳴らしていたな。まるで白い異邦人である俺の考えていることに対して、なにか不吉な警告を発するかのようだった。あんな謎めいた脅迫を受けたら、どんなに脳天気な者であっても、頭の中に醜怪な疑念が入り込んでしまうものだ。そうでないとしたら、それは、自然の思考に逆らうということになる。

今やこの船はなすすべもなく潮の流れにはまり込んでしまい、役にたたぬ帆を晒《さら》したまま、速度を増して沖へと漂い出ている。ふと気づくと、島の突端部の陰になって、自分のアザラシ猟船の姿が視界から隠れてしまっていた。物には動じない方だと自認しているデラーノも、あれこれ思い巡らすと、身体に震えを覚えるほどだった。その思いは、自分の胸のうちでさえ、はっきりさせるのがはばかられるほどだったが、それにも増して、ベニートに対して漠とした恐怖を感じはじめていた。それでも彼は勇気を奮い起こし、胸を張り、両脚に力を入れると、気を落ち着け、その恐怖について考え直した。そんな実体のない幻影が束になってかかってきたところで、何も出来やしないじゃないか。

たとえあのスペイン人が何か陰謀を企んでいるとしても、それはこの俺に対してというよりも、俺の船バチェラーズ・ディライト号に対してのことに違いない。だから、今のようにこの船が潮に流されて、俺の船から遠ざかっているという状況は、あらゆる可能性を考慮してみても、少なくとも当座は、その企みとは相容《あいい》れないはずだ。このような矛盾した事態を結び合わせると、いかなる疑念も根拠がないと見なした方がいいのは明白だ。それに、何とも突飛な考えじゃないか、危機的状況に陥っている船——乗客乗員たちの多くを病で失い、水の補給を断たれてみんな喉をカラカラにしているような船——そんなものが、今のこの時点で、海賊船だなどというのは、全くもって途方もない話というものだ。それに、そうではないからこそ、船長にしても、部下たちにしても、何よりもまず、一刻も早く救援の手を求め、水と食糧の補給を受けたいと願っているじゃないか。でも待てよ、このようにも考えられるか。船全体のこの危機的状況、なかでもとりわけ乗組員たちの喉の渇きが、実は全部演技であるとしたらどうだ? そして、あのスペイン人水夫たち、大半は死んでしまって、生き残りはわずかとなったという話だが、実は前と同様その人数を少しも減らさず、今まさにこの瞬間にも、船倉に身を潜めているとしたらどうだ? たしか人間の姿を装った悪鬼どもが、悲嘆に暮れた様子を装って、一杯の冷水を乞いながら、人里離れた一軒家に上がり込むや、最後には邪悪な所業に及んで引き揚げた、という話があったな。他にも、マレーの海賊の話がある。奴らは、獲物に選んだ船を先導して危険な港に誘い込んだりするということだ。あるいは、海上で自分たちに戦いを挑んできた船に対し、自分たちの船の甲板上にはほとんど人影がないように見せかけて油断させ、切り込み隊員たちを誘い込んだあげく、その甲板の下では、百本もの槍を手にした黄色い腕が待ち構えていて、誘い込んだ隊員たちをマットの下から串刺しにしようとした、なんて話もある。もちろん俺だって、そんなことをそのまま鵜呑みにしている訳じゃない。ただ聞いたことはあるということだ。だが、根も葉もない噂であっても、どういうわけか頭から離れることがない。今のこの時、この船が流されてはいても目指しているのは、投錨に適した海域だ。しかしそこに着けば、俺自身の船の近くに位置することになる。そんな風に接近するやいなや、サン・ドミニク号は、表向きでは眠っている休火山のように見せながら、その実、内に秘めたエネルギーを、突如一挙に噴出して襲ってこないとも限らないではないか？

デラーノはベニートが自分の船の苦難の話を語っている時の態度を思い起こした。あの態度には、なにか陰鬱なためらいと、口先だけのごまかしの様子があった。それはあたかも、邪悪な目的のために話をでっち上げながら語る人物に見られるような態度だ。しかしそれでも、もしあの話が真実でないとしたら、何が真実だというのだ？この船は不法な手段によって、ベニートの所有するものになったとでもいうのか？だがそうだとしたら、あの話の多くの細部、特に何とも痛ましい一連の災難への言及は、いったい何だったんだ。水夫たちに降りかかったあの不幸な死、その結果として長期にわたったジグザグ航行、さらにはしつこい凪に苦しめられ、そして今なお喉の渇きで苦しみは続いている、等々のこと。他の点はもちろんだが、一連の話は、あらゆる点で、辻褄《つじつま》が合っている。船上の者たちはみんな、白人黒人の別なく嘆きの声を上げていたではないか。それだけではない、同じことだが――これはとてもでっち上げなどではあり得ないのだが――俺が目にしたすべての者の顔や姿、まさにその表情や物腰、それらのすべてが事実を物語っているじゃないか。もしベニートの話が初めから終《しま》いまででっち上げだとしたら、この船に乗っているあらゆる人間は、いちばん年少の黒人女に至るまで、あいつの企てのもとに注意深く訓練を施された兵卒だというとになる。そんなこと、もちろん信じられない話だ。とはいえベニートの話の信《しん》憑性《ぴょうせい》を打ち消すような根拠がでてきたならば、こんな話もウソでなくなるのかもしれないのだが。

それにしても、ベニートのあの質問攻め、あれはいったい何だったのか。これには、一考の余地があるかもしれない。あの質問の内容は、強盗あるいは暗殺者が、真っ昼間に、目指す家の四方の壁を偵察して回るというような、えらく愚かしい仕業と同じではないか。良からぬ目的を抱いて、そのような情報を、危機にさらされている当の本人からあからさまに聞き出そうとする者がいるだろうか。そんなことをすれば、結局その当人の警戒心を強めるだけということになる。そんなやり方があるはずがない。

それでは、あの質問攻めが邪悪な意図によってなされたと考えるのは馬鹿げている、と仮定してみよう。そうなると、あの時俺に警戒心を起こさせたあいつの振舞いが、次の瞬間には、その警戒心を解かせるように働くことになる。つまりだ、どんな疑念や不安も、それを抱いた時には当然なように思えても、ひと度謎が解けてみると今度は同じ理屈によって、疑念や不安を追い払ってしまうことになる、というわけだ。

ついにデラーノはこれまで感じた悪い予兆を一切笑い飛ばすことにした。そして、この奇怪な船、この船はどういうわけか、悪い予兆と合体しているような様相を呈しているのだが、この船そのものをも笑い飛ばすことにした。そしてまた、面妖な表情の黒人たちも一笑に付すことにした。特にあの研ぎ師のアシャンティ族たち、そしてまた、あの横になって編み物をしている年老いた黒人女たちや槙皮作りたち。さらにはあの陰鬱なベニートその人も、ほとんど笑い飛ばすことにした。あの男だっておかしな妖怪物語の中心となっているに過ぎないのだ。

他のこと、つまり真面目に考えれば謎めいて見える事柄だって、善意に受け取ってやれば、そのうちきっと説明がつくはずだ。あのかわいそうな病人ベニートは、ひどい憂鬱の虫のためにふさぎ込んで、大方自分が何をしているのかほとんど分かっていないのだ。あるいは、何の意図も目的もなく、ただだらだらと質問を続けていたとも考えられる。あんな男は明らかにこの船の責任ある者として、当面とても適任とは言えない。善意をもってあの男から指揮権を譲り受けることができたら、俺はこの船をコンセプシオンまで送り届ける義務を引き受けなきゃならないが、そうだ、そうなったら、この船の指揮は俺の船の二等航海士に当たらせよう。あいつは立派な人物だし、航海士としても優秀だ。そのほうがサン・ドミニク号のみならず、ベニートにとっても好都合なはずだ。そうなれば、あの病人は、あらゆる気遣いから解放され、完全に船長室に引きこもって、従僕の手厚い看護を受けることができるわけだし、航海が終わる頃には、おそらくある程度まで健康を取り戻せるだろう。そうすれば、権威も取り戻すことができるというわけだ。

これがアメリカ人デラーノの考えであった。そのように思いを巡らすことによって、彼の心は落ち着いてきた。たしかに二つの考え、つまりベニートがデラーノの運命を暗い方向へと向けているという考えと、デラーノがベニートの運命を明るく良い方向に導いているという考えの間には、大きな隔たりがあった。しかしながら、善良な船乗りデラーノの目が、やがて遠方に自分の狩猟ボートの姿をとらえた時には、大いに安堵《あんど》の念が戻ってきた。到着が遅れたのは、アザラシ猟船の方でも、予想以上に作業に手間取ってしまったからだが、目標とするこちらの船が絶えず沖に流されて、後退しつづけたため、戻りの距離が拡大したからでもあった。

少しずつ近づいてくるボートが黒人たちの目にも留まり、彼らの歓声がベニートの注意を引いた。彼は、デラーノに近づいて頭を下げ、補給の品々がやってくることに対する感謝の念――その品々は、十分すぎるとは言えなくとも、当座の間に合わせにはとてもありがたいことです――を表明した。

デラーノは返事をしたが、そうしながらも、彼の注意は眼下の甲板で生じた出来事の方へと引き寄せられた。陸地が見える側の手すりの方に固まって押し寄せる群衆の中に、接近中のボートを熱心に見つめている二人の黒人の姿があったが、彼らはどうやらたまたま白人水夫の一人に押しのけられたらしく、怒声とともにその水夫に食ってかかった。水夫の方でも怒りを露わにしたところ、二人の黒人は水夫を激しく甲板の上に突き倒し、踏みつけにしたのである。槙皮作りたちが必死に止めようとしたが、その叫び声は二人の黒人の耳に入らなかったようだった。

「ドン・ベニート」デラーノは慌てて言った。「あそこで起こっていることが見えますか？　ほら！」

しかし、激しい咳に襲われて、ベニートはよろめくだけだった。両手で顔を押さえると、今にも倒れてしまいそうだった。しかしデラーノが彼の体を支えてやる前に、従僕は彼より素早く、片手で主人の体を支えると、もう片方の手で気付け薬をあてがった。するとベニートは正気を取り戻し、黒人は手を引っ込めて、体もわずかに脇へ退《ひ》いたが、忠実にも、主人が何か小声で呼べば応じられる距離にとどまっていた。そのような思慮深く振舞う従僕の姿を目の当たりにして、デラーノの目からは、従僕が身につけてしまったと思われる無作法――その無作法というのも、先ほど目にした、あの礼を失したひそひそ話以来、彼の心にわだかまっていたものであったが――がもたらす汚点がきれいに拭い去られてしまった。これを見ても明らかなことであるが、控えているべきだと判断すれば、従僕はあのように控えめに振舞うことができるのだから、無作法は従僕の側に非があるとするより、主人の責任の方が大きいということだ。

このようにして、デラーノ船長の視線は、群衆の混乱した光景から離れて、目の前のこの二人の見せるより快い光景へと移った。彼はベニートに対し、あなたは素晴らしい従僕を所有していますね、と褒めそやした。この従僕はいくらかでしゃばり気味でもあるのだが、全体的に見て、この病人の置かれている状況では、計り知れないほど価値のある召使となっているのだ。

「お願いがあるのですが、ドン・ベニート」デラーノは微笑を浮かべながら言葉を継いだ――「ここにいるあなたの従者を、譲って頂きたいと思っているのですが――おいくらであればよろしいでしょうか？　五十ダブルーン[14]では無理でしょうか？」

「ご主人様は一千ダブルーンでもバボウめを手放されはしません」黒人が呟《つぶや》いた。デラーノ船長の申し出を耳に挟んで、それをまじめな話として受け取ったのだ。そして、その言葉には奇妙なうぬぼれの響き、主人に認められた忠良な奴隷としてのうぬぼれの響きがあり、見知らぬ人物によって下された、過少な値付けをくだらないものと聞いて、あざけったのかもしれなかった。しかし、ベニートは、いまだに完全には回復していないらしく、再び咳の発作に声を詰まらせて、二言三言切れ切れの答えを返しただけだった。

やがて彼の肉体的苦痛は一段と酷くなり、見た目にも精神に悪影響を及ぼしているように思えた。そこで、その悲惨な姿を人の目から隠そうとするかのように、従僕が優しく主人を甲板下へと導いて行ってしまった。

一人取り残されてしまったデラーノは、ボートが到着するまで時間をつぶすために、目に留まったスペイン人水夫たち数人に、愛想良く声をかけてみようと思ったが、ベニートが水夫たちの堕落した態度について語っていたことを思い出し、やめることにした。同じ船長として、水夫たちの臆病さとか誠意のない振舞いに対して、見て見ぬ振りをするのは気が進まなかったからである。

そのようなことを考えながらも、デラーノが前方にいる何人かの水夫たちの方へ視線を向けていると、急に気がついたのだが、その中の一人あるいは二人が彼を見つめ返し、しかもなにやら意味ありげな視線を送っているようなのだ。彼は目をこすって、もう一度見た。やはり間違いないようであった。新たな形をとっていたが、以前目にしたものよりも曖昧《あいまい》だった。そこで以前覚えた疑念がまたもや蘇《よみがえ》ってきた。しかし、今はベニートが不在なので、以前ほどは動揺しなかった。水夫たちについての悪い評価はさておき、デラーノは思い切って、彼らのうちの一人に声をかけてみようと心に決めた。船尾楼を降りながら、彼は黒人たちの間を通り抜けた。そのように彼が動い

14 スペインおよびその植民地で鋳造され、使用された金貨。『白鯨』99章を参照のこと。

たことによって、槙皮作りたちから奇妙な叫び声が上がった。それに促されて、黒人たちは、お互いに脇へぐいと身を引いて、彼の前に道を開いた。しかし、なぜわざわざ自分たちの居住区《ゲットー》を訪れたのか確かめたい、というように、彼らはデラーノの背後で道を閉じると、ぎりぎり許される程度の距離を維持して、白人船長の後について行った。こうして彼の行進は、いわば馬に乗った王立紋章院《キング・アト・アームズ》[15]の者たちに先導され、カフィル族[16]の儀仗兵によって護衛されているようであった。デラーノの方は機嫌よくまた気取りのない雰囲気を漂わせつつ前進を続け、時折陽気な言葉を黒人たちに掛けてやり、そして興味深げに白人水夫たちの白い顔にも目を走らせた。彼らの顔はあちこちでまばらに黒人たちと混じり合って、あたかもチェスの試合で味方の駒からはぐれ出た白のポーンが大胆にも敵側の黒い駒の中に入り込んでいるようだった。

彼らのうちの誰を選べば自分の目的に適《かな》うかと考えているうち、彼はたまたま甲板に坐り込んでいる一人の白人水夫の姿を目にした。その水夫は、大型の滑車の環索《かんさく》をタールに浸す腐食止め作業をしていた。彼の周りには黒人たちが輪になってしゃがみ込み、作業の進行をじろじろと見ていた。

その男が就いている卑しい仕事は、黒人たちよりも優れた顔立ちを考えると、なにか不似合いなものに見えた。彼の手は、タール壺に絶え間なく突っ込んでいるせいで黒ずんでいた。そのタール壺は、一人の黒人に支えられていたが、そのために一層のこと、彼の手の黒さは顔の色と調和しないように思われた。その顔立ちは憔悴《しょうすい》の色を見せていなければ、非常に端正なものだったろうと思われた。その憔悴した様子は、なにか罰則としての作業と関係しているように思われたが、実のところはわからなかった。あまりにも激しい暑さと寒さに出会うと、両者は同じものではないが、相似た感覚を引き起こすものである。同様に、精神の苦痛とたまたま結びつくと、無罪であれ有罪であれ、それが目に見える形としては、よく似た印章によって刻印が残されるものだ。すなわち憔悴の色が刻み込まれることになるのである。

デラーノは慈悲の心を知る人ではあるが、その時すぐさまそのような感想を抱いたというわけではなかった。むしろそれとは違った考えが浮かんだ。その水夫は、何か困ったことや不面目なことがあるかのように目を逸らしたのだが、その黒い瞳と奇妙

15 ガーター勲章などの紋章を広く告知する役割を担う官職。

16 アフリカ南部に居住するバンツー族に属する種族。

なほど結びつく憔悴の表情を観察するうちに、ベニートが自分の水夫たちを悪《あ》しざまに評したことが思い出された。そして知らず知らずデラーノは、ある一般的な思考、つまり苦痛や恥辱を美徳から引き離すと、それらは避けがたく悪徳に結びつく、という思考に捉われてしまった。

デラーノ船長は思った。仮の話だが、この船の上で邪悪なことが進行しているというのなら、あそこにいるあの男はきっと何かそんな悪徳に手を染めてしまったのだろう。だからこそ、今やつは手をタールで黒々と染めているではないか。ああいうやつには近づかない方がいいだろう。こっちの別なやつ、この錨の巻き上げ機のところにいる古株の水夫に声を掛けてみることにしよう。

彼はバルセロナ出身というその年配の水夫に歩み寄った。ぼろぼろの赤い半ズボンを身に着け、汚れたナイトキャップをかぶり、頬には皺が刻み込まれ、日に焼けていて、頬髯《ほおひげ》は伸び放題、まるでサンザシの垣根のようだった。二人の眠たげなアフリカ人の間に腰を下ろし、この水夫は、年若い水夫たちと同じように索具に関わる作業、この場合は綱を縒《よ》り合わせる作業に就いていた。眠たげな二人の黒人は、その水夫のために、ロープの端を手で支えてやるという、補助的な仕事をしていた。

　デラーノが近づいていくと、その男はすぐさま顔を以前よりも低く――つまり、その作業にとって適切である高さよりも低く――伏せてしまった。それはまるで、その男がいつも以上の誠実さで自分の仕事に没頭していると見せたがっているように見えた。デラーノに声を掛けられると、男は顔を上げたが、その表情は人目を気にするかのように落ち着きがなく、気後れした様子があった。ただ奇妙なことにそのような表情は、日に焼けて風雨にさらされた容貌には不似合いなものであった。まるで獰猛な灰色熊がうなり声を上げたり咬み付いたりはせずに、間の抜けた笑いを浮かべたり、羊のような流し目を送るかのようであった。デラーノはその男にいくつか質問をしてみた。航海に関する質問で、ベニートの話の中のいくつかの不明な点について、確かめてみたいと思ったのだ。それらの中には、デラーノが最初に乗船した時、彼を出迎えた人々の間に衝動的に沸き起こった様々な訴えからは理解できなかったものもあった。しかしデラーノの質問に対して、彼からは手短に返答があり、ベニートの話を裏付けるには十分なものであった。錨の巻き上げ機の周りにいた黒人たちがその年配の水夫の話に加わったが、黒人たちが口をはさむようになるに従い水夫は無口になっていった。そしてしまいには、ふさぎこんで、むっつりとしてしまい、それ以上の質問には答えたくないという態度をとった。それでいてその間中、その熊のような外見には、どういう訳か、最初に感じた羊のような物腰が混ざっていた。

こんな風じゃ、この半熊半羊のケンタウロスじみた男とは、うまく話が通じない、とあきらめて、デラーノは周りをぐるっと見回し、もっと話ができそうな顔はないかと探したが、ひとりも見つからなかった。そこで、黒人たちのニヤニヤした顔やしかめ面が向けられる中を、彼は愛想よく道を開けるようにと声を掛けて進んでいき、船尾楼へと戻っていった。デラーノは、この時もいくらか奇妙な感じを覚えたが、理由は分からなかった。とはいえ、総じてベニートに対する信頼は回復していた。

あそこにいた年寄りの髭づら野郎は、仕置きを受けている人間の気持ちを、思わず露呈してしまったに違いない、と彼は思った。間違いなくやつは、俺が近づいてくるのを見て、急に怖くなったのだ。やつの船長が、水夫たちを日ごろから無頼な輩とみなしているので、俺がやって来て、辛辣な言葉を吐くのじゃないかと恐れて頭を下げたのだろう。それはともかく、俺の勘違いでなければ、あの年寄りはこの俺のことをしばらく前から熱を込めてじっと見つめていた水夫の一人だったのではあるまいか。ああ、こんな風に考えると、まるで船が翻弄されるのと同じく俺の頭もぐるぐる振り回されてしまう。さてと、やっと、日の当たる、心地よい所に出てきたぞ。それに、話の出来そうな連中も集まっているな。

その時すでに彼は一人のまどろんでいる黒人女の方に注意を引かれていた。組紐状に編まれた索具の隙間を通して、彼女の体の一部が目に入ったのだが、彼女は横になり、若い肢体を無造作に投げ出していた。手すりの陰にあるその姿は、まるで森の岩陰に休む雌鹿のようだった。垂れた二つの乳房のあたりで這い回っているのは、ぱっちり目を開けている彼女の子鹿ともいえる赤ん坊だった。素っ裸で、黒く小さな体は、わずかに甲板から身を起こし、横になっている母鹿の体に覆いかぶさっていた。両手を二本の前足のようにして、母鹿の体の上に這い上がろうとしていた。口と鼻は、その先にある乳房を求めてむなしくもがいていた。そのうちにいらいらと不満げな声をあげたが、その声は黒人女の規則的ないびきと混じり合った。

その子は並外れて元気だったので、とうとう母親を起こしてしまった。彼女は、はっとして身を起こすと、離れたところにいるデラーノと顔を合わせた。しかし、その時自分がどんな姿態を晒していたかには全く関心がないかのように、彼女は嬉々《きき》として子どもを抱き上げ、母親らしい熱情を込めて、キスの雨を降らせていた。

ああ、あそこに飾らない自然のままの姿がある。あれこそ純粋な優しさと情愛だ。デラーノはそのように考えて、とてもうれしく思った。

この出来事によって気持ちが高揚したデラーノの目は、以前にも増して注意深く他の黒人女たちに注がれるようになり、彼女たちの振舞いに満足を覚えた。大多数の文明化されていない女たちと同様に、彼女たちは優しい心と頑健な身体を併せ持っているように思えた。つまり、みな一様に、自分の子どもたちのために命を投げ出したり、戦ったりする気構えができているのだ。雌豹のように純朴で、鳩のように愛情深い。ああ、まさしくあの女たちこそ、探検家マンゴ・パーク[17]がアフリカで目にして、非常に高貴な存在であると評した女たちなのだろう。

このような自然の光景を目にして、デラーノは特に意識せぬまま周りの者に対する信頼感を高め、気分はさらに楽なものになっていった。それから彼は目を凝らして、自分のボートがどのくらい接近しているのかを確認しようとした。しかし、ボートはまだかなり遠くにあった。そこで振り返って、ベニートが戻ってきているか確かめたが、彼はまだ戻ってきてはいなかった。

接近しつつあるボートをじっくり眺めることで気持ちを満足させると、デラーノは別の風景を眺めようと、後部マストの横静索留板《チェーン》のあたりに足を運び、右舷の船尾回廊を登っていった。その廃墟のようなヴェネチア風海上展望台のひとつは、以前にも見かけて印象の深い場所であり、たとえるならば、甲板から切り離された隠れ処《が》ともいえる場所だった。彼はその床一面に散らばっている、半ば湿り、半ば乾いた紅藻を踏みしめながら進んでいった。そこへ、猫足風という名で知られる一瞬の海風、それは急に吹き出すが、それに続く風は伴わない妖しげな風なのだが、そんな風が彼の頬を撫でた。彼の視線の先には、小さな丸い舷窓の列があったが、それらの蓋は、あたかも棺の中に葬られた人の目が銅張りされているかのように、全て閉じられていた。そして、かつてこの船尾回廊に通じていた上級船員用船室の扉もあった。しかし舷窓の内ぶたが閉ざされているように、その扉が閉ざされているのみならず、前面をタールで黒紫色に塗られた羽目板、敷居、柱に至るまで隙間という隙間は槙皮でしっかり

17　スコットランド生まれのアフリカ探検家（一七七一―一八〇六）。本作「漂流船」が「パトナム」誌に掲載された当初は、パークではなくアメリカ人探検家ジョン・レドヤード（一七五一―八九）となっていた。

詰められて、石棺の蓋のようだった。それらを目にするにつけ、デラーノはかつてあの船室やこの回廊展望台には、スペイン王に仕える上級船員たちの声が響き渡ったことだろうと思い浮かべた。そしてまた、リマの総督の着飾った娘たちの体が、おそらくは今自分が立っている手すりに寄りかかったりしていたにちがいない。そのようなあれやこれやの夢想が去来し、猫足風が凪の中を吹き過ぎていくにつれ、徐々に彼の中にそこはかとない不安感が沸き上がってくるのを感じた。それはまるで平原にひとり佇む人が、真昼の静寂の中で不安を感じているような具合であった。

彼は彫刻のほどこされた欄干に寄りかかり、再びボートの方へ視線を転じた。しかし、実際に彼の目をとらえたのは、裂けた帯状の海草が列をなしており、サン・ドミニク号の喫水線にへばりついて、緑のツゲの植え込みのようになびいている光景だった。その先には草の生い茂る庭を想起させる海草の広がりがあって、それらのかたまりが大きな楕円と三日月の形をとって、花壇のようにあちこちにいくつも浮かび出ては漂っていた。その花壇と花壇の間には長く延びる小路のような隙間が続き、盛り上がる波のうねりと交差し、緩やかにカーブを描いた後で、地下のほら穴へと消えてゆくかのようだった。そのような海の「庭園」を眼下に臨むのが、張り出しているこの欄干なのだが、その欄干自体もところどころに瀝青《れきせい》の染みがつき、苔が浮彫のように張り付いて、あたかも広大な庭の中にあって、黒く焼け焦げて廃屋となった四阿《あずまや》が長期にわたり荒れるにまかされた姿を思わせた。

デラーノは、魔法を解こうとしながらも、新たな魔法にかけられたような気持ちになった。広大な海の上にいるのに、どこか内陸の奥地にいるように思えたのである。荒廃した城にとらわれた囚人。ひとり取り残され、何もない足元の地面を見つめるしかない男。外にぼんやり見える道に目を凝らしても、荷馬車も旅人も通ることはない。

しかし、このように魔法にかけられたような状態は、彼の目が腐食したメイン・マストの横静索留板にとまった時、いくらか解消された。それは、旧式の型で、鎖の輪《チェーン》、繋環《けいかん》、締め釘などは錆びて重々しく、この船が建造された当時の軍艦としての役割よりも、今の奴隷運搬船としての務めの方がずっと似つかわしいものに思われた。

ふとその時、彼はその索留板のそばで何かが動いたように思った。目をこすり、さらに目を凝らしてみた。索留板のまわりには索具が積み重ねられ、まるで木立ちのようになっていた。そこの太い支索の背後から、辺りをうかがう人影があった。あたかもアメリカ栂《つが》の木の背後に潜むインディアンのように、スペイン人水夫が一人、索通し針を手にしている姿が目に入った。彼は、デラーノのいる船尾回廊に向かって、中途半端な合図を送ったように見えたが、すぐに、甲板の方から進んでくる足音に驚いたかのように、麻紐が山のように積まれた奥に姿を消した。その姿はまるで密猟者のようだった。

今の身振りにはいったいどんな意味があるのだ？ あの男が伝えようとしたことは何なんだ？ あれじゃ誰にも、たとえ船長にだって何のことか分からないだろう。それとも、なにか秘密があって、船長が知っては都合が悪いことでもあるということなのか？ 俺がこれまでに抱いてきた不安や疑念がやはり当たっていたということになるんだろうか？ それとも、俺が物の怪《け》にとりつかれたような気分になっているので、あの水夫が支索を忙しく修理するだけの、作為も意図もない行動を、何か重要な意味のある合図だと勘違いしてしまったのだろうか？

少なからず困惑する気持ちを抱え、デラーノは再び目を凝らして自分のボートを探し求めた。しかし、ボートは島の切り立った岩の陰に、一時的に姿を隠してしまっていた。ボートの舳先が岩陰から最初の姿を見せる瞬間を目にしようと、いくらか強く身を乗り出した時、寄りかかった欄干が突然木炭のように崩れ落ちた。もし手近に張ってあったロープにつかまらなかったなら、彼は海に落ちてしまったかもしれなかった。欄干の損壊それ自体はさほどひどくなかったし、欄干の破片が海に落下した時の音は、虚ろではあったけれども、他の乗組員たちの耳にも届いたに違いない。彼はちらっと上に目をやった。そこにいて真面目くさった様子で、好奇の目を光らせて彼を見下ろしていたのは、座っていた場所からより近くの帆桁《ブーム》の端へとひそかに移動していた、例の年老いた槙皮作りたちの一人だった。一方、その年老いた黒人の下にはある人物がいたのだが、黒人にはその姿が見えなかった。その人物は舷窓から外の様子を窺っていたのだが、いってみれば狐が巣穴の入り口から外を覗いているようだった。その男は、身を隠さんばかりに体を低くしていたが、それでも例のスペイン人水夫であることだけはわかった。しかしその男の醸し出す雰囲気によって、デラーノの頭の中に、突然正気とは思えない考えがパッと閃いた。あの男ベニートは、気分がすぐれないなどと訴えて、甲板の下に引っ込んでいることになっているが、単なる言い訳に過ぎないのじゃないか。きっとベニートは、甲板の下で、何やらよからぬ企みを練り上げることに没頭しているのだ。例の水夫は、何らかの方法でそれを感じ取り、そのことを訪問者である俺に警告しようとしていたのだ。というのも、おそらく、俺がこの船に最初に乗船した際に、俺から親切な言葉をかけてもらったことに対して礼を返そうという気持ちに突き動かされたからだろう。それでは以前ドン・ベニートが黒人たちを誉《たた》め称える一方で、部下の水夫たちの性格を悪しざまに非難していたのは、この水夫が今やっているような、余計な口出しをする連中だとみてのことなのだろうか？　といって実際には、スペイン人水夫たちは黒人たちとは逆にえらく従順に見えるではないか？　でも白人というのは、本来黒人よりも鋭敏な人種のはずだ。邪悪な企みを抱いている者なら、自分の悪行に気づかない愚かな人間のことを、逆に良く言ったりするものだし、そうかと思えば邪悪な企みを隠しておけずに露呈させてしまうような頭の持ち主を悪《あ》しざまに言ったりすることがあるものだ。そんなことも、おそらくはあるかもしれない。しかし、もし白人水夫たちが、ベニートに対して良からぬ秘かな企みを抱いているとしたら、ベニートの方でも何らかの手段を用いて黒人たちと共謀する、なんてことがあるのだろうか？　いやそうするには、黒人たちは、あまりにも愚かすぎる。それに、白人が、裏切り者よろしく、自分の同胞をそっくり見捨てて、黒人たちと結託し、ほかならぬ白人たちに反逆するなんて話はこれまで聞いたことがない……。しかしこのような疑問は、自ずからデラーノにまた以前の疑念を蘇らせた。そしてその迷路の中で進む先を見失ったまま、再び甲板上に戻ってきたが、また不安げにそぞろ甲板を進んでいると、別の白人水夫が目に入った。年配の水夫が主昇降口《メイン・ハッチ》のそばに、あぐらをかいていたのだ。その男の肌は皺が寄って縮み上がり、まるでペリカンの空っぽの喉袋のようだった。髪は白かったが、顔つきには威厳と落ち着きがあった。両手いっぱいにロープを持っていて、大きな結び目を作ろうとしていた。黒人が数人彼の周りにいて、作業が円滑に進むように、かいがいしく縒り紐を水に浸していた。

デラーノは甲板を横切って彼のいるところまで来ると、黙ったままその結び目をしげしげと見つめた。それを見るうち自分の心とその麻縄がどこかで繋がっているように感じ、彼の関心は、自分の縺れた思考から、目の前の縺れた麻縄へと移っていった。その結び目は複雑極まりないもので、それまでアメリカ国籍の船上では目にしたことがないものだったが、実のところ、他国籍の船上でもまず見ることのできないものであった。その年老いた男の様子は、あたかもエジプトの神官のようで、アモンの神殿のためにゴルディオスの結び目[18]を作っているかのようだった。その結び目は様々な種類の結び目の組み合わせのように見えた。二重もやい結び、三重王冠結び、逆縒りの固結び、出し入れ結び、そしてジャミング結び、等々。

そのような結び目の意味が理解できずに困惑したデラーノは、たまらず結び目を作っている男に声を掛けた。

「それは何の結び目なんだね？」

「いや、ただの結び目です」と短い答えがあったが、男は顔を上げなかった。

「たしかに結び目に見えるが、何のためのものなんだね？」

「誰かにほどいてもらうためのものです」年老いた男は呟くような声で返事をしたが、これまでよりも懸命に指先を動かしていた。結び目は今や完成間近だった。

デラーノがその年老いた男をじっと見ながら立っていると、突然男はその結び目を彼の方へ投げてよこし、不完全な英語で言った。それはこの船上で初めて耳にした英語で次のような意味の言葉だった。「それをほどいてくれ、それを切ってくれ、すぐにだ」。その言葉は低い声、しかも非常な早口で一気に口に出されたので、前後のスペイン語で話された間延びした部分が、短い英語の前後を覆い隠すように作用した。

しばしの間、手に結び目を持ち、そして頭の中も縺れに縺れた状態で、デラーノ船長は無言のまま立ち尽くしていた。一方その年老いた男は、もはやデラーノのことなど意にも介さぬかのように、ひたすら他のロープの結びに没頭していた。やがてデラーノの背後でガチャガチャいう音が響いた。振り返ると、体に鎖を巻かれた黒人のアトゥファルが、そこに黙って立っていた。次の瞬間、年老いた水夫は何やらぶつぶつ呟きながら立ち上がった。そして、彼の部下の黒人たちを伴って、船の前部へと移動していき、群衆にまぎれて姿を消した。

その時、粗末な布切れを赤ん坊のおむつのように腰に巻き、ゴマ塩頭で、弁護士のような雰囲気を漂わせる初老の黒人がデラーノに近づいてきた。その男は、なんとか理解できるスペイン語を話し、人当たりのいい柔らかい物腰で、事情は心得ておりますと言わんばかりに目配せすると、デラーノに次のように告げた。あの年寄りの結び目作りは、頭が単純だが害はない男で、しばしば得意にしている奇術を弄することがある、云々。その初老の黒人は話を締めくくる際、例の結び目を渡してくれるようにと申し入れた。というのは、もちろん、デラーノがそのようなものに気を煩わせるこ

18 ギリシア神話の「ゴルディオス王の結び目」。ほどいた者はアジアの王となると言われた複雑な結び目だったが、アレクサンダー大王がほどくかわりに剣で切断した。

とがないようにとの配慮からであった。とくに何も意識せぬまま、彼は結び目を相手に渡した。黒人はお辞儀のような大げさな動作とともに、それを受け取り、背を向けると吟味しはじめた。まるでレース紐《ひも》の密輪にからむ事件における税関の検査官のようだった。まもなく、何やらアフリカの言葉を発したが、英語では、フン、という感じの言い方だった。そして彼はその結び目を船外に放り出した。

これまたえらく奇妙なことだ、とデラーノは思った。まるで吐き気がするような感じだな。しかし、船酔いの初期症状を覚えた時にそれを取り除くには、症状自体を無視することが一番だ。あらためて外のボートの姿でも探すとするか。ああ、ありがたい、ボートが再び現れた、今は、島の突端を後にして近づいてくるところだ。

ボートを目撃したことで生じた気分の高揚は、予想以上の効果を発揮して、当初あった彼の不安感を軽くしただけでなく、その後まもなく、不安自体をも取り除きはじめた。あのなつかしいボートが距離を徐々に縮めて近づく光景、それは以前とは違って、まだ霞に半ば包まれた姿のままではあったが、もはやその輪郭は目にも明らかであり、それゆえ人間と同じように紛れもない存在感を放っていた。そのボート、ロウヴァー号という名で呼ばれるそのボートは、今のこの時には異国の海域にあるけれども、かつてはしばしばデラーノの故郷の浜辺に繋留されていたものであった。修繕のために入り江に運ばれて、繋がれていたのだが、すっかり場になじんだ姿は、ニューファウンドランド犬のようであった。家族同然のそのボートを目にしたことで、少なからぬ信頼に満ちた想いが頭の中に湧き上がってきた。それはこれまで抱いてきた数々の疑念とは対照的であり、彼を楽観的な気分で満たしたばかりでなく、どういうわけか、彼が先ほどまで抱いていた不信感に対する、半ばユーモラスなまでの自分に対する非難の念で彼を満たしたのであった。

「なんてことだ、お前、アメイサ・デラーノよ。ガキの頃は、よく海の申し子とまで呼ばれた男じゃないか。お前、アメイサよ、その昔お前は、帆布で作ったかばんを手に持って、水をピチャピチャ撥ねあげたりして浜辺を歩き、廃船を建材にして作った学び舎に通ったものだったじゃないか。おい、海の申し子よ、かつてはいとこのナットや他の連中とともに木の実を摘みに出かけたものだった。そんなお前が、こんな地の果ての、悪霊がとりついた海賊船の甲板上で、恐ろしいスペイン人の手で殺されるとでもいうのか？　そいつは馬鹿馬鹿しくて、話にもならない！　誰がアメイサ・デラーノを殺すというのだ？　この俺、アメイサ・デラーノの良心は一点の曇りもなく澄んでいる。それに天上からは偉大なるお方が見守っておられるんだ。さあさあ、海の申し子よ！　まだまだお前は尻が青いなあ。じいさんのくせにガキに戻ったとでもいうのか。お前さん、ボケて涎《よだれ》でも垂らしてるんじゃないのか？」

いまや心も足取りも軽やかになって、彼は船尾へと進んでいった。するとそこでベニートの従僕と出くわした。従僕は人好きのする表情を浮かべていたが、それはデラーノ自身の現在の心情にも見合ったものだった。従僕は彼に、主人は、咳の発作の影響からすでに回復し、良き客人ドン・アメイサに対してよろしく伝えるように、そして、すぐにでも喜んでドン・アメイサにお会いしたい旨を伝えるように、と私に命じました、と言った。

ほら見ろ、お前、今の言葉を聞いたろう、とデラーノは自分に語りかけながら船尾楼を歩いた。俺は何という間抜けだったんだろう。こんなに思いやりのある紳士、しかもこんなに心のこもった感謝の言葉を送り届けてくれるような男が、十分前には、ランタンを片手に持ち、船倉に引きこもって、俺を殺そうと古い砥石に向かってせっせと手斧を研いでいる、などと考えていたのだぞ。ああ、長い凪というやつは人の心に病的な影響を及ぼすものだ、とは昔聞いたことがあったが、以前はそんなこと決して信じはしなかった。ほら見ろ、ボートもやってくるじゃないか。ロウヴァー号だ。賢い犬ってやつだ。波しぶきを白い骨みたいに口にくわえている。しかも、かなり大きな骨と来ている。おや、どうした？　そうか、あいつ、あそこで泡立った潮の流れにぶつかっているんだ。そのせいで、針路を少しばかり外してしまったな。さあもう少しの辛抱だぞ。

今や正午近くになっていたが、あらゆるものが灰色に染まっているので、まるで夕暮れが迫っているかのように思われた。

風はそよとも吹いてこなかった。陸の影響が及ばないはるか彼方には、大海原がのっぺりと広がり、その表面はすっかり鉛で覆われているように見えた。もはや海は動きもなく、霊魂の影さえ消し去り、生に見離されたもののごとく広がっていた。しかし、現在島の方から流れてくる潮流は勢いを増し、船を行方もしれぬ海域のはるか向こうへと黙々と押し流しつつあった。

それでもこの海域のことを良く知っているデラーノは、風——順風でしかも強風——が吹くに違いないという望みを抱きながら、現在の暗い見通しにもかかわらず、いかなる時も気持ちを明るく構えて、夜になる前にはサン・ドミニク号を安全に投錨させるつもりだった。投錨に適した地点はそれほど遠くではなかったし、風が十分に吹いてくれて、十分ほども帆走すれば、六十分以上押し流された距離を取り戻すことができるからである。そのように考えている間にも、しばしロウヴァー号が泡立つ波と格闘している姿を眺めていたが、デラーノは視線を戻し、ベニートがどこまで来ているかと探しながら、船尾楼を歩き続けた。

この時徐々にではあるが、デラーノは、ボートの到着が遅れていることに苛立ちを感じはじめていた。そのうちその苛立ちは不安感と混じり合い、彼の目はしきりに眼下の光景に向けられるようになった。劇場で舞台脇のボックス席から平土間を覗き込むような感じで見下ろすと、彼の視線は甲板にひしめき合う人々の上に落ちた。そうこうするうちに、そこに例の顔——今や落ち着き払って無関心な表情を浮かべているが——あのスペイン人水夫の顔を認めた。メイン・マストの横静索留板《チェーン》からデラーノに対して何やら合図を送っているかに見えたあの水夫だ。それを目にすると、デラーノに、消えたはずの心の動揺がまたぶり返してきた。

ああ、なんてことだ、と彼は思った。もう嫌になってしまうな、この気分ときたら、まるで繰り返し襲ってくる瘧《おこり》のようなものだ。治まったと思ったとたん、またすぐ再発するんだからな。

この不安のぶり返しには恥じ入ったが、デラーノはそれを完全には抑え込むことができなかった。それで、今は自分の善良なる性質を最大限に発揮することにより、さりげなくその症状と妥協することにした。

そうだ、この船はまったく奇妙な船だ。これまでの航海の経緯が奇妙なだけじゃない。船上にいる人間もみんな奇妙な連中ときている。といって、しかし──しかし、それだけのことじゃないのか。

ボートが到着するまでの間、デラーノは、なんとか頭の中から悪い予感を追い払い、別な考えで満たそうと試みた。そして繰り返し、純粋にこれまでの出来事を見直す中で、この船の船長と乗組員たちの行為のうち、多少なりとも特別に思われた点について考えをまとめてみることにした。中でも、四つの興味深い点が浮かび上がってきた。

第一は、奴隷である黒人少年にナイフで襲われたスペイン人の少年水夫のことだ。その行為は、ベニートによって問題ともされなかった。第二に、アトゥファル、例の黒人の扱い方におけるベニートの暴君ぶり。それはまるで、ナイル川流域にいる巨大な牡牛が鼻輪を付けられて子どもに引かれるがごとくだった。第三に、二人の黒人たちによる白人水夫に対する虐待である。これも傲慢無礼な行動でありながら、叱責されることもなしに、見過ごされた。第四に、統率する主人ベニートに対するこの船の部下全員――そのほとんどは黒人たちであるが――が見せる卑屈なほどの服従の様子である。まるで、彼らは、あらゆることに細かに心を配って、専制君主然とした船長の不興を買わないよう振舞っているかのようだった。

　これらの点を考え合わせると、どうもどこかに矛盾があるように思われた。でも、そうだとしても、それが何だというのだ、とデラーノは思い直した。すぐにでも到着するあのボートを見るがいい。たしかに、ベニートがえらく気まぐれな指揮官だってことは間違いない。だけど、ああいう手合いには前にも会ったことがある。そうだ、たしかにあいつは、そんな中でも相当ひどい方だ。それでも、あいつらの国民性という点から見て――確かなことは言えんが――スペイン人というやつらはみんな奇妙な性格をしているんだろう。だいたいスペイン人という言葉自体、奇妙な、陰謀めいた、あの議場爆破を目論《もくろ》んだガイ・フォークスの一派[19]に通ずる響きがある。しかし、全体としてみれば、スペイン人だって、俺たちマサチューセッツ州ダクスベリーの人間と同様、人の良いやつらにきまっている。さあ、いいぞ！　やっとロウヴァー号が到着した。

ボートが、みんなが待ちかねた物資とともに船の脇に着くと、槙皮作りたちが、恭々《うやうや》しく身振り手振りを交えながら、黒人たちの騒ぎを懸命に抑えようとした。黒人たちは、魚油のしみがついている水樽がボートの底に三つ置かれ、しなびたカボチャが舳先に山積みにされているのを目にすると、手すりから身をのり出し、夢中になって歓喜の声を上げた。

その時、ベニートが従僕とともに姿を現した。騒ぎを耳にしたらしく、彼は足取りを速めてやってきた。デラーノは、飲料水を配る許可を彼から得ようと思った。水を公平に分配することは、全員が平等であることを示すとともに、誰一人余分に与え過ぎて体を壊すことがないようにしたかったからである。しかし、この申し出は、当船の実情にあったものであるにもかかわらず、しかも、それがベニート自身の言によって、親切な申し出と認められたにもかかわらず、何か苛々しているような態度で受け

19　ガイ・フォークス（一五七〇—一六〇六）。一六〇五年の英国国会爆破陰謀の首謀者。カソリック教徒の反乱の誘発を狙った。

入れられた。いってみれば、ベニートは、おのれの指揮官としての力量に欠けていることを思い知らされ、弱者の嫉妬《しっと》心から、いかなる介入も自分に対する侮辱だとみなして憤慨しているかのようだった。少なくとも、デラーノはそのように推測した。

そうこうしているうちにも、樽を吊り上げて船に入れる作業が進んでいたが、その時、心はやる黒人たちの何人かが、図らずも舷門のそばに立っていたデラーノの体にぶつかってしまった。その瞬間彼は、ベニートがそばに居ることも気にせず、思わず衝動的に、温厚な中にも威厳をこめて、黒人たちに下がるように命じた。その言葉に実効を伴わせるために、半ば陽気な、半ば威嚇するような身振りを用いた。すると黒人たちは、男も女もたちまちピタリと動きを止めて、立っているその場で、それぞれその時とっていた姿勢のまま固まってしまった。まさに命じられた通りだった。数秒ほどその状態が続いた。その一方で、電報が電信柱から電信柱へと瞬時に送信され受信された時のように、不可解な短い言葉が一言、デラーノの頭上の位置に腰掛けている槙皮作りたちの間で交わされた。デラーノの注意がこの光景に釘付けになっている時、突然手斧研ぎたちが腰を半ば浮かした。するとベニートから急に叫び声が上がった。すわこそ俺を殺そうとするスペイン人ベニートの合図に違いないと思って、デラーノは、ほとんど自分のボートめがけて飛び降りようとするところであったが、そこで足を止めた。槙皮作りたちはしきりに声を上げながら群衆の中へ降りてくると、白人も黒人もみな後退させ、同時に、友好的で親しみのこもった、ほとんど滑稽と言ってもいいくらいの身振りを交えてデラーノに言葉を掛けたのだ。その言いたいことは、つまり、愚かなまねはやめてくれ、ということのようであった。彼らと動きを合わせるかのように、手斧研ぎたちも再び腰を下ろし、まるで仕立屋が並び座っているように、押し黙った。そして間をおかずに、あたかも何事もなかったかのように、白人や黒人たちはともに滑車の脇で喜びの歌を歌いながら、樽を吊り上げる作業を再開していった。

デラーノはベニートの方を見た。そして、その男のやせこけた体軀が従僕の腕に寄りかかっていた状態から徐々に回復しつつあることを見て取った。先ほど彼は病身を興奮で過度に震わせたため従僕の腕の中に倒れ込んでいったのであった。そんな様子を目にしていると、デラーノは、先ほど自分自身が陥ったパニック状態に驚かざるを得なかった。あんな風に、頭をよぎった直感に従って行動したことに、我ながら驚いてしまったのだ。なんということだ、今となれば、何ともつまらん出来事だったじゃないか。船上ではよくある場面にもかかわらず、ベニートのような指揮官が自制心を失い、悪意のかたまりとなって、この俺に対する殺人行為を実行に移そうとしていた、などと考えたとは。

樽が全て甲板上に引き揚げられると、デラーノは、司厨長の助手の一人からたくさんの広口瓶とカップを手渡された。その助手は、彼らの船長になり代わって、デラーノに対し、彼自身が先ほど提案したように、水を平等に分配してほしいと要請した。そこでデラーノはその要請に応じた。彼には、この水という共和主義的な元素に対する共和主義的な公平無私を思う気持ちがあった。すなわちこの元素は常に水平を保とうとし、最長老の白人にも最年少の黒人にも同様に分け隔てなく供されるべき性質がある、ということである。とはいえ、実際のところ、あの哀れなベニートには、その地位ではなくその病状のために、水の特別な割り当てが必要だった。そこでデラーノは、まずベニートに対して、その液体を水差し一杯分ぴったり差し出した。しかし、その一杯の水を喉を焦がしながら待ち望んでいたにも関わらず、ベニートは数度にわたって重々しくお辞儀と感謝の言葉を繰り返した後で、ようやくゴクゴクっと飲んだ。アフリカ人たちは、目の前で礼をもって応えるそのような場面を見せられて、大袈裟に喜びを表し、一斉に拍手して応えた。

比較的しなびていないカボチャが二つ、船長室の食卓のためとっておかれ、残りはその場で割られ、群衆に与えられた。しかし、柔らかいパンと、砂糖、そして瓶詰めのリンゴ酒に関しては、デラーノは白人に限って与え、特にドン・ベニートに提供するつもりだった。ところがリンゴ酒に関する申し出は断られた。このようなベニートの私心のなさに接し、デラーノは少なからぬ喜びを感じた。そこで、白人にも黒人にも同様にみんなに一口ずつ与えられた。しかし、一瓶だけは、バボウが主張して、主人用にとっておかれることとなった。

ここで留意しておいてよいことであるが、デラーノは、ボートで最初にこの船を訪れたとき、部下たちに乗船を許可しなかったが、今回もまた部下たちの乗船を認めなかった。甲板上のあちこちで生じている混乱に輪をかけることを望まなかったからである。

現在甲板上を覆っている、格段に良くなった雰囲気、さらには善行を施したという満足感に浸ったうえ、余計な疑念も頭から消え去った今、デラーノは、先ほどからの天候の状況から見ても、遅くとも一、二時間以内に海から陸に向かって風が吹くはずだと見当をつけた。そこでボートをアザラシ猟船に送り返す時、手を空けることができる乗組員たちはみな即刻ボートに樽を積んで取水地まで行き、水を補充しておくようにと命じた。同様に一等航海士に対しても伝言を託した。もし現在の見通しに反してこの船が日没までに投錨できなかったとしても、心配することはない。きっと今夜は満月になるので、自分はこちらの船の甲板上に残って、期待通りの風が吹いてきた時には、操船の指揮を執るつもりだ、と。

二人の船長は並んで立ち、遠ざかっていくボートをじっと見つめていたが、たまたまその時従僕は主人のビロード地の袖に染みが一つあるのに目を留め、黙々とそれをこすり落とそうとしていた。デラーノは、サン・ドミニク号にはボートが一艘も積まれていないことは残念なことだと言った。もっとも一艘もなかったわけではなく、ロングボートが一艘あるにはあったが、その古びた船体はもはや使用には堪えない代物となっていた。いってみればそのボートは、砂漠に転がったラクダの骨のように傷んでいて、日に晒されたまま、伏せて置かれた鉢のように、甲板の中央に逆さまの状態で置かれていた。片側をやや傾けてあるので、黒人たちのいくつかのグループかが、家族ともどもその中を穴倉めいた住処にしていた。そのほとんどは女と幼い子どもたちだった。彼女たちは古いマットの上にしゃがんでいるか、あるいは少し奥の暗いドーム状の屋根の中で、ボートの座席部分が逆《さか》さになった止まり木でもあるかのような格好で坐っていた。そのような様子は、まるで蝙蝠《こうもり》が集団を作ってお互いの友好を保ちながら洞窟内に身を隠しているような光景を思わせた。時折年の頃三つか四つの裸の男の子と女の子たちが、漆黒の群れとなってその穴倉から勢いよく出たり入ったりしていた。

「ドン・ベニート、今あなたの船に三、四艘のボートがありさえすれば」デラーノは言った。「ここにいる黒人たちにオールを漕がせると、相当役に立ってくれたことでしょうね。あなたは、ボートをお積みにならずに出港されたのですか、ドン・ベニート？」

「嵐にやられてしまったのです、船長殿」

「それはまずいことでしたね。そうでした、その時あなたは多くの部下たちも失われたのでしたね。ボートと部下たち。なんとも凄まじい嵐だったんですね、ドン・ベニート」

「言語に絶するほどでした」ベニートは身を固くして答えた。

「話してください、ドン・ベニート」デラーノはその話題に関心ありげに問い続けた。

「その嵐は、ホーン岬の突端を通過してすぐに襲ってきたのですか？」

「ホーン岬ですって？　誰がホーン岬と言いましたか？」

「あなたご自身ですよ、あなたが今回の航海について私に説明された時にです」デラーノは、思わず驚いて言った。このスペイン人ベニートは、自らの心を蝕《むしば》んでいるだけじゃなく、自分の言った言葉までも蝕んで、前言を翻《ひるがえ》しているのだ。この事態に、彼はほとんど驚きを禁じ得なかった。「あなたご自身ですよ、ドン・ベニート、ホーン岬について言われたのは」彼は語気を強めて繰り返した。

ベニートは向き直ったが、その体勢はうつむき加減で、一瞬途方に暮れたようだった。それは、あたかも空気中から水中へと急に体を投げ入れた人間が、周りの水を大急ぎで空気に変換しようとしているかのようであった。

この時、使い走りの白人の少年が、指示されている仕事を果たそうと足早に通り過ぎていった。その仕事とは、船長室の時計に基づいて、今しがた正午から三十分が経過したことを前檣楼へ告げ知らせ、この船の大鐘を打たせることだった。

「ご主人様」従僕は言った。今は主人の上着の袖の染み落としの手を止めていた。そして、忘我状態にあるベニートに、体を気遣うような態度でおずおずと話しかけた。しかしその様子は、ある任務を命じられた人間が、その務めを果たせば、本来その任務はそれを命じた者を利するはずのものなのに、結局は、面倒な結果を招くかもしれない、と思っている時に見せる態度を思わせた。「ご主人様はいつも私にこう言っておいでです。ご主人様は、どこにいらっしゃっても、何をなされていても、髭剃りの時間がきたならば、それを必ず知らせるように、と。今ミゲルがすでに午後の半時鐘を打たせにいきました。さあ、時間です。ご主人様、集会室《カディ》に行かれますか？」「あっ、そうか」とベニートはハッと思い出したかのように答えた。それはまるで、夢から急に現実へと立ち戻ってきたかのようだった。それからデラーノの方を向くと、お話はまたのちほどに、と言った。

「でも、ご主人様が、ドン・アメイサともっと話をなさるおつもりなら」従僕は言った。「集会室《カディ》でご主人様のそばにドン・アメイサに座っていただければよろしいかと存じます。そうなされば、ご主人様はお話しすることができますし、ドン・アメイサはご主人様のお話を聞くこともできます。その間このバボウめはそこで石鹸を泡立てたり、剃刀を研いだりしておりますので」

「そうですな」デラーノは言った。この社交を重んじる取り計らいに満足しないでもなかった。「そうですな、ドン・ベニート、あなたがそれでも構わないとおっしゃるなら、私はご一緒させていただきたいと思います」

「どうぞそのように、船長殿」

三人で船尾を歩いていきながら、デラーノは、今度もまたベニートの気まぐれな振舞いを示す新たな実例であると思わざるを得なかった。なにしろ、昼日中、なんとも尋常ならざる時間厳守で髭を剃るというのだ。この件に関しては、きっと十中八九、従僕の神経質すぎる忠実さが関係しているのだろう。以前にも感じられたが、あの男ベニートを襲う不機嫌さから回復させるには、こんな絶妙のタイミングで従僕が介入することは、たしかに有効なものかもしれない。

カディと呼ばれたその部屋は、船尾楼にほど近い甲板上にしつらえられた明るい船室で、その下にある広い船室の屋根裏部屋とでもいうべきものだった。カディの一部は、以前、公式には上級船員たちの社交場であった。しかし、彼らが死んでしまってからは、間仕切りが全て取り払われて、船室の内部全体が広々とした風通しのよい海上の大広間に変えられたのだった。上等な家具やごてごてとした調度品もない今の様子は、変わり者の田舎の独身地主が使用する、趣向品が雑然と置かれた大広間を想起させた。そのような独身地主は、狩猟服や刻み煙草入れを鹿の枝角に吊るしたりするが、加えて部屋の隅には、釣竿、火箸、そして杖なども置いてあることが多いものである。

田舎地主と上級船員が似通っていることは、最初のうちは思い当たらないものかもしれないが、周りを取り囲んでいる海を見れば、そのうち徐々に理解されるものである。というのも、ある観点からみると、田舎と海は従兄弟同士のように思われるからである。

カディの床にはマットが敷いてあった。頭上には四、五挺の古いマスケット銃の銃口が、梁に渡された水平の棚の側面に開けられた穴に嵌《は》め込まれて並んでいた。部屋の片側には、鉤爪脚の古いテーブルが床に綱で結わえ付けられてあった。その上には手垢で汚れた祈禱書が置いてあり、その上方には、小さくみすぼらしい十字架像が、隔壁《かくへき》の上に取り付けてあった。テーブルの下には刃の欠けた短剣が一、二振り、壊れた銛《もり》と一緒に置いてあり、その周りには、気の滅入ってしまうくらい古びた索具が、まるで貧しい修道士の腰帯のように山積みになっていた。また、マラッカ籐製で、背もたれが長く、あばら骨が浮き出たような形の長椅子が二脚あった。古びて黒ずみ、見ていると心が落ち着かなくなるのは、それが異端審問の拷問台を思わせるからであった。それとともにもう一脚、大型でゆがんだ形の肘掛け椅子があった。その背には粗野な作りの理髪師の使う頭支えが据え付けてあり、一本のねじで高さを調整するようになっていたが、これまた何やら奇怪な、中世の拷問具のように見えた。部屋の隅には旗を収納するロッカーがあったが、引き出しが開いていて、色とりどりの旗が剝《む》き出しになっていた。きちんと巻いてあるものもあったが、半ばしか巻いてないものもあり、そのほかは乱暴に押し込まれたままだった。反対側の隅には大型で不格好な洗面台があった。黒色のマホガニー材で丸木造りの台座が付いていたが、どこか洗礼盤を思わせた。そして、その上方には、木枠の付いた棚があり、中には、櫛、ブラシ、その他化粧用の道具が入れてあった。そのそばで、着色をほどこした草で編んだハンモックが傷んだ状態でぶらぶら揺れていた。その中にはシーツが投げ掛けられたように敷かれており、枕には額のように皺が寄っていて、そこで休む者は誰であろうとゆっくり眠ることができず、必ずや悲しみに満ちた思いと悪い夢とに交互に悩まされるだろうことが想像された。

カディのずっと奥の方は、この船の船尾の上に張り出していて、三つの開口部が外に向かっていた。それは舷窓と砲門を兼ねる造りで、社交の場合には人間が、非社交的局面では大砲が、それぞれそこから姿を見せる場となっていた。現在のところ、人も大砲も姿を見せてはいなかったが、窓の木枠に取り付けられている巨大な砲台用リングボルトと、他の錆びた鉄製の固定具からは、二十四ポンド砲が使用されうることが推測された。

デラーノ船長は、部屋に入ってくると、ハンモックに視線をやり、「あなたはここで休まれるのですか、ドン・ベニート?」と聞いてみた。

「はい、船長殿、天候が穏やかになってからずっとそうです」

「なるほどここは、いわば寝室、居間、製帆工場、礼拝堂、兵器庫、そして私用物置をすべて兼ねているように見えますね、ドン・ベニート」デラーノは、ぐるりと見回しながら付け加えた。

「その通りです、船長殿。これまでいろいろなことが起こりましたので、自分なりに整理しようと思っても、うまくできませんでした」

従僕が腕にナプキンを掛けて姿を現し、ちょっとした合図を送ったが、それはまるで主人の意思が髭剃りのために十分整うまで待ち受けているかのようであった。ベニートは例の籐椅子に腰を据えて、用意ができたことを知らせた。そこで、従僕は、客人の便宜のために、主人の正面に長椅子を引いてくると、おもむろに主人の襟を折り返し、幅広のネクタイを緩めて、作業を開始した。

なるほど、とデラーノは眺めた。黒人には、なにか奇妙なほど、人の身の回りに関わる仕事に向いたところがある。たいていの黒人たちは生まれながらにして召使であり、理髪師なのだろう。櫛とブラシをまるでカスタネットをカタカタと打ち鳴らすがごとく、手慣れた調子で扱い、いかにも満足そうに仰々しく振り回している。その上、この理髪という仕事に熟達していることを物語る、流れるようになめらかな動きが加わり、その小気味よさと言ったら驚くほどだ。音もなくスルスルと滑るように動き回るその様子には、きびきびとした俊敏さや優雅さをも伴い、不思議なほど人の目を楽しませてくれる。いやそれよりもずっと楽しい気分になるに違いないのは、おそらくそのような手さばきで世話をしてもらう人間の側だろう。それにもまして素晴らしいのは、いつに変わらぬ上機嫌という天賦の才が彼ら黒人に備わっているということだ。ここで言うのは、彼らがただニヤニヤしたり、あるいはニコッとした笑顔を見せたりするということではない。そんなことはこの場面には不似合なことだ。そうではなくて、ある種の気の置けない上機嫌さが、目配せやら身振りの一つ一つにとびきりうまく調和していることだ。それはあたかも神様が、すべての黒人という種族を、ある種の快い音調に調律したかのようだ。

しかもこれらに加えていいのが、彼らの従順さということだ。それは彼らが、その知能に限界があることに甘んじる態度から生ずるのだろう。そこに、時折見受けられる、疑問の余地がないほど頭脳の劣っている人間に付きものの、心からの献身ぶりが加わるが、それらを考え合わせて見直すなら、どうしてあの心気症患者たち、つまりジョンソン博士[20]やバイロン卿[21]のことだが——ベニート・セレーノもまた同類だろうが——そんな彼らが、白人を一切排除してまで、自分たちの従僕としてバーバーやフレッチャーという名の黒人たちを心から歓迎したのか、これまた直ちに合点が行くと

20 サミュエル・ジョンソン（一七〇九—八四）。イギリスの詩人・批評家。風刺詩にすぐれた。
21 ジョージ・ゴードン・バイロン（一七八八—一八二四）。イギリスの詩人。男爵の称号を持つが、複雑な家庭環境に反発して貴族社会から出奔する。劇詩『マンフレッド』（一八一七）などがある。

いうものだ。それにつけても、もしそんな黒人たちの生来の気質が、憂鬱の気性とか、冷笑的な精神から生ずる苦々しい不機嫌さなどと無縁であるとするならば、元来善意に満ちた白人の目で見れば、黒人たちのあの人好きのする容貌はどのように映るのだろうか。振り返ってみて俺は、特に問題となる出来事がない場合、いつも黒人に優しいばかりではなく、相手と親しく打ち解けて、ユーモアに満ちた会話を交わすたちだった。故国にいたころには、解放された自由黒人が仕事にいそしんでいたり、あるいは娯楽に興じていたりするのを家の戸口に座って眺めるたびに、この上ない満足感を覚えたものだ。また、航海に出ている時に、黒人水夫と出会う機会があれば、いつも必ず打ち解けた態度で話し掛け、彼らと半ばじゃれあうような陽気な関係になったものだ。実際、善良で陽気な心の持ち主のほとんどがそうであるように、俺も黒人たちのことが大好きだったが、博愛主義の観点からそうなのではなくて、心からの親愛の気持ちからそうさせるのだ。それはまさに、普通の人がニューファウンドランド犬を気に入るのと変わることがない。

今まで見てきたところ、サン・ドミニク号上では、デラーノのそんな気持ちに背くような事態が進行していた。それでもこのカディでは、以前覚えた不安感から解放されたような気分になった。その理由はいろいろあるのだろうが、この日これまでの時間帯よりもずっと打ち解けた気持ちになったからなのだろう。とりわけ黒人の従僕が腕にナプキンを掛け、主人の周りで喜びに溢れて職務に従事している様子、しかもその仕事というのが馴染み深い理髪だということもあって、それを眺めていると、かつて黒人に対して抱いた、あの懐しい親密さが蘇ってくるような気持ちになるのだった。

そのほかとりわけデラーノを愉快な気分にしたのは、黒人が大変明るい色と派手な演出を好むということである。従僕は、こだわりもなく旗入れの引き出しから色彩豊かに染め上げられた大判の旗を一枚取り出すと、それを主人の顎の下にたくし込んで、気前良く前掛け代わりにしたのだった。

スペイン人たちの間で行われている髭剃りの作法は、他国のそれとは少し異なっている。彼らは洗面器を用いるのだが、特に「理髪師の水盤」と呼ばれているものを用いる。これはその端が一カ所えぐれていて、顎を正確に受け止めるようになっている。そこに顎をしっかり固定して石鹸の泡を立てて塗るのである。また泡を塗るときは、ブラシは使わずに、水盤の水に浸けた石鹸で顔をこするのだ。

今この場では、海水が使用されていた。より適した淡水が不足しているためである。そして、泡が塗られたのは鼻の下と喉元にかけてだけだった。その他の部分はすでに十分に髭が整えられていたからであった。

その髭剃りの下ごしらえも、デラーノにとって、いくぶん新奇なものであった。彼は長椅子に腰かけて、興味深く二人を見つめていた。そんな具合だったので、会話は中断したままであり、当座はベニートも会話を新たにはじめることに乗り気ではないようであった。

水盤を据えると、黒人は剃刀の中から一番切れ味の鋭いものを探し出そうとした。そして目当てのものを見つけると、それにさらに切れ味を与えるために、自分の掌《てのひら》を広げ、その硬くなめらかで油染みた皮膚の上で剃刀を慣れた手つきで研ぎはじめた。それから開始の合図のような仕草をした。しばし動きを止め、片方の手は剃刀を高々と掲げ、もう片方の手はベニートのひょろ長い首に塗られた泡の中に差し入れて、プロの理髪師のごとく泡をかき回した。ベニートは、きらめく刃を間近で見たことで動揺したかのように、神経質に身を震わせた。彼のいつもの血の気の失せた顔は、石鹸の泡がついてますます青白く見え、その泡も黒人の身体の煤のような黒さとの対比で、濃淡の対照がますます際立っていた。デラーノは、目の前の光景に、いくぶん異様なところがあるように感じられた。今の二人を見ていると、ある突飛な考えが浮かんでくるのを抑えることができなかった。黒人の姿が首切り役人に、そして白人の姿は断頭台に据えられた人物のように見えたのだ。しかし、そんなものは自分の心に浮かぶ例の気まぐれな空想の類に他ならない。浮かんだかと思うと、すぐに消え失せてしまうものだ。しかしながら、デラーノのようによく道理をわきまえた人物であっても、そのような空想から常に逃れられるというわけにはいかなかった。

その間、ベニートの動揺によって、顎の下に巻きつけた旗がわずかにゆるんでしまい、折りたたんであった部分がカーテンのように、肘掛けの上から床まで広がった。すると、そこに盾形紋章の縞模様と下地の鮮やかな色合い——黒、青、そして黄色——が露わになった。その意匠の中に、門を閉ざした城が見てとれた。その城は、血の赤に染まった盾形紋章の片側にあり、その反対側には、後ろ脚で立ち上がった獅子が白地の中に現れ出た。

「城と獅子とは」デラーノは叫んだ。「なんと、ドン・ベニート、あなたが今お使いになっているこれは、スペイン国旗ではありませんか。私しか見ていなかったからよかったものの、スペイン国王がこれを見たら、大変なことになったでしょうね」それから彼は微笑を浮かべ、黒人に向かって、次のように付け加えた。「しかし、色がごきげんに鮮やかでさえあれば、あたしにとっちゃみな同じさ、といったところかね」このおどけた意見を聞いて、黒人はいくらか心をくすぐられたような反応を示した。

「さて、ご主人様」彼は言い、旗を再び首に巻きなおすと、主人の頭を椅子の頭支えに優しく深めに押し当てた。「さあ、ご主人様」そして、刃が喉元できらりと光った。

再びベニートはかすかに身体を震わせた。

「そんなにお身体をお震わしになってはいけませんよ、ご主人様。ドン・アメイサ、私めがかようにお髭剃りをして差し上げます時には、いつもご主人様はお身体をぶるぶる震わせておいでになるのです。でも、ご主人様はご承知のことですが、私めはいまだかつて一度たりとも、ご主人様の血を一滴も流したことはございません。たしかに、それが事実でございます。ですが今回ご主人様がそんなにお身体を震わされるようですと、もしかしたら、ご主人様の血を流してしまうやもしれません。さあ、ご主人様」彼は続けた。「そして、さあ、ドン・アメイサ、あなた様の、嵐についてのお話をお続けになって下さい。そうなされば、その間ずっとご主人様もお耳を傾けることができますし、時々にはご主人様がお答えになることもできましょう」

「ああ、そうでした、嵐の話でしたね」デラーノは言った。「しかしですね、あなたのこのたびの航海のことを考えれば考えるほどですね、ドン・ベニート、ひっかかることがあるのです。たしかにあの嵐、あれは何ともひどいものであったに違いないと思いますが、じつはその嵐のことだけではなく、嵐に続いて起こった、あなたの船に壊滅的な被害を与えたという凪のことなのです。現在の場所まで来られるのに、あなたのご説明では、二カ月以上を費やしてホーン岬からサンタ・マリアまで航行されたということですがね、その程度の距離なら、私自身は、順風に恵まれれば、わずか二、三日で到達することができるのですよ。たしかに、あなたは凪に遭い、しかも長期にわたる凪に何度もお遭いになられたようですが、しかしですね、二カ月もの間凪に摑まってしまうという事態は、少なくとも、尋常ではありませんね。いやはや、ドン・ベニート、かりにもそのような話を他の紳士から聞いたとしたら、まず私は、半分は冗談といった態度で聞き流すだけではなく、いくらか不信の念を抱くことになるでしょうね」

この時、ベニートの顔には、不意にある表情が浮かんだが、それは以前に甲板で見せた時のものと同じものであった。そして、彼が体を強張《こわば》らせたからか、あるいは凪の中で船体が急にグラッと揺れたからか、はたまた従僕の手元が一瞬狂ったからなのか、理由は定かではないが、その時、剃刀の先から血が流れ、なめらかな白い泡が塗られていた喉元に血が滲《にじ》んだ。即座に黒人理髪師は、手にした剃刀を引っ込め、いささかも動ずることなく、職人然とした態度で、デラーノには背を向け、ベニートにはまっすぐ向き合ったままで、血の滴る剃刀を掲げて見せながら、半ばひょうきんさをこめた悲しい口調といった調子で、「ほら、ご主人様、そんな風にお身体をお震わしになったからですよ。ご覧下さい、バボウめの流した初めての血でございます」

喩えていえば、目前で抜かれた剣を見た時、そして、暗殺未遂事件を目撃した時の小心な英国王ジェイムズ一世[22]の反応も、この時ベニートが見せた恐怖に怯《おび》えた表情とは比べ物にならないほど小さなものであったと思われる。

哀れな男よ、とデラーノは思った。あの男は神経過敏になりすぎて、理髪師の流したわずかな血すらも見ることが耐えられないというザマだ。それなのに、あろうことかこの動揺しきった心を病んだ男、その当の人物が俺の全身の血を流させるような企みを抱いていた、などと、俺は本気に思っていたのだ。自分自身の流したわずか一滴の血を見るのにも耐えられない人間がだ。アメイサ・デラーノよ、たしかにお前は今日一日ずっとどうかしていたな。こんなこと、国に帰っても、黙っていた方がいいぞ、愚かなアメイサよ。なんと、なんと、あの男が人殺しのように見えた、だって？　むしろあの男自身がやられそうになっているみたいじゃないか。まあいいか、今日のこの経験は今後の良い教訓となるだろうよ。

このようなことが正直一遍なデラーノの頭の中を駆け巡っていたが、その一方で、従僕は腕に掛けていたナプキンをすでに取り外して、ベニートに向かって次のように言った。「大変でしょうが、ご主人様、どうぞドン・アメイサにお答えなさって下さい。その間に私めが剃刀からこの見苦しいものをきれいにふき取りまして、もう一度研ぎ直しますので」

このように話しながら、従僕の顔は半ばこちらに向けられ、スペイン人とアメリカ

22　ジェイムズ一世（一五六六―一六二五）。英国王（一六〇三―二五）治世の間、暗殺未遂事件や「ガイ・フォークス事件」などが起きた。

人の双方の表情を同じように窺っているようだった。彼の言い方から察するに、どうやら彼はいろいろ思いめぐらし、主人に会話を続けさせることによって、つい先ほどの嘆かわしい出来事から主人の関心を逸らしてしまいたい、と望んでいるように思われた。ベニートは、まるで、従僕によって出された助け舟に喜んですがりつくかのように話を再開すると、デラーノに再び詳しく語り始めた。それによると何度も凪に襲われて、それが尋常ならざる期間続いたばかりではなく、船はどうしようもなく頑固な潮の流れにはまり込んでしまった、ということだった。そして彼はほかの事情も付け加えたが、その話の中には、以前の説明の単なる繰り返しに過ぎない部分もいくつか含まれていた。しかしそれでも、ホーン岬からサンタ・マリアへ至る航海に、どうしてそのように長い時間を費やすことになってしまったか、その経緯は一応は説明された。そして時折、彼の言葉の端々には、突如として黒人たちへの称賛の言葉が交じったが、それは以前にもまして黒人たちが総じて賢明に振舞ってくれたことに対する、手放しの称賛のように感じられた。

ただし、事の顚末についての説明は、その間切れ目なく続けられたのではなかった。話をするのに好都合ではない時、つまり従僕が剃刀を使っている時には、しばしば会話は中断した。それで、髭剃りの作業の合間に、事情説明と黒人たちに対する賛辞は続けられたが、彼の声は次第にしわがれていった。

デラーノは、またも落ち着きを失いはじめた。この男の振舞いには、なにかえらく虚ろなところがある。どうも従僕が口には出さず、自らのおぼろな考えを身振りに変えて表す時になると、いつも虚ろな様子が見られる。それはやはり、あいつと従者がなにか計り知れない理由があって、芝居を打っているからじゃないのか。言葉と行動だけじゃない、ドン・ベニートの全身の震えなんかも使って、俺の目の前で、俺を欺く芝居を演じているようにも見える。そういえばあの二人はひそひそと何やら打ち合わせをしていた。二人が共謀しているという疑いは、そんな状況証拠からみても、まず間違いないことになる。しかし、そうだったとしても、俺の目の前で演じられているこの床屋芝居の目的は、いったい何だというのだ？　結局のところ、あの男ベニートは国旗なんかを身にまとってみせて道化役者よろしく芝居をしているだけのことなのか。そうなら共謀なんてのも、思わず浮かんだ気まぐれな思いつきでしかないことになる。そうだ、そんな考えは、すぐさま頭から追い払う方がいい。

髭剃りが済むと、従僕は手早く香水の入った小瓶をひとつ持ってきて、主人の頭に

二、三滴ふりかけ、入念にすり込んだ。その手の動きはとてもすばやく、主人の顔の筋肉が奇妙な感じにピクピク引きつるほどだった。

従僕は次に、櫛と鋏そしてブラシを使った作業にとりかかった。主人の頭の周りをくるくる回りながら、こちら側の巻き毛をなめらかに梳《す》いていったかと思うと、あちら側の頬髯のほつれ毛を切り払ったり、こめかみ辺りの髪を優しく梳かしたりしたが、ほかにも、名人芸ともいえる即興的な仕上げの技をほどこして見せるのだった。その間、ベニートは、黒人理髪師の手に全てを任せ切った紳士のごとく、されるがままになっていたが、少なくとも、髭剃りの時よりはずっと落ち着いていた。実際のところ、彼はいまだ非常に青ざめた顔で身をこわばらせて座っているので、黒人の姿は白い彫像の頭の部分の仕上げにかかっているヌビア族[23]の彫刻家を髣髴《ほうふつ》とさせた。

ようやく全ての作業が終わった。スペイン国旗が首から外され、無造作に丸められると、旗入れの引き出しの中にポイと投げ入れられた。黒人は生温かい息をふっと吹きかけて、主人の首にこびりついている残り毛を払った。襟と幅広のネクタイが再び着けられ、小さな糸くずがビロード地の襟の折り返しのところから払いのけられた。このようにして全ての手順が完了した。従僕は、少し距離をとって後ろに下がり、しばし出来栄えをしげしげと吟味していたが、その顔には、いくぶん抑え気味ながらも、満足の色が浮かんでいた。その様子は、少なくとも外見を立派に仕立て上げたという点で、主人を自らの洗練された技によって創り上げた作品と見なしているようだった。

デラーノは、陽気な口調で黒人理髪師にその出来栄えを誉め称えた。同時にベニートの姿にも祝福の言葉を贈った。

しかし、甘い香りの香水も、シャンプーも、従僕の忠実さも、デラーノとの会話も、何一つベニートの心を浮き立たせたようには見えなかった。デラーノは、彼が再び人を寄せ付けない憂鬱さの中へ引っ込んで、ぐったりと座り込んだままでいる様子を目にすると、自分が今ここにいるのは望ましくないのかもしれないと思った。そこで、予想したような風が立つ気配があるかどうか改めて確かめてくる、ということを口実にして退出した。

メイン・マストの方へ向かって歩いていく時、彼はしばし立ち止まって、さきほど

---

23 エジプトおよびスーダンからエチオピアにかけてのナイル川流域に居住する種族。

の髭剃りの光景に思いを巡らせて、なんともいえぬ不安を感じた。するとその時、たった今出てきたカディの近くで物音がしたので振り返ってみると、例の黒人理髪師の姿が目に入った。彼は手で頰を押さえていた。近づくと、デラーノは、黒人の顔から血が流れているのに気づいた。どうしてそうなったのか尋ねようとする前に、黒人は嘆き悲しむような調子で、デラーノに事情を語った。

「ああ、ご主人様はいったいいつになったらご病気から回復されるのでしょう。ご主人様の気を塞《ふさ》がせているご病気は、どんなにバボウめが心からお仕えしても、いつもこんな仕打ちをするのです。バボウめがご主人様に少しばかり切り傷を作ってしまったせいで、バボウめを剃刀でお切りつけになりました。それにしても、今度のことはまったく偶々《たまたま》のことなのでございます。幾日も幾日も剃らせていただいて、今日がはじめてのことですのに。ああ、ああ、ああ」と言いながら、彼は手で顔を押さえ続けた。

それじゃ、とデラーノは思った。ベニートが、執念深いスペイン人よろしく、自分の恨みを哀れな従僕に向け、人の見ていないところで復讐を果たそうとしたのか。だからわざと不機嫌に振舞い、あの場から俺を退出させるよう仕向けたってわけか。しかしそんなことがあり得るのだろうか？　ああ、奴隷制ってやつは、人の心にかくも醜悪な感情を引き起こすものか。あいつも哀れなやつよ！

デラーノは、同情の気持ちから黒人に話しかけようとしたが、その時黒人は、ためらう様子を見せながらも、カディに戻っていった。

すると今度は主人と従僕がふたりして姿を現した。ベニートは従僕にもたれかかっていて、まるで何事も起こらなかったかのような顔をしていた。

なんだ、結局のところ、恋人同士の痴話げんかといったところだったのか、とデラーノは思った。

彼はベニートに近寄ると、言葉を掛け、それから連れ立ってゆっくりと歩いた。しかしふたりが二、三歩もいかないうちに、例の司厨長――背が高く、インドの藩主を思わせる白黒混血《ムラート》の男――が、頭に三、四枚マドラス木綿のハンカチをターバン状にぐるぐると何層にも重ねて巻き上げ、仏塔《パゴダ》のように高く聳え立たせるといった、東洋風の出《い》で立ちで現れた。彼は、額手礼《サラーム》をしながら近づいてくると、船長室に昼食の用意ができた旨を告げた。

その混血の男を先にして、ふたりの船長は船長室へ向かっていったが、その途中で、彼は何度となくくるりと振り返り、絶えず笑みを浮かべてお辞儀をしながら、ふたりを先導するのだった。その男の優雅な装いと身のこなしに比べると、小さく粗野な顔をむき出しにしたバボウの貧相さは目にも明らかだった。当の本人も、そんな自分の劣った姿に気づいているかのように、優美な司厨長を横目でじろっと見た。しかし、デラーノは、バボウが他人を妬《ねた》んで目を光らせることは、全部とはいえないまでもその一部は、あの特異な感情――純血のアフリカ黒人が混血のアフリカ人に対して抱く、あの嫉妬の感情――のせいであろうと思った。司厨長に関して言えば、彼の物腰は自意識からくる高潔さをさほど見せているわけではないが、人を喜ばせたいという、彼の切なる欲求がはっきりと表れていた。その欲求は、キリスト教的洗練さと同時にチェスターフィールド卿の宮廷風の優美さ[24]をも兼ね備えており、二重の称賛に値するものだ。

デラーノは興味深く思った。この混血の男は、肌の色は白と黒の間なのだろうが、人相学的にはヨーロッパ風、それも伝統的なヨーロッパ人種の顔立ちをしているな。

「ドン・ベニート」デラーノはささやいた。「私は、あなたの従者である、この黄金の杖を持つ式部官に謁見《えつけん》することが叶ってうれしく思いますね。といいますのも、バルバドスのある農園主が、かつて私に、混血の男に関して厳しい意見を漏らしたことがあったのですが、今私が目にしているものによって、それが間違いであることが見事に裏付けられたからですよ。その意見といいますのは、混血男の顔が通常のヨーロッパ風の顔をしている時には、用心した方がいい、そいつの正体は悪魔のようなものだ、というものでした。しかし、ほら、ここにいますあなたの司厨長の顔つきは、イングランド王ジョージ三世よりもヨーロッパ人らしいではありませんか。それにご覧下さい、彼が上品に会釈し、お辞儀し、笑みを浮かべるさまを。まこと、王侯貴族風じゃありませんか。優しい心と上品な物腰を併せ持つ王様ですよ。それに声もまた、何と耳によく響くじゃありませんか！」

「たしかによい声をしています、船長殿」

「しかし、ひとこと言わせて頂きたいのですが、あなたが彼を知る限りにおいてです

24　フィリップ・ドルマー・スタンホープ・チェスターフィールド（一六九四―一七七三）。イギリスの政治家。日常生活の心得などを説いた『書簡集』（一七七四）を出版。

が、あの男は、必ずしも、あなたにとって、善良で称賛に値する人物とは言えなかった時もあったのではないでしょうか？」デラーノはそう言うと、そこで口をつぐんだ。すると司厨長はその場を辞する意を片膝を折って表すと、船長室の中へ姿を消してしまった。「さあ、いかがですか、今述べたようなことはなかったでしょうかね」

「フランセスコは良い従者です」ベニートは、大儀そうな様子で答えた。それは、あの混血の男については欠陥を見つけたいと思わないが、かといって、お世辞を言いたくもない、といった突き放した評価者の口振りであった。

「ああ、そうでしょうとも。実際のところ、あの農園主の意見は私たち白い肌の人間にとっては、何とも怪しげで、あまり信の置けるものではありませんね。かりにも私たちの血とアフリカ人の血が少しでも混ざるような事態になりますと、アフリカ人の性質を改善するどころか、ひたすら彼らの黒い血管に硫酸を注ぎ込むことになる。つまり肌の色合いは改善されたとしても、心身の健全さにはさっぱり効果がない、という悲しむべき結果がもたらされる、という意見なのですから」

「たしかに、たしかに、船長殿、しかし」ベニートはバボウの方を一瞥して言った。

「あなたが耳にされた農園主のご意見は、黒人たちに関してばかりでもないでしょう。

私どもの住んでいる地域で、スペイン人とインディオとの人種混交についても当てはまるように言われたのを聞いたことがあります。しかし、私自身はその件については特別申し上げるほどのことはありません」ベニートは物憂げに付け加えた。

それから、彼らは船長室に入った。

昼食はつつましいものであった。デラーノが提供した新鮮な魚とカボチャ、ビスケット、それに塩漬け牛肉がいくらかと、先ほど別にとっておかれたリンゴ酒が一瓶、それにサン・ドミニク号に残っていたカナリーワイン[25]の最後の一瓶であった。

彼らが入ってきた時、司厨長フランセスコは、二、三人の黒人の助手をともない、食卓の上に身を乗り出して、食事の最後の仕度を執りしきっていた。主人の姿を認めるとすぐに助手たちは退いたが、フランセスコも笑みを浮かべながら、引き下がる許可を求めた。ベニートはそれに気づく素振りをみせず、デラーノに向かって気難しげに、自分は余計な人数の従者がそばにいることが気に入らないのです、と述べた。

司厨長たちがいなくなり、主人役ベニートと客人デラーノは食卓についた。二人は

25 カナリア諸島産出のワイン。

子どもに恵まれない夫婦のように、テーブルの両端に向かい合って腰を下ろしたのだが、それに先立ち、ベニートはデラーノに彼が座る席を手で示した。ベニートは弱ってはいても、客人である紳士に、自分よりも先に席に着くように強く求めたのだった。バボウはベニートの足下に敷物を広げ、背にはクッションをあてがった。それから彼は主人の椅子の後ろではなく、デラーノの背後に立った。当初、このことは少しばかりデラーノを驚かせた。しかし、まもなく分かったのだが、その位置を占めることによって従僕は主人と向き合うことになり、主人のごく小さな要求に対しても、ひとつも見逃すことなくそれに応える構えをとることができるのである。

「これはまた、あなたの御付きの者は、並はずれて賢い頭をお持ちですな、ドン・ベニート」デラーノはテーブルの向かい側の主人にささやいた。

「おっしゃる通りです、船長殿」

食事の間、デラーノは再びベニートの話のいくつかに立ち戻って、話のあちこちのさらに詳しい説明を求めた。とりわけ壊血病と熱病が白人に対して、全面的に壊滅的な被害をもたらしたわりには、黒人たちの方はその半数も死なずに済んだのはどういうわけだったのか、と問い質した。しかしこの質問は、あたかもベニートの目の前に災厄の光景をありありと再現したかのようであった。友人たちと上級船員たちがいなくなってしまい、彼ひとり孤独に船室に閉じこもっていた時の様子を、惨めに思い出させたのかもしれない。彼の手は震え、顔からは血の気が失せ、口からは途切れ途切れ意味のない言葉がさまよい出た。かつて正気のうちに刻み込まれた過去の記憶が蘇ったとたん、ただちに現在の正気ならざる様々な恐怖に取って代わられてしまったかのようだった。彼は、大きく見開いた目で、眼前の虚空《こくう》をじっと見つめていた。そこには何もなく、ただ従僕の手が彼の方へカナリーワインのグラスを押しやって勧めているだけだった。[26] ベニートはなんとか二、三回ワインを口にしたが、それは十分とはいえないまでも、正気を回復するにはいくらか役立ったように見えた。彼は、人種が異なるとその体質も異なるということ、またある特定の病気に対してある人種が他人種よりも抵抗力があると考えられる、などといったことを、とりとめなく話し続け

26 新約聖書「ルカによる福音書」二二章二〇―二一。「この杯は、あなたがたのために流すわたしの血で立てられる新しい契約である。しかし、そこに、わたしを裏切る者が、わたしと一緒に食卓に手を置いている」

た。しかしそのような見解は、デラーノにとって初めて耳にすることであった。

それからデラーノは、ベニートの船のために供出することにした物資の金銭面についての話を切り出そうとした。デラーノは、船の所有主たちに厳密に会計報告を行う必要があり、中でも新品の帆一組とその他の艤装の類の費用に関する実務上の話題を持ち出そうと思った。当然のことながら、このような事柄については、内密に打ち合わせたいと思ったので、ベニートが、二、三分の間、従僕を退席させるよう取り計らってもらいたいと思った。それでデラーノはしばらく待ってみた。というのも、わざわざこちらから催促しなくとも、ベニートは、会話の内容から察して、そのように取り計らってくれるだろうと思ったからである。

しかし、実際にはそうはいかなかった。しばらくして、デラーノは、主人役の目を見据えながら、親指をわずかに自分の背後に向ける仕草をしてささやいた。「失礼ながらドン・ベニート、他の者がいると、申し上げにくいことがあるのですが」

これに対して、スペイン人は顔色を変えた。そのように仄めかす言い方に彼が憤慨したようでもあり、あるいはまた、自分の従僕に対する非難であると受け取ったのかもしれなかった。しばしの沈黙の後、彼はデラーノに次のように請け合った。この黒人が我々とともにこの場に同席することは、いささかも不都合なことではありません。なぜなら、上級船員たちを失ってしまってから、私はバボウ（この者の本来の役目は奴隷頭でもあります）を私に常時付き添う従者、そして話し相手、いやそれだけではなく、あらゆる事柄の相談役としているのです。

この後この件について、それ以上の言葉はなかった。けれども、実際のところ、デラーノは、自分のこんな些細な要望すら受け入れられなかったことに対して、わずかではあるが、苛立たしい気分が湧き上がってくるのを禁じえなかった。こちらはわざわざ実質上の援助をしてやろうと言っているのである。だがしかし、これも自分の勝手な思い込みに過ぎないかもしれない、と彼は思い直した。それで、彼は自分のグラスにワインを満たすと、実務上の話を進めた。

帆布と他の品目の値段が決められた。しかし、この話が進められている間、デラーノは次のことに気がついた。援助を申し出た当初には大変な熱意で歓迎されたのに、いざビジネス上の決済の話となると、無関心と無感動が露骨に示されただけだったのである。実際のところ、ベニートは、ごく一般的な礼儀を重んじる気持ちだけから、話の詳細に耳を傾けているように見えた。ベニート自身と彼の航海の成否には、莫大な利害がかかわっているのだ、ということには、いささかも考えが及んでいないようだった。

この後ベニートの態度は、さらにずっと抑制されたものとなっていった。彼を社交的な会話に引き入れようとする努力はすべて無駄に終わった。ベニートは陰鬱な気分にすっかり心を蝕まれて、顎鬚をひねりながら、黙って座っているだけだった。その間、バボウの手は、無言のうちに壁に描かれた指で注意を引くかのように、[27]カナリーワインを彼の方にゆっくりと押しやっていたが、それもほとんど効果はなかった。

昼食が終わり、彼らはクッションが敷いてある船尾梁《トランサム》[28]に移動して腰を下ろした。従僕が主人の背にかいがいしく枕をあてた。いまだ長く続く凪が、その場の雰囲気にも重苦しい影響を及ぼしていた。ベニートは、まるで息継ぎをしようとするかのように、重々しくため息をついた。

「カディに移動しましょうか」デラーノは言った。「そちらの方がいくらか風がありますよ」しかしベニートは黙りこくったまま、身じろぎもせずに座っていた。

一方、バボウはベニートの前にひざまずき、大きな羽根扇を持って控えていた。そこへフランセスコが忍び足でやって来て、バボウに小さなカップに入れた香水を手渡した。彼は時折それを主人の額にこすりつけたが、もみ上げをなめらかに梳いてやる様子は、子守りが子どもにしてやるようであった。バボウは一言も発することなく、その視線は常に主人の目に注がれていた。まるで、ベニートの苦しみが続いている間は、沈黙のうちにも変わらぬ忠義を示すことで、少しでも主人の精神を元気づけてやるのだ、と言わんばかりであった。

やがて船の鐘が二時を告げた。船室の窓から、わずかながら海に波が立っている様子が見てとれた。しかもそれは、望んでいた方向からの波だった。

「ほら、ご覧なさい」デラーノは声を上げた。「申し上げた通りですよ、ドン・ベニート、ご覧なさい！」

デラーノは立ち上がり、一段と熱を帯びた口調でベニートに話しかけ、そうすることで相手の気持ちが高揚することを期待した。しかし、ベニートは、その時近くに

27 旧約聖書「ダニエル書」五章五。「すると突然人の手の指があらわれて、燭台と相対する王の宮殿の塗り壁に物を書いた。王はその物を書いた手の先を見た」

28 船尾の張り出しを内部から補強している横梁《よこばり》。

あった船尾の窓の真紅のカーテンが、彼の青白い頬に向かってパタパタと風に翻ったにもかかわらず、嫌われものの凪よりもその風を歓迎していない様子だった。

哀れなやつだ、とデラーノは思った。ひどい辛酸《しんさん》を舐《な》めすぎたため、燕が一羽飛んだからといって夏が来たわけではない、波頭がひとつ立っただけで風が吹いてくるわけではない、という教訓が全身に浸みついているのだ。だけど、今度ばかりは、少し違うぞ。お前さんに代わってこの俺が船を入港させ、それでお前さんの判断の間違いを証明してやるんだから。

ベニートの衰弱した体調について手短に気遣いの言葉を残した後、デラーノは彼に、どうかこの場に残って、安静にしていてもらいたい、と付け加えた。いまや彼は、吹いてきた風を最大限有効に使う任を、勇んで我が身に引き受けるつもりでいた。

甲板に出る時、デラーノは、そこに予期せぬアトゥファルの姿を認めてギクッとした。その大男は、通路の敷居のところに、厳かに立っていて、さながら古代エジプトの墓地の入口を守る、黒い大理石でできた衛兵の彫像のようだった。

しかし、今回ギクッとしたのは、純粋に肉体のみの反応にすぎなかった。アトゥファルの風采からは、そのむっつりと不機嫌な様子の中にさえ、従順さが目にも明らかに感じられ、例の手斧研ぎの連中の様子とは対照的だった。手斧研ぎたちは脇目も振らず勤勉に自分たちの作業に集中していた。このふたつの光景から分かるのは、全般的にベニートの権威がどんなに緩《ゆる》んでいるとはいっても、彼が権力を行使しようとした時には、部下たちはいかに野蛮な顔つきであろうと、あるいはまた巨体の持ち主であろうとも、彼に従わなければならない、ということだ。

舷側の手すりに掛かっていたラッパをさっとつかみ取ると、デラーノは軽快な足取りで船尾楼の先端部分へ向かっていった。そして彼自慢の流暢なスペイン語で命令を発した。数の少なくなった水夫たちと多くの黒人たちは、みな等しく彼を歓迎し、その命《めい》に従って、船を港の方角へ向ける作業に取り掛かった。

下部の補助横帆《スタンスル》を張るように何度か命令を出しているうちに、突然デラーノは、自分が出した命令を忠実に復唱している別の声を耳にした。振り返ると、そこにはバボウの姿があった。バボウはここぞとばかり、新たな水先案内人デラーノの下で、彼本来の役割である奴隷頭の務めを果たしていたのだ。この助手がいかに有能であるかはすぐに証明された。ぼろぼろになった帆と、たわんだ帆桁は、すぐさまいくらか使える状態にまで補修された。そして、操桁索《ブレース》や揚げ索《ハリヤード》を引く作業も、活気づいた黒人たちの陽気な歌に合わせて、全て順調に進んでいった。

良い連中だ、とデラーノ船長は思った。もう少し訓練してやれば、やつらは申し分ない船乗りになるだろう。ああ、見るがいい、女たちまでが歌い、索具を張り渡しているではないか。あの女たちは、例のアシャンティ族の女たちに違いない。女でも一流の兵士になるという話だ。ところで、船の舵を取っているのは誰だろう。そいつも良い水夫でなけりゃならんからな。

彼は確かめに行った。

サン・ドミニク号は、水平に動く大型の重々しい滑車の付いた舵柄で操作されていた。滑車の端に付いているそれぞれの取っ手には、操舵手を補佐する黒人が立っていて、彼らに挟まれる格好で、舵の中央部には、操舵手として責任ある職務についている一人のスペイン人水夫がいた。その男の表情からは、風が吹いていることに対して船全体に広がっている希望と確信を、彼もまた分かち持っていることが見て取れた。

その男は、以前揚錨機《ようびょうき》のところで、おどおどとした態度を見せていた男であることが分かった。

「ああ、君か、あの時の」デラーノは声を上げた。「さてと、もうさっきの羊みたいな目付きはしてないな。いいかね、前方をまっすぐに見据えて、船の針路をしっかり保つんだぞ。君の腕を信用しているからね。それに、君だって港に入りたいわけだろう？」

その男は、一言も発しなかったが、ほほ笑んでうなずき、舵柄の中心部をしっかり握りしめた。この時デラーノは気づいていなかったが、両脇のふたりの黒人がその水夫をじっと見守っていたのだった。

舵取りに問題がないことが分かると、デラーノは水先案内人よろしく、船首楼の方へ向かい、そちらの状況がどうなっているか確認することにした。

船は、その時、相当強い潮の流れに逆らって進んでいた。それでも夕闇が近づくにつれて、海風はたしかに勢いを増すように思われた。

当座に必要な作業が終了すると、デラーノは、水夫たちに最後の指示を下して、船尾へ向かい、船長室にいるベニートへ状況を報告しに行こうと思った。彼の従僕バボウが甲板上で立ち働いている間に、少しでも二人だけの会話の機会が持てるのではないかと考えたのだ。

船尾楼の下に両舷からそれぞれ、船長室へつながっている通路の入り口が二つあった。一方の入り口はもう一方よりもずっと船首寄りにあるので、そのぶんより長い通路になっていた。従僕がまだ甲板上にいる姿を確認すると、デラーノは、近いほうの長い通路に通じる入り口から入った。その入り口のところにはまだアトゥファルが立っていた。急ぎ足で進んでいくと、やがて船長室の扉の前に到達した。彼はしばし立ち止まり、はやる心をいくぶん落ち着かせた上で、自分が伝えたいと思っている報告が今にも口の端から出そうになりながら、部屋に入っていった。そして腰を下ろしているベニートに近づいていった時、自分の足と歩調の合った別の足音を耳にした。反対側の戸口から、金属製の盆を手にして、例の従僕がデラーノ同様に、ベニートに近づいていくところだったのだ。

こいつ、忌々しいほどに忠実なやつだな、とデラーノは思った。またなんと間の悪いことなんだ。

しかし、その時覚えた苛立たしさは、その時吹いてきた微風によって心に生じた爽快な昂揚感《こうようかん》が作用して消え去っていった。しかし、そのような昂揚感をかきたてられた、まさにその時、彼はわずかではあるが、心に動揺を覚えた。頭の中で、根拠のはっきりしない想像ではあるが、バボウとアトゥファルが陰で通じ合っているように思えてきたのである。

「ドン・ベニート」彼は言った。「お喜び申し上げます。今吹いている風は、このまま持つでしょうし、勢いも増してくるでしょう。ところで話は変わりますが、あなたのあの背の高い、時刻通知の代用物、アトゥファルが、表に立っていますが、もちろん、あなたがご命令なさったことでしょうな?」

ベニートはたじろいだ。デラーノの言葉には、おだやかではあるが、いくらか棘が秘められており、それを聞いたベニートは、ちょうど上品な育ちの人物から巧みな言葉で侮辱されると、うまく応酬できなくなってしまう、といった状態に陥ったかのようだった。

なんと、この男は生きながら皮を剝がされてしまった者のようだな、とデラーノは思った。その身体のどこを触れば、萎縮せずに済むというのだ?

従僕は主人の目の前で動き回り、クッションの位置を直していた。ベニートは礼を失しないように、身をこわばらせながら返答した。「おっしゃる通りです。あの奴隷が、あなたの目にされたところにいますのは、私の命令に従ってのことです。つまり、私が船室に下がっております時に、所定の時刻になりますと、あの男は定められた位置に着いて、私が部屋から出て行くのを待たねばならないのです」

「ああ、それなら、失礼を承知で申し上げます。つまり、あの哀れな元国王を、実権を奪った上で使っているというわけですね。ああ、ドン・ベニート」デラーノはここで笑みを浮かべて言った。「いくつかの面で、あなたは乗組員たちがやりたいようにやらせていらっしゃいますが、実は根っこのところであなたは、えらく厳格な主人ということになりますね」

再びベニートは身をひるませた。しかし今回の反応は、人の良いデラーノの目には、ベニートの良心の呵責のせいであるように思われた。

再び会話が宙に浮いてしまった。デラーノは、今や船は波を切って海上を穏やかに進んでいて、実際その動きを感じることもできるようになっていますよ、とベニートの気を引いてみたが、無駄であった。またもやベニートの目は、光を失い、ほとんど言葉も返さず、内面に引きこもってしまうのであった。

そのうちに、風は勢いを増してきて、なおも港に向かってまっすぐに吹いたので、その風に乗ってサン・ドミニク号は滑るように進み続けた。岬の端をぐるりと回りこむと、視界が開けて遠方にデラーノのアザラシ猟船が見えてきた。

その間ずっとデラーノは甲板に出て、そこにしばらく留まっていた。暗礁から十分な距離をとるように指示し、船の針路を変更させた。それが済むと、彼はしばしの間、甲板の下に戻った。

今度こそ、我が哀れな友人を励ましてやろう、と彼は考えた。

「ますます良くなってきていますよ、ドン・ベニート」彼は陽気に呼びかけながら軽い足取りで再び船長室に入っていった。「あなたのご心労も、まもなく終わることでしょう、少なくとも、しばらくの間は。ご承知の通り、長く、悲しみに満ちた航海の果てに、錨を港に下ろすと、船長の心からは、大きな重荷がすっかり下ろされるわけですから。万事順調に進んでいますよ、ドン・ベニート。私の船も視界に入っています。ここの舷窓から覗いてご覧なさい。ほら、あそこに、全装帆で！　バチェラーズ・ディライト号、我が良き友というわけです。ああ、この風のおかげで、何と元気が出てくることでしょうか。さあ、今宵は私とコーヒーをお付き合いいただかなければなりませんね。うちの司厨長が、素晴らしいコーヒーを作って差し上げます。イスラムの王スルタンがかつて味わっていたものに負けないくらい素晴らしい味です。いかがですか、ドン・ベニート、お付き合いいただけますよね？」

ベニートは熱のこもった眼を上げ、切望の色を浮かべアザラシ猟船を見つめたが、その一方、従僕のほうは無言のうちにも気遣わしげに、ベニートの顔を覗き込んでいた。突然、ベニートに例の発作が悪寒《おかん》とともにぶり返し、彼はクッションにどさっと身を預けると、沈黙してしまった。

「お答えいただけないのですか。さあ、あなたは今日一日私を歓迎し、もてなして下さいました。私にそのお返しをさせないで済ませるおつもりじゃないでしょうね？」

「私は行くことができません」というのがその返答だった。

「何ですって？　お出かけになられても、お疲れになることはありませんよ。船と船とは揺れても接触しない程度まで近づいて、ともに並んで錨を下ろすのですよ。せいぜい甲板から甲板へお渡りになる程度のことで済むのです。一つの部屋から隣の部屋へ移るようなものです。さあ、さあ、私の申し出をお断りになってはいけませんよ」

「私は行くことができません」固い決意で、はねつけるように、ベニートは繰り返した。

うわべだけの礼儀を最後に一枚だけ身にまとい、他は全てかなぐり捨てて、死人めいた青ざめた顔に不機嫌な色さえ浮かべ、指の肉まで噛み切らんばかりに薄い爪を噛みながら、彼はデラーノに一瞥をくれたが、ほとんど睨みつけるかのようだった。あたかも自分が沈鬱な気分に浸りたいのに、今は他人が目の前にいるためにそれも叶わず苛立っていると言わんばかりであった。その間も窓辺からは、船首が水を切る音が陽気に聞こえ、その音はますます強まっていた。しかしその音は、ベニートにとって、彼の暗鬱な不機嫌さを叱責しているかのごとくであり、あるいはまた、たとえ一人の人間が気がふさいで狂気に陥っていようとも、自然の方は、こちらとは関係はないし、責任を取る必要もないのだ、と告げているようであった。

かくして風は絶好調で吹きつのっているというのに、ベニートのふさいだ気分は今やどん底の状態だった。

デラーノは思った。この男には、これまでに見せてきた、単なる非社交的な態度、あるいは不機嫌さといったものをはるかに超える何かがある。自制の心を知っているつもりの善良なこの俺でさえ、もはやこの男の態度には忍耐も限界だ。全くお手上げだな。いったいあの態度はどういうわけだ。いかにたちの悪い病だといっても偏屈さと結びついたあの病状はなんだ。それに、俺の方の振舞いには、あのようなひどい応対をされる筋合いは、何ひとつありやしない――。こんなふうに思い返して、デラーノのプライドは頭をもたげ、彼自身、いくらかよそよそしい態度をとった。しかし、ベニートにとっては、そのような態度はどうでもよいことのようであった。それゆえ、デラーノは、その場を辞して、もう一度甲板へと上がって行った。

船はその時アザラシ猟船から二マイルも離れていない地点にあった。狩猟ボートが一方の船からもう一方の船へと突き進んでくるのが眺められた。

それからほどなく、ふたつの船体は、水先案内人デラーノの手腕のおかげで、めでたく隣りあって投錨したのだった。

自分の船に戻る前に、デラーノは、ベニートに対して、申し出た支援の微細《びさい》な点に至るまで、自分の意思を伝えておくつもりでいた。しかし、相手があのような状態である以上、再びわが身を拒絶の憂き目にさらしたいとは思わなかった。それで、サン・ドミニク号も無事に投錨した今となっては、すぐにでもこの船を去り、招待のことやビジネスの話にはこれ以上触れないことにしよう、と心に決めた。今後のことはたとえ未定のまま先送りにしても、これからの状況によって再度対応する機会もあることだろう。すでにボートは、彼を迎え入れる用意ができていた。にもかかわらずベニートは、今も甲板の下でぐずぐずしていた。デラーノは思った。さて、たとえあの男に育ちの良さが欠けているとしても、俺の方はそれを十分に示してやる必要があるな。そこで彼は船長室に降りていき、儀礼的な、しかし暗に相手を叱責する調子を含むような別れの挨拶を述べてやろうと思った。しかし、彼がこの上なく満足を感じたことに、ベニートは、まるで自分が軽視してきた客人から、逆に丁重な挨拶を受けたことで、その意味の重さを感じたかのように、従僕に体を支えられて立ち上がったのだ。そして、デラーノ船長の手を握ると、全身をわなわなと震わせた。あまりに胸がいっぱいで動揺が過ぎたのか、一言も話せなかった。にもかかわらず、そんな良い兆しは、またもや突然に挫《くじ》かれてしまった。彼は再び黙り込み、その物憂げな様子は、いや増しに増したのだった。そして、視線を逸らし、黙ったままクッションの上に再び座り込んだ。それと時を合わせるように、デラーノ自身も再び嫌悪の思いがぶり返してきて、彼は一礼するとその場から立ち去った。

船長室から階段へと通じているトンネルのような狭く薄暗い廊下を歩いていくと、その半ばまでこないうちに、とある音が耳に届いた。まるで刑場で処刑執行を告げる鐘の音のようだった。それは、この船のひびの入った鐘が定刻を打つ響きだったが、この地下納骨堂のような場所では、とりわけ物寂しく反響した。するとすぐさま有無をいわさぬ宿命の力によって、デラーノの頭の中に、凶事《きょうじ》の予兆ともいえる迷信じみたまがまがしい想いがどっと押し寄せてきた。彼は立ち止まった。言葉によって映像が生み出されるよりも速い速度で、以前から抱いていたあらゆる疑惑の数々がごく微細な点まで含めて全身を覆いつくすかのように、どっと襲来してきた。

これまで俺は、あまりにも軽々しく人の良さを表に出して、感じて当然と思えるような恐怖に対しても、何かと理由をつけて、無視してきたものだ。しかし、それでもあのベニート、あいつは、時に神経質なほど几帳面なところがあるというのに、どうして今のこの時点になっても、去って行く客人を気遣って舷門まで見送りに出るという、ごく当たり前の礼儀を行うことさえしないのだ？ ひどい無気力がそれを阻んでいるというのだろうか？ それでもこの日、もっと気力を必要とすることだって、なんとかやってのけたじゃないか。あの男が最後に見せたあいまいな振舞い、あれはなんだったんだ？ あの男は立ち上がると、客人たる俺の手を握り、自分の帽子に手を添えようとしていた。なのに次の瞬間、全ての気力は萎《な》え、陰気な沈黙と不機嫌の中に戻っていってしまった。別れの最後の瞬間に臨んで、何かおぞましい陰謀を企んだことに対して、いくらか悔悟の念が生じて、いったんは気が変わったものの、それでも性懲りもなく再度なにかを企てようと思い立ったためなのだろうか？　それでもあの男の最後のまなざしには、痛ましさとともに、ひたすら俺に対して、沈黙の中にも永遠の別れを告げるような色があった。いったいどうして今宵の俺の船への誘いを断ったのだろう？　というより、あいつは、あのユダヤ人、キリストと夕食の席をともにすることを拒まずにいながら、その日の夜、最後の晩餐の席で、彼を裏切ったあのユダヤ人[29]より心の冷たい男なのではないのだろうか？　一体全体、今日という日一日に目にした謎めいたことや矛盾に満ちた出来事は何だったんだろうか？　だが、それらの中に、意図的な欺瞞が用意されていて、俺に対して密かに一撃を食らわせようとしているというのなら、話は違ってくる。あのアトゥファル、あいつは反逆者ということになっているが、時刻を正確に知らせる暗い影のような男として、あの時も、敷居の外のところで身を潜めていたな。今となっては、やつは歩哨か、それ以上の存在にさえ思えてくる。いったい誰がやつをあそこに待機させたのだ？　そのことを、

29　イエスを銀貨三十枚で祭司長に売った、十二使徒の一人イスカリオテのユダ。新約聖書「マタイによる福音書」二六章二〇。

やつ本人の口から吐かせてみたいものだ。はたしてあの黒人は、今のこの時も待ち伏せしているのだろうか？

ベニートは背後におり、その手先は前にいる。もはや闇から光へと飛び出すほかに何の手も残ってはいない。

次の瞬間、彼は奥歯を噛みしめ、拳《こぶし》をぎゅっと握りしめ、アトゥファルの脇を通り過ぎた。そして、何事もなく、光の中に立った。すると自分の整備の行き届いた船が何事もなく穏やかな様子で錨を降ろしている姿が目に入ってきた。船までは、ほとんど呼べば声が届く距離だった。そして次に、自分の船の慣れ親しんだボートに、これまたよく知った面々が乗っているのを目にした。ボートはサン・ドミニク号側から寄せる細かな波を受けて上下に揺れていたが、じっと耐えていた。それから彼は、自分が立っている甲板を見回してみた。すると、槙皮作りたちがいまだ真剣に指先を動かしている姿が見えた。そして手斧研ぎたちの、低い調子の口笛と鼻歌のような作業歌《さぎょううた》を耳にした。彼らもまだ同じ作業に勤しんでいた。そして何よりも彼の目をとらえたのは、大自然の慈愛に満ちた情景であった。この夕べに、自然は無垢の姿を現して休息をとっている。静かな野営地のごとき西方の空に日が沈みゆく中、雲間から光が射してきていたが、それはアブラハムの幕屋から漏れ出てくる柔らかな光のようだった。[30]このような光景に目と耳がすっかり魅了されると、鎖で縛られたアトファルのわきを通り過ぎた時にこめた力が顎と拳の双方から緩んでいった。あらためて彼は、自分を欺いた亡霊のような妄想に笑い掛けた。そして、自責の念が疼《うず》くのを感じた。それは、たとえ微かであっても、あんな妄想を一瞬でも心に宿してしまったことによって、天から常に見守って下さる神の存在を疑うようなまねをしてしまったかもしれない、という気持ちから生じたのだった。

二、三分ほどの遅れは生じていたが、彼の命令に従って、ボートを舷門脇に固定する作業が続けられていた。この作業終了までの間、いくらか悲しみを含んだ満足感といえるような感情が、デラーノの心に忍び寄った。今日一日、見ず知らずの他人のために善行を施してやったことを思ったからだった。ああ、善行を施せば、人の良心が報われないことなど決してないのだ、たとえ善行を受けた側が、全くもって恩知らず

30 旧約聖書「創世記」十二、三章などで、神の命に従う天幕生活をしていたアブラハムが言及されている。

であったとしても。

やがて彼はボートへ移るため、最初の一歩を踏み出そうとして、舷側梯子の最初の段に足をかけたが、その時、もう一度甲板の上を見てみようと、ふと船の内側へと振り返った。すると、彼は自分の名が恭々しい響きで呼びかけられるのを耳にした。ベニートが近づいてくる姿が目に入り、デラーノの胸は驚きと喜びで一杯になった。ベニートにはこれまでには見られなかった生気が漲《みなぎ》っていた。まるで、最後の時になって、今までの非礼に対する償いをしたいと思っているかのように見えた。思わずうれしくなって、デラーノは、足を戻し身を翻すと、自分の方からも相手へ歩み寄っていった。そうしているうちにも、ベニートの神経質そうな熱情は、いや増しに増してきていたが、反対に生命力は落ち込んでいくように見えた。体を支えた方がよいと判断した従僕は、主人の片方の手を自分のむき出しの肩の上に置いた。そして、そのまま主人のもう一方の手を優しくつかんでいたが、あたかも自らの体を松葉杖として差し出しているかのようであった。

二人の船長が向かい合った時、ベニートは再び熱を込めてデラーノの手を取った。と同時に真剣なまなざしで、デラーノの目をじっと見つめたが、やはり一言もしゃべることができなかった。

俺はこの男を誤解していたかもしれんな、とデラーノは自分を責めた。この男のうわべに見られる冷ややかな態度のせいで、俺はすっかり見損なっていたんだ。この男は、ひと時たりとも、俺を困らせようなどとは思っていなかったんだ。

その間、このような場面が長引くことによって、主人の心がひどく乱されるかもしれないと怖れたかのように、従僕はこの場を早く終わらせたいという様子を見せた。それで、なおも我が身をベニートの松葉杖のごとくにしながら、二人の船長の間に歩み入ると、彼らを舷門へと先導していった。その間、ベニートは、まるで心から悔恨を感じているかのように、デラーノの手を握りしめ、自分の腕を黒人の体越しに回したまま、なおもデラーノの手を離そうとしなかった。

やがて彼らは舷側に立ち、ボートの中を見下ろした。ボートの乗組員たちの好奇の目が見上げていた。デラーノは、ベニートがその手を離してくれるのをしばし待ち受けていた。しかし手を離さなかったので、当惑した彼は、足を上げて、舷門の入口をまたいで踏み越えた。それでもベニートは、デラーノの手を離そうとしなかった。それでいて彼は、興奮した口調で言った。「私はこれ以上先に行くことができません。

ここでお別れの言葉を言わなければなりません。さようなら、我が恩人、親愛なるドン・アメイサ。お行きなさい。さあお行きなさい！」突然その手を引きちぎるように離して「お行きなさい、そうすれば、神のご加護が私よりもあなたにあるでしょう、我が親友よ」と言った。

これには強く心を動かされたので、デラーノはその時ボートに降りるのをためらったほどだった。しかし、その目が従僕の穏やかにいさめる目と合うと、急いで別れの言葉を述べて、彼はボートの中に降り立った。その後から、ベニートがひっきりなしに呼びかける惜別の声が追いかけてきた。ベニートは舷門に立ち尽くしていた。

ボートに腰を据えると、デラーノは、最後の別れの挨拶をして、ボートを出すように命じた。乗組員たちは手にしたオールを立ち上げていた。艇首にいた漕手《そうしゅ》がボートを船から押し出して、オールを水に入れることができるように十分な距離をとろうとした。それがなされた瞬間、ベニートが手すりを飛び越えて、ボートにいるデラーノの足元に落下してきた。と同時に、ベニートは自分の船に向かって何か大声で叫んだが、その声はあまりにも取り乱していたので、ボートにいる誰一人として、彼の言っていることが理解できなかった。しかし、ボートの連中とは違って、こっちはさほど鈍くはないぞと言わんばかりに、三人の白人水夫たちが、船の三カ所のそれぞれ距離をおいた別々の場所から海中に飛び込むと、ベニートを目がけて泳いできた。まるで船長の救助を目論んでいるようであった。

ボートの中のうろたえた航海士は夢中になって、これはいったい何事ですか、と尋ねた。これに対し、デラーノは、その何とも不可解きわまる足元にいるスペイン人に、軽蔑のこもった微笑を向けて、ただ次のように答えた。自分は何も分からないし、分かりたいとも思わないが、どうやらこの男ベニートは突然、このボートが自分を誘拐したように自分の部下たちに印象づけようと思いついたようだな、と。「そんなことはどうでもいい。ともかく今は命がけで漕ぐんだ」彼は激しい口調で付け加えた。その時、デラーノはサン・ドミニク号から聞こえてきた騒々しい音と怒号に身体を強張らせたが、ひときわ大きく鳴り響いているのは、手斧研ぎたちの手斧を打ち鳴らす音だった。デラーノは、ベニートの喉元をつかまえると、さらにこう言った。「この海賊野郎は、人殺しを企んでいるぞ!」その時、その言葉を実証しようとするかのように、例の従僕が短剣を手にしてボートの頭上の欄干に姿を見せ、身構えると、今まさに飛び降りようとしていた。あたかも、いついつまでも主人にお仕えしようと、やぶれかぶれの忠誠を示そうとするかのようであった。その一方で、その黒人の手助けをしようとするかのように、例の三人の白人水夫たちが、立ち往生しているボートの舳先によじ登ろうとしていた。その間、船上の黒人たちはまるで危険にさらされた自分たちの船長を見て怒りに燃え上がったかのように、一団となって、薄黒い雪崩《なだれ》のごとくどっと手すりへと殺到し、いまにもそこから飛び降りんばかりだった。

この事態の全て、そしてそれに先行したことも、後に続いたことも、一瞬の混乱状態の中で突発したので、過去、現在、そして未来がさながら一つになったかのように思われた。

黒人の従僕が飛び降りてくるのを目にしたデラーノは、それまでベニートをしっかりつかまえてはいたが、いったん脇に放り出し、無意識のうちに後ずさりして立ち位置を変えると、両腕を上げて、ボートに落下してくる従僕の体をすばやく摑まえたので、従僕の短剣はデラーノの心臓に向けられた。まるで飛び降りてきたのは、他ならぬデラーノを標的としているかのように思われた。しかし、すぐに武器は取り上げられ、襲撃してきた黒人は船底に叩きつけられた。今やボートは、オールの動きも揃い、海上を速度を上げて進みはじめていた。

この状況の中で、デラーノの左手は、そばで半ば身をかがめていたベニートの体を再びつかまえた。ベニートは無言のままに気を失っていたが、そんなことはもはや気にならなかった。他方、デラーノの右足は、ボートの反対側で、うつぶせの黒人を踏みつけにしていた。そして、右腕で船尾のオールを漕いでボートに速度を加え、視線を前方に向けて、部下に全力を出すように励ましていた。

この時、指揮を執る航海士は、ボートの船べりにつかまっていた三人の白人水夫たちをやっとのことで追い払うことに成功していたが、顔を船尾へ向けると、オールを漕いでいる艇首の漕手に手を貸しながらも、突然デラーノに大声で呼びかけ、例の黒人が何かしようとしているから、気をつけてくださいと叫んだ。すると別の位置にいるポルトガル人の漕ぎ手もデラーノに、ベニートが何か話しているから注意してくださいと叫んだ。

自分の足元を見下ろしてみると、デラーノの目には、従僕の自由になった手が、二本目の短剣——小型の短剣で、自分の羊毛素材の服の中に隠していたのだろう——を握っている姿が飛び込んできた。それを手にして、従僕は蛇のごとく体をくねらせ、船底から這い上がると、自分の主人の心臓に狙いをつけていた。[31]その顔面は蒼白で復讐心を露わにし、彼の魂の中心にある目的を明らかにしていた。一方、ベニートは、半ば呼吸困難に陥り、身を萎縮させながら、魔の手から空しく逃れようとしていた。その口から出てくるしわがれた言葉は、ポルトガル人水夫以外には全く理解不能なものだった。

その瞬間、デラーノの長く闇に閉ざされていた頭の中に、啓示の光がピカッと閃《ひらめ》き、予想もできぬほどの明晰さで、ベニートの一連の不可解な振舞い、今日一日に生じたあらゆる謎めいた出来事、そしてサン・ドミニク号のこれまでの航海の全容を含め、全ての意味がはっきりと照らし出された。彼はバボウの手を打ち据えて短剣を叩き落としたが、彼の心はさらに激しくバボウを打ち据えたのだった。そして尽きせぬ哀れみの心で、彼はベニートを押さえつけていた手を引っ込めた。デラーノではなく、ベニートこそが、黒人の従僕がボートに飛び降りてきてまで刺し殺そうとした標的だったのだ。

黒人の両手が押さえ込まれると、デラーノはサン・ドミニク号の方を見上げた。その時にはもはや目からうろこが全て落ちて、彼は船上の黒人たちの正体を目にしていた。彼らはもはや混乱状態ではなく、騒動に沸き立ってもおらず、ベニートの事をひどく気にしているようにも見えなかった。しかし仮面をすべて剝ぎ落としたその姿は、手斧とナイフを振りかざす獰猛な海賊の正体を露わにしていた。一方、譫妄《せんもう》状態で乱舞する黒人のイスラム僧のように、あの六人のアシャンティ族は、船尾楼で狂おしく踊っていた。取り残されたスペイン人の少年水夫たちは、敵に阻まれて海中に飛び込むこともできず、大慌てで最も高い帆柱を登っていた。一方、まだ海に飛び込めずに、事態にも機敏に対応できなかった数人のスペイン人水夫たちは、甲板上で黒人たちに囲まれ絶望的な状態におかれていた。

この時に当たって、デラーノは、自分の船に向かって、砲門を開いて大砲を出すように命じた。しかし、その時すでにサン・ドミニク号の錨綱は切断されていた。その綱の端が、反動で船体の脇を叩き、船首を覆っていた白いキャンバスをなぎ払った。その漂白されたように白いサン・ドミニク号の船体が外洋に向けてぐるりと向きを変えた時、そこに突然現れたのは、船首像にされた「死の骸《むくろ》」であった。それは人間の骨

31　本作の種本となったデラーノ船長の実録では、事件終結後ベニート・セレーノが復讐心に駆られ、黒人を刺し殺そうとする。

でできていた。これこそが、その下に白墨《チョーク》で書かれた言葉「汝の先導者に従え」の意味するものだったのだ。

これを目にするや、ベニートは顔を手で覆って、泣き叫んだ。「あれです、あれが、彼、アランダです！　殺されたまま埋葬されずにいる私の友人です！」

ボートがアザラシ猟船に着くやいなや、デラーノ船長は大声でロープを持ってくるよう命令し、従僕を縛りあげたが、彼は抵抗しなかった。ついで彼を甲板に引き上げると、デラーノは、今やほとんど自力では動くこともできなくなってしまっていたベニートを助けて、舷側を登らせようとした。しかし、ベニートは、すっかりやつれきってはいたものの、自ら動くことも、あるいは動かされることも頑《がん》として拒み、何よりも先に、あの黒人を甲板の下の目につかないところに監禁するように要求した。

それが確認されると、彼はもはやひるむことなく舷側を登った。

ボートは直ちに引き返し、海中の三人のスペイン人水夫の救出に向かった。その間、大砲の準備は整っていたが、サン・ドミニク号がアザラシ猟船の船尾方向を航行していたために、実際に使用できたのは最後部の大砲だけだった。その大砲からは、逃げる船の円材を破壊して航行を阻むため、六発の砲弾が発射された。しかし、砲撃は取るに足りない二、三本のロープを破断しただけで終わってしまった。まもなく相手の船は大砲の射程外に逃れ、港湾の外を大きく迂回して遠ざかっていった。黒人たちは船首の斜檣《しゃしょう》あたりに群がって、白人たちに嘲りの言葉を投げかけたかと思うと、次には両腕を振り上げて、今や目前に浅黒い湿原のごとく広がる大海原への逃亡を歓呼して迎え入れていた。まるで鳥撃ちの手を逃れて、嘲りの鳴き声を上げるカラスのようだった。

当初デラーノは自船の錨の綱を切断して追跡する衝動にかられた。しかし、よく考えてみると、狩猟ボートと雑用に使う小型ボートで追った方が、より成果が期待できるように思われた。

デラーノは、ベニートに、サン・ドミニク号はどのような火器を備えているか尋ねたが、現在使用可能なものは全くないとの答えだった。というのも、反乱の初期段階で、ある船客が、殺される前に、船室にあった数挺のマスケット銃の発射装置を反乱者たちに気づかれないうちに使用不能にしてしまったからだった。だが、ベニートは、残った力を振り絞って、船であれボートであれ一切追跡を行わないようにとデラーノに懇願した。というのも、あの黒人たちは、相当なまでに命知らずの無法者たちであることがもはや確かなので、このまま攻撃を行ったとすれば、取り残された白人水夫全員が虐殺されるに違いないからである。しかし、デラーノは、そのような警告の言葉を、悲惨な状況によって精神が壊されてしまった人物から発せられたものであるとみなし、自ら意図したことを諦めはしなかった。

追跡用のボートが何艘か用意されて、武装も整えられ、デラーノ船長は部下たちに乗り込むように命じた。彼自身が乗り込もうとした時、ベニートが腕をつかんだ。

「何ということですか！　船長殿、あなたは私の命を救って下さったのに、今度はご自身の命をお捨てになるおつもりなのですか？」

上級船員たちも同様に、自分たち自身と今回の航海の利益に関わる様々な理由、そして船主たちへの義務のことなどから、指揮官が行くことに対しては強く反対した。その諫言《かんげん》をしばし考慮して、デラーノ船長は、自分は残った方がよいと思い直した。それで、一等航海士――筋骨たくましく、決断力のある男で、かつては私掠船《しりゃくせん》32の乗組員だったが、敵対者たちの間では、本当の海賊だったとささやかれていた船乗り――を追撃隊の隊長に任命した。さらに水夫たちの士気を高めたのは、ベニートにより、自分の船はもはや喪失したものと見なす、と告げられた時のことだった。船の積荷には、金銀も含まれていて、総額一千ダブルーン以上の価値があるとのことだった。船を取り返すことができれば、少なからぬ分け前が自分たちのものになる、と知らされ、水夫たちは歓声を上げて応じた。

逃亡する船は、今やほとんど沖合いにまで達していた。夜が近づいてきていたが、月が昇りつつあった。長い時間、ひたすら懸命にオールを漕いだ結果、ついに追撃隊は敵の船の後部に追いつくと、適当な距離をおいて、オールは出したままボートを止め、マスケット銃を撃ちはじめた。撃ち返す弾がないので、黒人たちはわめき声を返すばかりだった。しかし、二度目の一斉射撃の際には、黒人たちは、インディアンのように手斧を投げつけてきた。そのうちのひとつが、一人の水夫の指を切り落とした。またもうひとつは、ボートの舳先に当たって、そこにあったロープを切断し、木こりの斧のようにボートの船べりに突き刺さった。一等航海士がその手斧――それはボートに当たった衝撃でぶるぶる震えていたが――をさっとつかみ取ると、投げ返した。投げ返された手斧は、古来の決闘の際に投げ捨てられる籠手《こて》の役を担い、敵船の朽ち

32 民間の武装船。自国の政府から敵対する船を攻撃、拿捕《だほ》することを認められていた。

果てた船尾回廊にぐさりと突き刺さって、そのままそこに残った。

　黒人たちは異常なほど興奮していたが、白人たちは慎重に過ぎると思われるほど船からは十分な距離を取っていた。追撃隊は、手斧が投げられても届かないくらいの適切な距離にとどまっていた。それはやがて来る接近戦に備えて、黒人たちに飛び道具としての手斧をやみくもに海に向かって投げさせることで、接近戦では黒人たちにとって最も殺傷力のあるその武器を手放させ、完全な武装解除に誘い込もうという作戦だったからである。やがてその作戦に気づいて、黒人たちも手斧を投げるのをやめたが、すでに黒人たちの多くは、失ってしまった手斧の代わりに梃子《てこ》棒を武器として使わざるを得なくなっていた。そのような武器の変更は、予想通り、追撃隊の側に有利に働くことになった。

　その間、強風にあおられて、スペイン船はなおも水面を切って航行していた。それに対してボートは、遅れをとったかと思うと、追い上げるということを繰り返していたが、近づくたびに新たな銃撃を行った。

　銃撃はほとんどが船尾に向けて行われた。というのも、その時そこにほとんどの黒人たちが群れ集まっていたからである。しかし、黒人たちを殺したり傷つけたりすることではなく、船とともに彼らを捕まえることが最終的な目的だった。そうするためには、船に切り込んでいかなければならない。しかし、船があまりに速く航行している限り、ボートでその作戦を実行するのは不可能だった。

その時、ある考えが一等航海士の頭に浮かんだ。スペイン人の少年水夫たちが今なお登れる限りの帆桁の上部にしがみついている様子を見てとると、彼は彼らに、帆桁まで降りて、帆を縛ってある綱を断ち切るように呼びかけた。彼らはその呼びかけに従った。この時、その後明らかとなる理由で、水夫の服装をして追手の注意を引いていた二人のスペイン人が、ボートからの射撃で射殺されてしまった。一斉射撃によってではなく、射撃手に狙いをつけられて撃たれたのだった。一方、これも後で明らかになったことだが、一斉射撃に遭って、あの黒人アトゥファルと、舵取りをしていたスペイン人も同様に殺された。今や黒人たちは、帆を失い、指導者たちも失って、船は制御不能に陥ってしまっていた。

マストをきしらせながら、船は重々しく風上へと転回した。船首がゆっくりと揺れ動きながらボートの視界へと入ってきた。すると船首像の代わりに据えられた骸骨が水平線を照らす月光の中できらめいて、肋骨部分さえも、はっきりそれと分かるほどの巨大な影を海面に投げかけたが、その様は、あたかも亡霊が片方の腕を伸ばし、白人たちを手招きして、復讐を促しているように見えた。

「汝の主導者に続け！」一等航海士が叫んだ。そしてボートは、船の舳先の左右両方から一艘ずつ、船に接舷した。アザラシ猟に使う銛と短剣が、黒人たちの手斧や梃子棒と激しく交錯した。黒人女たちは甲板中央に伏せてあるロングボートに身を寄せ合って、嘆き叫ぶような歌声を響かせていたが、その声は鋼鉄の武器の打ち合う音とコーラスのように呼応していた。

追撃隊はしばらく攻めあぐねていた。黒人たちが捨て身で反撃したからだった。半ば後退せざるを得なくなった水夫たちは、足場を確保することもかなわず、騎兵が馬にまたがって戦っているような格好で、片足を舷側の内に踏み入れ、もう片方の足は船外のままで、短剣を馬車用の鞭のように振り回していたが、さほど効果は上がらなかった。彼らはほとんど圧倒されそうになった。しかしその際どい瞬間、彼らは、あたかもひとりの人間であるかのように一丸となって集結すると、絶叫とともに船内に飛び込んでいった。それでも、しばらくは混乱状態となり、水夫たちは思わずバラバラになってしまった。ごく近いところで、呼吸を数回重ねるほどの間、なにかはっきりとしない口を塞がれたような苦悶の音が船の内部から聞こえた。それは、水中に隠れているメカジキが、黒々としたゴンドウ鯨の群れの隙間を縫って猛スピードで泳いでいく時の音のようだった。やがて、スペイン人水夫たちも合流し、白人たちは甲板上に再び集団としてまとまると、有無を言わさぬ力で黒人たちを船尾へと追いやった。しかし、メイン・マスト付近に、船の右舷から左舷にかけて、樽と袋でできたバリケードがすでに築かれており、その背後から黒人たちが顔を覗かせていた。彼らは降伏や休戦の勧告に嘲りの声を上げていたが、戦闘の一時的な停止は望んでいるかのようだった。しかし、疲れを知らない水夫たちは、休むことなく、バリケードを飛び越えると、再び黒人たちに迫っていった。黒人たちは、すっかり疲れきってしまって、今や絶望的な顔つきで戦っていた。彼らの赤い舌が、黒い口からだらりと垂れ出たさまは狼のようだった。しかし、青白い顔の水夫たちは歯を食いしばり、一言も発することはなかった。そして、それから五分もすると、船は制圧された。

二十名近い黒人が殺害された。弾丸を受けて死んだ者もいたが、多くはめった切りにされて殺されたのだった。彼らの傷の大半は――ほとんどがアザラシ猟用の銛の長い刃先によるものだった――プレストン・パンズの戦い[33]で、イングランド軍兵士がスコットランド高地兵の長柄に取り付けた鎌で切られた傷に似ていた。追撃隊の側で死んだ者はひとりもいなかったが、数人が負傷した。その中には、重傷を負った者もいて、かの一等航海士も含まれていた。生き残った黒人たちは、一時的に身柄を拘束された。そして、船は廻航《かいこう》されて夜半に入港すると、再び投錨した。

この後に引き続いて起こった様々な出来事や数々の取り決めの話などは省略して、次のことだけを記しておけば十分であろうと思われる。再装備に二日を費やした後、二隻の船は、相並んでチリのコンセプシオンに向けて出発し、そしてそこからペルーのリマへ向かった。リマでは、植民地政府の総督府にある法廷で、当事件全体が、その発端から審議されることになった。

その航海の途上、一連の不幸にみまわれたスペイン人ドン・ベニートは、以前の拘束状態から解放されて、自分の意志を自由に発揮できる状態となり、健康回復の徴候を示していたが、もうすぐリマに到着するという段階になって、自らに定められた不幸な前兆に従うかのように病状が悪化し、とうとう衰弱しきって自力では歩くことができなくなり、その体を抱きかかえられて上陸することとなった。彼にまつわる話と窮状を耳にして、諸王の都[34]と呼ばれるリマに多数ある宗教団体のひとつが、彼のために療養施設を用意した。そこでは、医者と司祭が彼の看護に当たり、その修道会に所属する多くの修道士たちが自ら進んで彼の特別保護者兼慰問者となって、昼夜の別なく世話をした。

以下に掲載する証言の抄本は、スペイン語の公文書のひとつから翻訳されたものであるが、なによりも、サン・ドミニク号の本来の出港地からサンタ・マリア島に寄港するまでのその航海の真実の経緯はもちろんのこと、これまで語られてきた事件全体を白日の下に晒すことが期待されるものである。

しかし、その証言の抄本を引用する前に、前置きとして一言述べさせていただきたい。

当の文書は、他にも数多くある関連文書の中から、選択されて翻訳されたものであるが、その中に、審理の冒頭にとられたベニート・セレーノの宣誓供述書が含まれて

33　プレストン・パンズの戦い（一七四五）。エジンバラ近郊のこの場所で、イングランド騎兵隊がスコットランド兵に敗北を喫した。

34　リマの地は賢者と三人の王が集う場所として選ばれたという伝承がある。

いる。彼の証言の中には、当時の学問上そして常識論の両面から、信憑性に疑念を持たれたものもあった。証人ベニートがこれまでの出来事によって少なからず精神が混乱していたので、起こりもしなかったようなことまで口走っている、とみなされたものもあるかもしれない。しかし、生き残った水夫たちのそれに続く供述によって、彼らの船長に関するいくつかの不可解な点について事実関係が明らかになったので、他の部分に関しても信用に足るものとされた。その結果、法廷は、最終的に極刑判決を宣告するに当たり、以上の証言を基にしたのである。その供述内容に、もし確証に欠けるところがあったなら、法廷としては証拠としての採用は却下さるべきものとする。

＊

私ことドン・ホセ・デ・アボス・イ・パディジャは、スペイン王室国税庁公証人および当植民地行政区登記人であり、当司祭管轄区聖十字軍所属の公証人などを拝命つかまつっております。

以下の審理につきまして、法の名の下、法の要件を十分に満たして行われたことを確証し、宣言いたします。この刑事訴訟は、一七九九年九月二十四日、サン・ドミニク号に乗船せる黒人たちを被告として起こされたものであり、私の立会いのもと、以下の供述がなされました。

第一証人ドン・ベニート・セレーノの供述。

同年、同月、同日、フアン・マルチネス・デ・ロサス博士閣下、我らが王国の王室聴聞《ちょうもん》裁判所枢密顧問官であらせられ、当植民地行政区の法律に通暁《つうぎょう》なされし閣下が、サン・ドミニク号船長でありますドン・ベニート・セレーノに対し出廷を命じられました。それに応えまして当人は、担架で運ばれ、修道士インフェレスに伴われまして出廷いたしました。閣下は、当人が、我らが全能なる神、主なるイエス、そして十字架にかけてなしました宣誓を受け入れられました。その宣誓のもと、当人は自ら知ることおよび尋ねられたこと全ての真実を語ることを確約いたしました。それから、審理の開始にあたり法の定めるところに従い審問を受けることに同意し、当人は供述いたしました。すなわち先の五月二十日に、当人はバルパライソの港からカジャオの港へ向けて、当人の船で出帆いたしました。積荷といたしましたのは、出港地の生産品のほかに、金物類が三十箱と、男女合わせて百六十名の黒人たち、そのほとんどは、ドン・アレハンドロ・アランダ、すなわちメンドサ市の紳士所有のものでした。当船の乗組員は三十六名であり、ほかに乗客が何名か乗船いたしておりました。黒人たちの一部は、以下に述べるような者たちであります。

［原本では以下に、黒人約五十名分の名前、人相の特徴、そして年齢が続くが、これらは、回収されたアランダの書類からとられたものもあり、当証人の記憶に基づいているものもある。その一部を抜粋する。］

まず一人、年は十八、九歳くらい、名はホセ。この男、主人はドン・アレハンドロ。スペイン語をよく話し、主人に仕えること四、五年。＊＊＊混血の男、名はフランセスコ、船室付司厨長、容姿に優れ、美声の持ち主、バルパライソの教会で聖歌を歌い、ブエノスアイレス行政区の生まれ。年は三十五歳くらい。＊＊＊頭脳明晰な黒人、名はダゴウ、長年スペイン人に交わり墓掘人夫を務め、年は四十六歳。＊＊＊四人の老黒人、生まれはアフリカ。六十歳から七十歳。身体は健康。槙皮詰めを職とし、その名は以下の通り――第一はムリ、彼は殺害された。（彼の息子ディアメロもまた同様）。第二はナトゥ。第三はヨウラ、同様に死亡。第四はゴーファン。そして六人の成人黒人。三十から四十五歳。みな粗野にして、アシャンティ族の生まれ。マティルキ、ヤウ、レクベ、マペンダ、ヤンバイオ、アキム。そのうち四人が死亡。＊＊＊筋骨たくましき黒人、名はアトゥファル。アフリカのとある部族の族長であったと推測されるが、現在の所有者たちに重用された。＊＊＊小柄なる黒人。出身はセネガルであるが、スペイン人のもとに数年暮らす。年のころは三十くらい。その名はバボウ。＊＊＊証人は他の者たちの名を思い出せないと述べたが、ドン・アレハンドロの書類の残りが発見されることがなお期待される。そうなれば、全ての人物の名を遺漏なく記録した後、当法廷に提出されることになる。＊＊＊そして他に、三十九名の女と子ども、あらゆる年齢の者。

［名簿一覧終了し、証言続行する。］

＊＊＊黒人はみな甲板で寝ていましたが、当航海ではそれが習慣となっておりました。また誰一人として足枷をはめられてはいませんでした。というのも、彼らの所有主であり、証人の友人でありますアランダは、供述人（ベニート）に対し、彼らは全く従順であると申しておりました。＊＊＊出港して七日目のことでした。午前三時、スペイン人はみな床についておりましたが、二人の上級船員は当直に立っていました。甲板長のファン・ロブレスと大工のファン・バウティスタ・ガイェッテです。他に操舵手とその見習い水夫も起きていました。この時、突然黒人たちが反乱を起こしました。彼らは甲板長と大工に重傷を負わせ、甲板で寝ていた乗組員のうち十八人を次々と殺害しました。梃子棒や手斧で殺された者もいますし、体を縛られて生きたまま船外に放り出されてしまった者もおります。スペイン人たちのうち、およそ七名が甲板に残されましたが、供述人が思い出しますに、彼らは、縛られたまま船を操縦するように命じられました。そして、三、四名かそれ以上のスペイン人たちも、身を隠しながら、生き残っておりました。黒人たちは、反乱を起こしている時、昇降口を制圧しておりましたが、それでも六、七名のスペイン人水夫たちは、傷を負いながらもなん

とか昇降口を通って最下層の航海士船室にたどり着きました。その途中で、妨害を受けることはありませんでした。反乱の最中、一等航海士ともう一人の人物――供述人はその名を覚えていません――が、昇降口から甲板へ上がろうと試みましたが、直ちに傷を負わされ、二人とも船室へ戻らざるをえませんでした。供述人は、払暁《ふつぎょう》の頃、意を決し、昇降口に続く階段を登りました。そこには黒人バボウがおりました。反乱反乱の首謀者です。そしてアトゥファルが彼を補佐しておりましたが、供述人は彼らに話しかけ、このような罪ある蛮行に手を染めるのをやめるように説得いたしました。と同時に、彼らに何が望みで何をしたいと思っているのか尋ね、供述人の身を彼らの命じるところに委ねる旨申し出ました。この申し出にもかかわらず、彼らは供述人の目の前で、三人の乗組員の体を縛り、生きたまま船外へ放り出しました。バボウとアトゥファルは、供述人に甲板に上がってくるように命じ、供述人を殺しはしないと述べました。供述人が甲板に上がると、バボウは供述人に、この海域には、どこか我々を連れて行くことができる黒人の国があるか、と尋ねました。供述人は二人に、ない、と答えました。その後バボウは、供述人に対し、我々をセネガルか、さもなくば隣接するセント・ニコラス諸島へ連れて行くよう命じました。供述人は答えました。それは不可能である。あまりにも距離がありすぎるし、ホーン岬を回る必要もあるうえに、当船の艤装の状況は酷く、食糧も帆も水も不足しているからだ、と。しかし、バボウは、いかようにしても我々を連れて行かなければならないと供述人に返答しました。そして彼らは飲食に関しては供述人が要求する通りに何でも提供しようと述べました。長い話し合いが持たれた後、供述人は、彼らの意向を満足させることを全面的に受諾いたしました。なぜなら、彼らは、もし自分たちが最終的にセネガルへ運ばれないならば、白人たちを皆殺しにすると供述人を脅したからであります。それで供述人は、この航海に最も必要なものは水であるから、陸地に接近し、水を確保して、それから航海を続ければよいと申しました。バボウはそれに同意いたしました。それで供述人は、航路の中間に存するいくつかの港へ向けて舵をとりました。供述人は、スペイン船か、ほかの外国船と出会って救出されることを期待しました。それから十日か十一日も経たない頃、陸地が見えました。当船はその陸地に向かって航海を続けました。ナスカの近くでした。供述人は、黒人たちが次第に不穏な状態になり、暴動の気配を漂わせていることに気づきました。供述人が水の補給を実施していないからでした。それで、バボウは、必ず明日水の補給を実施するように脅しました。供述人は彼に言いました。見て明らかなように、あの海岸線の崖は切り立っている上、地図に示されているような川も見つからないだろう。そのほかにも、その目に入る状況に見合う理屈をいくつも付けました。最善の道は、サンタ・マリア島へ行くことだ。そこでは容易に水と食糧を手に入れることができるだろう。その島は孤島で、外国人たちが水と食糧の補給地にしているのだ、と申しました。供述人は航路としては近かったのですが、ピスコへは向かいませんでした。それに、目に見える海岸線にあるいずれの港へも入ろうとしませんでした。なぜならバボウが数度にわたり、かりにも自分たちがその海岸にあるいかなる市、町、あるいは植民地に向かって運ばれているということが判明したならば、ただちに白人たちを皆殺しにする、と供述人を脅していたからです。当初計画したように、供述人はサンタ・マリア島へ向かうことに決めましたが、その目的は、航路上、あるいは、島自体に近づいた時に、自分たちの味方をしてくれる船を見つけ出すか、それとも、供述人がボートで脱出して、チリのアラウコに近接する海岸へ向かうか、いずれかのことを試みるためでした。その試みを実現させるため、供述人はすぐに航路を変えて、サンタ・マリア島に向けて舵をとりました。バボウとアトゥファルは、毎日話し合い、セネガルへ戻るという自分たちの目的に何が必要なのか、スペイン人たちを皆殺しにすべきか、その中でも特に供述人を殺すべきかについて話し合っておりました。ナスカの海岸線を離れて八日後、供述人が日の出からまもない時刻に当直に立っていると、黒人二人が話し合いを終えてすぐのこと、バボウが供述人のところへやってきて、こう述べました。我は我が主人、ドン・アレハンドロ・アランダを殺害することに決した。その理由は次の二点である。つまり、そうしなければ、我と我が同胞は、自由を確実なものとすることができないからである。そしてもう一点は、乗組員たちを服従させ続けるためである。かりにも彼らあるいは彼らのうちの一人でも我に逆らったならば、彼らに待ち受ける道がいかなるものであるか、その警告を用意したいと望むゆえである。そして、ドン・アレハンドロの死を広く示すことによってこそ、その警告は最も効果を与えるであろう、と。しかし、供述人はその時その後者が何を意味するのか理解していませんでしたし、ドン・アレハンドロの殺害以外にいったい何が意図されているのかを理解することもできませんでした。さらに、バボウは、供述人に、事を決行する前に一等航海士のラネズを呼び出しておくように要求しました。彼はその時アランダと同じ船室で寝ていました。供述人の当初の理解では、その一等航海士は、腕の良い操船人であるので、その彼がドン・アレハンドロや他のスペイン人たちの死に紛れてともに殺されるのではないかと恐れました。また供述人は、ドン・アレハンドロの、若い頃からの友人でありますので、助命を懇願いたしましたが、まったく無駄でした。というのも、バボウが供述人に答えて言うには、事はもはや妨げることはできない。この件につき、いかなる形であれ、我の意志を妨害しようと試みた時には、スペイン人はみなその死を免れることはできない。このような危機的混乱の中、供述人は一等航海士ラネズを呼び出しました。彼は無理矢理船室から引き出されました。するとその直後、バボウはアシャンティ族のマティルキとこれもアシャンティ族のレクベにドン・アレハンドロの殺害を命じました。その二人は手斧を持ち、ドン・アレハンドロの寝台のところへ降りていきました。彼らは、ドン・アレハンドロの体をずたずたに切り裂いて、半殺しの状態で甲板に引きずり上げました。彼らは、ドン・アレハンドロをその状態のまま船外に放り出そうとしましたが、バボウは彼らを止めると、甲板上において供述人の目の前で、息の根を止めるように命じました。そしてそれが実行されると、バボウはいくつか命令を発し、死体は甲板の下、船首の方へ運ばれていきました。その後三日間、供述人はそれきり彼の死体を少しも目にしませんでした。＊＊＊ドン・アロンソ・シドニアは老人で、長くバルパライソの住人であり、最近ペルーでとある文官の職に任命され、そのペルーから乗客となっていました。彼は事の起こった時、ドン・アレハンドロの向かいの寝台で床についていましたが、ドン・アレハンドロの叫び声に驚いて目を覚ましました。そして、黒人たちが血みどろの手斧を手にしている姿を目にすると、近くの窓から海に身を投げて、溺れ死んでしまいました。彼に手を差し伸べたり、救い上げたりする力は供述人にはありませんでした。＊＊＊ドン・アレハンドロを殺してまもなく、彼らは彼のいとこでメンドサの出身、齢は中年の、ドン・フランシスコ・マサを甲板に引きずり上げました。彼のほかにも、若者ドン・ホアキンがおりました、彼はアラムバオラーサの侯爵で、最近スペインからスペイン人従者ポンセを伴ってやって来たのでした。他にアランダの三人の若い書記たちでありますホセ・モライリ、ロレンソ・バルガス、それとエルメネヒルド・ガンディクスもおりますが、彼らはみなカディスの出身です。ドン・ホアキンとエルメネヒルド・ガンディクスは、この時はその後明らかになりますバボウの企みのために、命を奪われずに済みました。しかしバボウは、ドン・フランシスコ・マサ、ホセ・モライリ、そしてロレンソ・バルガスは従者ポンセ、さらに甲板長ファン・ロブレスとその助手マヌエル・ビスカヤとロデリゴ・ウルタ、そして水夫四名を、生きたまま海中へ投げ入れるよう命じました。彼らは少しも抵抗せず、ひたすら慈悲を求めただけだといいます。甲板長ファン・ロブレスは、泳ぎを知っていましたので、彼らのうち最後まで、水面から顔を出し続け、神に懺悔《ざんげ》の祈りを捧げておりました。そして、彼は、死ぬ間際に最後の言葉として、当供述人に対し、私のためにミサを唱え、魂を我らが救いの聖母へ送り届け給え、と請願いたしました。＊＊＊その後三日間、供述人は、ドン・アレハンドロの亡骸《なきがら》にはいかなる運命が訪れたのだろうか、という思いで不安を感じておりましたので、しばしばバボウに亡骸の在り処《あか》を尋ねました。そして、まだ船上にあるのか、陸にて埋葬するためにとっておかれているのか、もしそうであるなら、そのように命令を発するように懇願いたしました。それに対し、バボウは何も答えませんでしたが、とうとう反乱から四日目、日の出の頃に、供述人が甲板に出てきますと、バボウは供述人に一体の骸骨を指し示して見せました。それは、当船の本来の船首像でありますクリストファー・コロン、すなわち新世界の発見者の像とすげ替えられていたのでした。バボウは供述人に尋ねました。あの骸骨は誰のものだと思うか、と。そして、あの骨の白さからして、あの骨は、白人のものであるとは思わないか、と述べました。これには、供述人は顔を手で覆いましたが、バボウは、そばに寄ってくると、次のような意味の言葉を述べました。「これよりセネガルまで、黒人に忠誠を尽くせ、そうしなければ、お前を、今その肉体においてそうであるように、精神においても、お前の先導者に従わせてやる」。そう言って船首を指差したのでした。＊＊＊同じ日の朝、バボウはスペイン人を一人ずつ順番に船首側に連れていくと、あれは誰の骨だと思うかと尋ねました。あの白さからして、あの骨は、白人のものであるとは思わないか、と。スペイン人たちはみな顔を手で覆いました。そしてそれからバボウは、一人ひとりに、供述人に述べた言葉を繰り返しました。＊＊＊彼ら（スペイン人たち）は、それから船尾に集められ、バボウは彼らに興奮して語りました。今や我は全てを達成した。供述人は（黒人たちのための操船人として）しっかり針路をとるように。そして供述人とスペイン人全員に警告しました。もしお前たちが自分たち（黒人たち）に、何事であれ敵対するようなことを口にしたり、企んだりしているのを目にしたならば、お前たちは、魂と肉体もろとも、ドン・アレハンドロと同じ道をたどることになろう、と。この脅しの言葉は、毎日繰り返されました。今述べました事が起こる前のことですが、料理人がどんなことを口にしたのかは分かりませんし、また彼らがどんなことを聞いたのかわかりませんでしたが、彼らは料理人の体を縛りつけると、船外へ放り出そうといたしました。しかし、結局バボウは、供述人の嘆願を受け入れて、彼の命を救うことにしました。二、三日後、供述人は、生き残った白人の命をこれ以上犠牲にしないためであれば、なんでもすると決意して、黒人たちに和睦と事態の鎮静を求め、合意を書面に記すことにも同意いたしました。そこで、供述人と、字を書くことのできる水夫たち、そしてバボウは彼自身と黒人全員を代表して、書面に署名しました。その同意書において、供述人は、彼らをセネガルまで連れて行くべく全力を尽くすことを誓いました。そして黒人たちも、もうこれ以上殺しをしないと誓いました。さらに供述人は、公式に当船をその積荷とともに彼らに譲渡することとしました。これに対し、黒人たちは、当座は満足し、平静を保つようになりました。＊＊＊しかし翌日、水夫たちの逃亡をより確実に防ぐために、バボウは、全てのボートを破壊するよう命じました。しかしロングボートだけは破壊されませんでした。事実上航行能力がなかったからです。そして、もう一艘、良い状態にある小型帆船《カッター》が残されました。それはバボウが、水樽を運搬するのに必要となるだろうと、考えていたからでした。彼はそれを船倉に降ろして保管させていました。

［ここで、その後の長期化し、途方に暮れるほかなかった航海の様々な詳細について、特に悲惨な凪によって引き起こされた様々な出来事とともに語り続けられたが、その一部を抜粋する。すなわち、以下の通りである。］

＊　＊　＊　＊　＊

凪の五日目、乗員はみな暑さにかなり参っていました。そして水は不足し、五人が発作と精神錯乱を起こして死にました。黒人たちも落ち着きをなくしてしまいました。そして、航海士ラネズがたまたま供述人に対してとった仕草が、彼らには疑わしく思われて――実際、害のないもので、四分儀を手渡そうとしただけでしたが――ラネズは殺害されてしまいました。しかし、このことに対し、後になって黒人たちは後悔していました。その航海士は、乗組員の中で、供述人を除くとたった一人残った操船の専門家だったからです。

＊　＊　＊　＊　＊

他の出来事の中で、日常起きること、さらには過去の不幸な出来事や争い事とほとんど関わらない事柄などにつきましては省かせていただきます。さて、航海をはじめて七十三日後、それはナスカから出帆してからの経過日時ということになりますが、その間、彼らはほんのわずかな水の割り当てしかない状況下で航海を続けました。そして、先に申し上げましたように、たびたびの凪のために、苦境に陥っておりましたが、ついにサンタ・マリア島に到着いたしましたのは、八月十七日の午後六時頃のことでございました。その時、わが船は、アメリカ船バチェラーズ・ディライト号とかなり近いところに投錨いたしました。バチェラーズ・ディライト号は、同じ湾に投錨しておりまして、寛大なるアメイサ・デラーノ船長が指揮を執られていました。しかし、朝の六時に、黒人たちはすでに港を見渡して、彼方に船を望むやいなや不安に陥りました。そこに一隻たりとも他の船の姿があるなどということは、彼らの予想外のことだったからです。バボウは彼らを鎮め、何も怖れることはないと請け合いました。

そしてただちに船首像を帆布で覆うように命じました。修繕を装ったのです。そして、甲板をいくらか整頓させた後、バボウとアトゥファルは話し合いを始めました。アトゥファルはその水域から立ち去ることを主張しましたが、バボウはそれに賛同しませんでした。そして、自分ひとりで、何ができるか思案しました。ついに彼は、供述人のところへやって来ると、供述人に対し、これから何を話し、何をすべきかを指示しましたが、それらは全て、供述人が証言しましたように、実際にアメリカ人船長に対してとった言動となったのであります。＊＊＊＊＊バボウは供述人に対し、次のごとく警告いたしました。もし供述人がほんのわずかでも不審なまねをしたり、あるいは、少しでも、過去の出来事や現在の本当の状況について仄めかすような言葉や表情を示そうものなら、即刻供述人と供述人の仲間たちをもろともに殺すであろう、と。そのように言いながら、短剣を見せつけましたが、それは彼が隠し持っていたものでした。その上で彼はさらに何事か言いましたが、それは、供述人が理解する限り、次のような意味のことでありました。この短剣は、我が目同様、抜かりなくお前を見張っているだろう。それから、バボウは、今述べました企みについて、仲間たち全員に知らせましたが、そのことは彼らに喜びをもって受け止められました。それから、彼は、より真実らしく偽装するために、たくさんの方策を考案しました。そのうちのいくつかのものは、詐術と防衛が一体となったものでした。この手のものについては、たとえば、以前その名をあげました、六名のアシャンティ族が関わる策謀がありましたが、その連中は、バボウの命に従う刺客として、船尾楼のデッキの両端に配置されていました。いかにも、特定の手斧をきれいに研ぐための配置であるかのようでした(手斧は、積荷の一部をなしているいくつかの箱の中にありました)。しかし、実際には、その手斧は緊急の時、そして、バボウが連中に指示を与えた時に、黒人たちに分配され、武器として使用されるためのものでした。他の策謀について言えば、たとえばアトゥファル、バボウの右腕であるあの男が、鎖で縛られた姿を現すというものがありました。実はその鎖は、一瞬のうちに抜け落ちるような仕掛けになっていたのでありました。かくしてバボウは、この陰謀において供述人がどのような役を演じることが求められているのか、そして、供述人があらゆる状況に臨んでどのような事柄を話すべきなのかについて、あらゆる細かな点に至るまでの正確な指示を与え、もしほんの少しでもおかしなまねをしたら、即刻死が与えられるだろうと供述人を常に脅迫していました。バボウは、黒人たちの多くが落ち着きをなくすだろうことを予想し、四人の年老いた黒人たち、すなわち槙皮作りたちを、甲板上における全員の秩序を維持する任務に就かせました。彼は、何度も繰り返し、スペイン人たち、そして自分の仲間たちに熱弁をふるい、自らの意図するところ、自らが立案した陰謀、そして供述人が強制されているでっち上げの仮装芝居について告げ知らせ、その筋から逸脱する者が一人も出ないように命じました。これらの手筈は、アメリカ船が最初に目撃されて、アメイサ・デラーノ船長が当船に乗船されるまでの二、三時間のうちに整えられ、完璧なものに仕上げられました。午前七時半を回った頃、芝居は実際に始まりました。アメイサ・デラーノ船長がボートでやって来られました。乗員はみな歓呼して彼を迎えました。供述人は、その時、全力を振り絞って無理矢理芝居を演じました。当船の筆頭所有主であり、また全権を持った船長としての役を、であります。そして、アメイサ・デラーノ船長の訪問を受けた時、次のように話しました。すなわち供述人は、ブエノスアイレスから出帆し、三百人の黒人とともにリマを目指していましたが、ホーン岬沖で、その後発生した熱病が原因で、多くの黒人たちが死に、また、その黒人たちの命を奪ったのと同じ災難により、上級船員全員と、乗組員の大多数が亡くなりました、と。

＊　＊　＊　＊　＊

［このような具合に供述は進行し、バボウによって供述人に命じられ、供述人を通じてデラーノ船長に伝えられた架空の話が、状況ごとに細かく列挙された。そして、また、デラーノ船長による友好的な支援の申し出が、他の事柄とともに列挙されたが、ここではその全てを省略する。架空の、異様な話その他が詳述された後、供述は次のように続行する。］

――寛大なアメイサ・デラーノ船長は、その日一日中当船にとどまっていらっしゃいましたが、夕刻六時に当船を投錨させたのち、当船を離れました。その日、供述人が船長に話しましたことは、不運にも様々な災難にみまわれたというすべてでっち上げの話でした。以前に申し上げましたバボウとの取り決めに基づいてそうせざるを得なかったからです。もっとも供述人にたった一言でも本当のことを伝えることができましたら、あるいはどんな些細なことでも暗示を与える力がありましたら、デラーノ船長は真実の事態を知ることができたでしょうが、それは決して叶わぬことでした。なぜなら、バボウは、あらゆる場面で、忠実な奴隷が主人に服従している様子を演じていましたし、さらに、かいがいしく世話をする従僕の役を演じることにより、供述人を一瞬たりとも一人にしなかったからです。これは、供述人の一挙手一投足、および話す言葉を監視するためでした。といいますのも、バボウはスペイン語を十分に理解するからでした。周りには他にも常時監視を続ける者たちがいて、彼らもバボウ同様にスペイン語を理解しました。＊＊＊ある時、供述人が甲板上に立ち、アメイサ・デラーノと話しておりますと、バボウは、とある秘密の合図を用いて、供述人を脇へ引いていきましたが、その振舞いは、あたかも供述人自身が自らデラーノ船長に陰謀を仕掛けているかのように見せかける所業でした。バボウは供述人を脇へ引っ張っていき、アメイサ・デラーノから、彼の船、彼の乗組員、そして武器についての完全にして詳細な情報を得るように、という指示を下しました。供述人は「何のためか」と尋ねました。バボウは、分かりそうなものだ、とだけ答えました。それが寛大なるアメイサ・デラーノ船長の船を襲う考えであることに思い当たりますと、深い悲しみを覚えて、供述人は当初バボウに要求された質問を発することを拒絶いたしまして、あらゆる道理を尽くしてバボウのこの新たな企てを諦めるように仕向けようとしました。するとバボウは短剣の刃先をちらつかせました。結局求められた情報が得られると、バボウは再び供述人を脇へ引いていき、次のように言いました。まさに今夜、供述人は一隻のみならず二隻の船の船長となるであろう。というのも、アメリカ船の乗組員たちの多くは釣りに出かけていなくなるので、六人のアシャンティ族がいれば、他の助けをまったく必要とせずに、いともたやすくアメリカ船を奪取できるからだ。そしてこの話とともに彼は他のこともいくつか述べたのですが、それもすべてアメリカ船奪取のためのものでした。結局嘆願は何ひとつ聞き入れられませんでした。アメイサ・デラーノが乗船してくる前には、アメリカ船を奪取することについては、何一つ供述人に仄めかされてはいませんでしたので、この企てを防ぐには、供述人は無力そのものでありました。＊＊＊――いくつかの事柄について、供述人の記憶は混乱をきたしており、あらゆる出来事を正確に思い出すことができないのが事実であります。＊＊＊――先に述べましたように、午後六時に当船は投錨したしました。するとすぐに、アメリカ人船長はいとまごいをされまして、ご自分の船へと戻られることになりました。その時供述人は、突然ある衝動に襲われました。供述人としては、それは神とその御使いたちからの思し召しだったと思われるのであります。別れの挨拶が述べられた後、供述人は寛大なアメイサ・デラーノ船長の後について手すりの縁まで行きました。そこで、供述人は別れの挨拶をするふりをしてその場にとどまっておりましたが、とうとうデラーノ船長がご自分のボートに腰を据えられ、ボートが離れていこうとするまさにその時、供述人はその縁から身をひるがえし、ボートの中へ飛び降りました。供述人がいかにしてそのようなことをなしえたのか、いまだ分かりません。神が供述人をお導きたもうたのであります。そして――

＊　＊　＊　＊　＊

［ここで、原本においては、供述人の脱出に続いて起こったことについて、サン・ドミニク号がいかにして奪還されたかについて、そして当地に到着するまでの航海についての説明が続く。それには「とこしえなる感謝」を「寛大なるアメイサ・デラーノ船長」へ、というたぐいの多くの表現が繰り返し述べられたことが記されている。それから供述はさらに続けられるが、そこには、出来事に対するいくつかの見解の要約

が付加され、また、一部の黒人たちの名前が再度列挙され、過去の出来事に関する一人ひとりの役割が記録されている。それは、当法廷の命により、罪状を確認して宣告を下すための状況証拠をそろえる目的でなされたものである。この部分からの抜粋を以下に続ける。」

――供述人が思いますには、黒人たちはみな、当初は反乱の意図に関して無知だったとはいえ、反乱が実行された時には、それを支持いたしました。＊＊＊ホセ、十八歳の黒人で、ドン・アレハンドロの従者は、反乱が起こる前、船室での状況について、黒人バボウにその情報を逐一《ちくいち》知らせる役を受けもっていました。ただしこのことは目撃されておりました。彼の寝床は彼の主人の寝床の真下でしたが、反乱に先立つ数日にわたり、真夜中にそこから抜け出して、甲板へ上がり、反乱の首謀者やその取り巻き連中と会い、とりわけバボウと秘密の会話を交わしていましたが、その様子は、航海士によって数度目撃されておりました。ある夜など、航海士は、二度にわたってホセを追い払ったほどです。＊＊この同じ黒人ホセは、バボウに命じられることもなしに、レクベとマティルキ同様に、おのれの主人ドン・アレハンドロが半殺しの状態で甲板に引きずり出された後で、彼を刺し殺した者でもありました。＊＊混血の司厨長フランセスコは、当初から反乱集団にくみした者であり、あらゆる事柄において、バボウの手先となって働いた部下でありました。彼は、バボウの歓心を引くために、船室での会食が行われる前に、バボウにある提案、つまり、寛大なアメイサ・デラーノ船長の料理に毒を盛ってはいかがでしょうか、と申し出ました。このことは事実であると信じられております。なぜなら、黒人たちがそのように述べていたからであります。しかし、バボウは、他に企んでいることがあったので、フランセスコがそうすることを禁じました。＊＊アシャンティ族のレクベは、アシャンティ族の連中の中でも最も兇悪な者でありました。当船の奪還が行われた日に、彼は当船を守るために、両手にそれぞれ手斧を持ち、アメイサ・デラーノ船長配下の一等航海士が先陣を切って乗船してきた際、彼の胸を手斧で切り付けた者であります。これらのことはみな周知の事実であります。またこのレクベは、バボウの命により、供述人の目の前で、手斧でドン・フランシスコ・マサに切りつけ、彼を引きずっていき、生きたまま船の外へ放り出した男であります。以前に申し上げました、ドン・アレハンドロ・アランダ殺害に加わりました以外にも、彼は上級船客たちの殺害にも加わったのです。ボートとの交戦の際、アシャンティ族の連中は、激しい敵意を持って戦いましたが、同じ仲間の中で、このレクベとヤウだけが生き残ったのでした。ヤウはレクベ同様の兇悪な男でした。ヤウという男は、バボウの命により、嬉々としてドン・アレハンドロの遺骨を船首像として仕立て上げる手筈を整えたのでした。その手筈については、黒人たちが後に供述人に語って聞かせましたが、供述人に理性というものがすこしでも残っている限り、決してそのことについて自らの口で明らかにすることはできないほどの残忍なものであります。ヤウとレクベは、二人して、凪の夜の闇にまぎれて、ドン・アレハンドロの遺骨を船首に据え付けたのでした。このことにつきましても、黒人たちが供述人に語って聞かせました。バボウは、その遺骨の下に、あの文字「汝の先導者に従え」を書き記した張本人であります。この黒人バボウは終始一貫して、反乱の立案者でありまして、あらゆる殺人を命じた張本人でありました。彼は反乱の舵柄《だへい》であり、竜骨でありました。アトゥファルは万事における彼の副官でした。しかし、アトゥファルは、自らの手では殺人をひとつも犯しませんでした。それはバボウも同様でした。＊＊アトゥファルは、アメリカ人水夫たちがなだれ込んでくる前に、ボートとの戦闘の際、撃たれて殺されました。＊＊成人の黒人女たちは、反乱について自分たちも知っていたし、自分たちの主人ドン・アレハンドロの死にも満足したと公言しておりました。もし黒人男たちが彼女らを制止しなかったならば、彼女らは、バボウの命により殺害されたスペイン人たちを、ただ単なる殺害にはとどめずに、拷問にかけて死に至らしめたことでありましょう。黒人女たちは自分たちの影響力を最大限に使い、男たちに供述人を殺させようといたしました。様々なやり方で殺人が行われている際、彼女たちは、歌を歌い、踊りを踊りました。陽気にではなく、厳かに、です。そして、ボートとの交戦の前、そして交戦中もまた、彼女たちは陰鬱な調子で黒人男たちの戦いに影響を及ぼす歌を歌いました。そして、この陰鬱な調子こそ、他の調子とは違って、黒人男たちの闘争心をより一層激しくかきたてたのでした。実際その歌はそのように意図されていたのです。これは全く事実だと思われます。なぜなら、黒人たちがそのように述べているからであります。

——供述人が知るところによりますと、船客（今やその全員が亡くなっております）以外の乗組員三十六名のうち、六名のみがかろうじて生き残りました。加えて、船室付給仕と見習水夫四名です。彼らは乗組員に含まれておりません。＊＊黒人たちは、船室付給仕のうちの一人の腕を折り、手斧で何度も切りかかって傷を与えました。

［それから、様々な時点における様々な事実開示に関する証言がこれに続く。以下に抜粋する。］

――アメイサ・デラーノ船長が当船上におられた間に、白人水夫たちによっていくつかの試みがなされました。その一つは、エルメネヒルド・ガンディクスによるものでした。彼は当船の真実の状態について、なんとかしてデラーノ船長に仄めかして伝達しようとしました。しかし、これらの試みは実りませんでした。その原因は、自らの死を招くのではないかと怖れたこと、そしてさらに言えば、当船の真実の状態と正反対に映るように仕組まれた陰謀によってなのでした。加えて、アメイサ・デラーノ船長の寛大な心と神を敬う心のために、あのように酷薄な邪悪さを推し量ることができなかったことも一因でした。＊＊＊ルイス・ガルゴ、水夫、およそ六十歳、この元スペイン王国海軍軍人も、アメイサ・デラーノ船長に真実を伝達しようと試みた一人でありました。しかし、彼のその目論見は露見しませんでしたが、疑われ、口実をつけられて、デラーノ船長の目の前から引きたてられ、結局船倉に入れられ、そこで殺されてしまいました。この件につきましても、その後黒人たちがそのように証言しました。＊＊＊またアメイサ・デラーノ船長が当船に来られることによって、見習水夫の一人は、自分たちは解放されるのではないかという望みを抱きました。そして、気持ちを抑えきれなくなって、自らの救出願望に関する言葉をうっかり漏らしてしまいました。するとこれがその少年と食事を供にしていた黒人奴隷の少年らの耳に入ってしまいました。黒人の少年は彼の頭をナイフで切りつけ、酷い怪我を負わせましたが、今ではその傷は治りつつあります。同様のことですが、当船が投錨する直前のこと、その時舵を取っておりました船乗りの一人が、身を危険にさらしてしまいました。今述べました見習水夫の場合と同様の気持ちから、自分の顔に特別な表情を浮かべてしまい、黒人たちに気づかれてしまったのです。しかしこの水夫は、その後は注意深く振る舞うことによって、難を逃れました。＊＊＊これらの供述をなすことによりまして、当法廷に明らかにしたいと思いますのは、反乱の始めから終りまで、供述人および供述人の部下たちにとりましては、供述人および彼らが実際にとった行動以外の行動をとることは不可能であった、ということであります。＊＊＊三等書記、エルメネヒルド・ガンディクス、以前より水夫たちとともに暮らすことを余儀なくさせられてきた者でありますが、水夫然とした服を身につけることを強いられていまして、事の起こった時には、どこから見ても水夫そのものと見えました。彼、ガンディクスは、マスケット銃の弾丸により殺されたのでしたが、その弾丸は、アメリカ人たちが当船に乗り込む前、アメリカ人のボートから誤って撃たれたものでした。彼は、恐怖に怯えながらも、後部マストの縦帆索具をよじ登ると、ボートに向かって「船に乗り込まないでくれ」と叫びました。それは、アメリカ人たちが当船に上がってきたら、黒人たちが自分を殺すのではないかと怖れたからでした。しかし彼のこのような言動によって、アメリカ人たちは、彼が、何らかの形で、黒人たちに味方してそのやり口を支持しているのだ、と思い込みました。アメリカ人たちは彼めがけて二発撃ちました。それで彼は傷を負って索具から落下し、海中に没して溺れ死んでしまいました。＊＊＊アラムバオラーサの侯爵である若者ドン・ホアキンは、三等書記エルメネヒルド・ガンディクス同様、水夫に身をやつし、平水夫の身なりをしておりました。ある時、ドン・ホアキンはその身なりをすることに抵抗すると、バボウはアシャンティ族のレクベに命じてタールを持ってこさせ、それを熱し、ドン・ホアキンの両手に注ぎかけたのです。＊＊＊ドン・ホアキンは殺されましたが、さきほど述べましたこととはまた別の、アメリカ人たちによる誤解がその原因でした。しかし、それは避けがたいことでもありました。ボートの接近に際し、ドン・ホアキンは、黒人たちによって手に手斧を縛り付けられ、その刃先を外に向かってまっすぐに突き出す姿勢を取らされ、手すりにその姿を晒させられたのです。それで、両手に武器を持ち、なにやら疑わしい態度で現れたと見られましたので、彼は裏切り者の水夫だと誤解されて撃たれてしまいました。＊＊＊ドン・ホアキンの遺体からは、彼が隠し持っていた宝石がひとつ見つかりましたが、のちに書類がいくつか発見されまして、その宝石は、リマにあります我らが慈悲聖母マリアの御堂に捧げるためのものであることが判明いたしました。スペインからの航海が全てつつがなく終わることを願い、また聖母への信仰の証《あかし》として航海に臨んで用意され、最終目的地ペルーに上陸した暁《あかつき》には奉納しようと身に着けて守ってきた、聖なる祈願のための捧げ物だったのです。＊＊＊その宝石は、故ドン・ホアキンのほかの所有物とともに、司祭救護院の教会員の管理下にあり、貴法廷の決裁を待っております。＊＊＊アメリカ人のボートの出撃が急であったことに加えまして、供述人の体調もその一因でありましたが、アメリカ人たちは事前に、一見スペイン人乗組員に見える者たちの中に、バボウにより、乗組員に見えるように偽装をほどこされた船客が一人と書記の一人がいる、という通告を受けておりませんでした。＊＊＊交戦中に殺された黒人たちのほかにも、当船が奪還され、夜に再投錨をした後に殺された黒人たちも何名かおりました。彼らは甲板上のリングボルトに手足を縛られたまま殺害されました。彼らの死は、水夫たちによってもたらされましたが、押しとどめるには手遅れだったのです。事態の知らせを受けると即刻アメイサ・デラーノ船長は、船長としての権威を最大限に発揮されました。特に、スペイン人水夫マルティネス・ゴーラに対しては、船長ご自身の手で打ち据えられました。その男は、枷《かせ》をはめられた黒人たちの一人が自分の古びたジャケットを身につけているのに気づき、そのポケットの中に剃刀がひとつあるのを見つけまして、その剃刀をその黒人の喉元に向けて殺そうとするところだったのです。また、高貴なるアメイサ・デラーノ船長は、同じく水夫バルソロメウ・バルロの手から、短剣をねじり取りました。その短剣は、白人たちが多数虐殺された時以来隠し持たれていましたが、同じ日の先立つ時、二人がかりで自分を投げ倒し、体を踏みつけにした黒人のうちの一人が、枷をはめられているのを見て、その黒人をその短剣で突き刺そうとするところだったのです。＊＊＊あらゆる出来事は、相当な長期にわたって起こりまして、その間当船はバボウの手中にあった訳ではありますが、供述人はここでその全ての出来事について証言をすることはできません。ただし、供述人がこれまで述べましたことは、現在事の真相に関わる最も重要な事柄であると思えることでありますし、供述人が先に宣誓をいたしました通り、真実の事柄であります。供述人は、宣誓供述書が供述人に読み聞かせられました後、その文書に対し、誤りなしであると宣誓し、署名をいたしました。
　供述人は、当年二十九歳、心身ともに衰弱状態にあり、貴法廷による退出許可がなされました暁には、チリへの帰路は辿《たど》らず、当行政区の外にありますアゴニア山の修道院へ退く意思を持っております。供述人は、その名誉にかけて署名をし、十字を切りました。そして、差し当たり退廷にあたって、参上しました時と同じく、担架に身を横たえて、修道士インフェレスに伴われ、司祭救護院へ向かいました。

ベニート・セレーノ

ローザス博士閣下

*

さて、この宣誓供述書が、先の複雑な出来事の鍵穴にぴったりはまる鍵となるならば、固く閉ざされてきた地下納骨堂の扉が音を立てて開かれるように、サン・ドミニク号にまつわる謎も、いまや大きく解き明かされることになると言えよう。

ここまでのところは、この物語の性質上、話のはじまりから複雑さが避けがたく付きまとっていただけでなく、事件が生じた順序通りに話が整理されていない場合も多く、また語り手が回想のままに語ったり、断片的に語らざるを得なかったりした場合もある。以下に続く数節もこれに当てはまるが、それによってこの物語は結末を迎えることになる。

リマへ向かう長く平穏な航海の間のこと、以前にも触れたように、病人ベニートがわずかながらも健康状態を回復した、あるいは、少なくともある程度心の平静さを取り戻した一時期があった。再びひどい症状がぶり返してしまう前に、二人の船長は、以前の内にこもった態度とはうってかわって、兄弟愛に満ち溢れた腹蔵《ふくぞう》のない態度で心を通い合わせ、親しく会話を交わしたのだった。

何回も繰り返し話題になったのは、ベニートがバボウによって強制された役を演じることが、いかに苦しかったか、ということだった。

「ああ、わが親愛なる友よ」ベニートは次のようにデラーノに打ち明けた。「あなたは私のことを、何ともひどく陰鬱な人間、感謝することを知らない輩だと思っておられました。あの時、つまり今あなたがお認めのように、私があなたを殺そうとしていると、半ば本気で疑っておられたまさにあの時のこと、私の心は恐怖に凍りついていたのです。あの連中の黒い手が、この船のみならず、あなたの船に対して、そして親切きわまりない私の恩人であるあなたに対しても及びつつあることを思いますと、私はあなたのお顔を見ることができませんでした。それに、誓って申し上げますが、ドン・アメイサ、私には今になっても自分でも分からないことがあります。私があなたのボートへ飛び降りたあの行動についてなのです。私はそれをおのれの身の安全だけを切望してやってのけたのか、それとも、事情を何も知らないままに夕闇のなか船にお戻りになり、夜にはハンモックにお休みになるあなた、ほかならぬ親しい友であるあなたが、お仲間もろとも、黒い影にしのび寄られ、二度とこの世で目を覚ますことがなくなることを防ぎたい、という思いからやってのけたのか、ということです。どうぞ想像してみてください、あなたが歩まれたこの甲板、あなたが腰を下ろされたこの船室、あなたが歩まれた足元のいたるところ、蜂の巣のごとく坑道が掘られていて、爆弾が埋められていたのです。もし私がほんの少しでも暗示めいたことをうっかり漏らしたり、私たち二人の間に理解の橋がほんのわずかでも架けられるような動きがあったりしたなら、死が、瞬時の爆発によってもたらされる死が——私だけではなくあなたの死でもあります——直ちにあの日の光景を終わらせたことでしょう」

「その通り、その通りです」デラーノは内心どきりとして声を上げた。「あなたは私の命をも救ってくださったのです、ドン・ベニート、私があなたの命を救った以上にです。あなたは、私の判断や意思とは無関係に、私の命も救ったのです」

「いいえ、友よ」スペイン人は答えた。それに続いたのは、宗教的とさえいえるような心からの言葉であった。「神があなたの命をお護《まも》りくださったのです。そして私の命を救ってくださったのは、やはりあなたなのです。あなたがなさったことをいくつかお考えになってください。あの時の笑顔とおしゃべり、こだわりのないご指摘とお振舞いの数々を。あなたほど目立つ言動があったわけでもないのに、私の一等航海士ラネズは殺されたのです。しかし、あなたは、あなたを待ち伏せているあらゆる危難を、天上におられる神の子のごとく無邪気に振舞うことによって切り抜けられたのでした」

「ええ、全ては神の御心によるものだと心得ております。しかし、あの日の朝、私はいつになく上々の気分で、心も弾んでおりました。そんな時に、私が目にしましたあの悲惨な苦難のご様子は、実際以上に強烈なものに映り、私の善良なる心、同情心、慈悲心——この三つは、幸いにも互いに絡み合ってひとつになっているのですが——に訴えかけたのです。これは確かなことですが、あなたがいみじくもおっしゃったように、もしあのように振舞わなかったならば、私が首を突っ込んだために、まったく不幸な結果を引き起こすことになったかもしれません。さらに言えば、今お話しいたしました気分のおかげで、私は一瞬とはいえ抱いてしまった不信の念をうまく払いのけることができたのでした。まったく、あの時事を鋭く見抜いていたら、おのれの命を失っただけでなく、さらにあと一人の命をも奪うことになったかもしれなかったのですね。しかも最後の局面になって、私は疑念の方が強くなってしまったのでした。そして、ご承知の通り、それらの疑念がどれほど的外れなものであったのか、後になってはっきりと思い知らされました」

「確かに、大きく外しておいででした」ベニートは、悲しげに言った。「あなたは一日中私と一緒にいらっしゃいました。私と一緒に甲板に立ち、一緒に腰を下ろし、言葉を交わし、私をご覧になり、私と食事を供にし、酒を酌《く》みかわしもしました。それなのに、あなたの私に対するあの最後のお振舞いは、まるで怪物を捕らえようとするようなものでした。怪物とお思いになったのは、無実な男というだけではなくて、あらゆる人間の中で最も哀れな者だったのです。しかしそれほどまでに、邪悪な陰謀と策略の数々が、あなたの心を欺いていたのでした。最も判断力に恵まれた者でさえ、人の振舞いについて誤って判断するものです。しかもこの場合、目に見える状態の奥にあるものは、未知のものなのですから、一層のことです。とはいいましても、あなたは判断を誤るように強いられていたのです。そしてまた、あなたはちょうどいい時に真実をお知りになったのです。願わくは、どちらの場合であっても、最後には望ましい結果になればいいのですが。そして全ての人間についてもそうであればいいのですが」

「でも事を一般化しすぎておられますよ、ドン・ベニート。しかも、あまりに悲しい見方です。なにはともあれ、過去は、文字通り過ぎ去ったのです。どうして過去からそのような教訓を引き出そうとなさるのです? 忘れることです。ご覧なさい、あそこに輝いている太陽は、過去など全て忘れ去っています。それに、青い海と青い空、こういったものも心機一転、新たなページをめくったのですよ」

「そのようにできるのは、それらには記憶がないからです」彼は沈痛に答えた。「人間ではないから、できるのです」

「しかし、今あなたの頰を撫でている穏やかなこの貿易風ですが、これは吹いてくると、人肌のごとくあなたの心を癒《いや》すのではないですか？　貿易風は、心温かい友、決して裏切ることのない友なのではありませんか？」

「風は、決して裏切ることなく、私を我が墓へと運んで行くだけです、船長殿」これは自らの運命を予見するような返答であった。

「あなたは救われたのですよ」デラーノの声は大きくなった。ますますベニートの態度に驚き、心を痛めて叫んだ。「あなたは救われたのですよ。いったい、何があなたにそのような暗い影を投げかけているのですか？」

「あの黒人《ニグロ》です」

沈黙が降りた。陰鬱にふさぎこんでしまった男は腰を下ろしたが、ゆっくりと、そして無意識のうちに外套の前を閉じた。外套はまるで死衣のようであった。

その日、それ以上会話が交わされることはなかった。

しかし、このようにベニートの憂鬱のために最後は沈黙に終わってしまったが、一言も言及されなかった話題は他にもいくつもあった。しかしそのような話題を持ち出しても、以前のようなよそよそしい態度が積み重なるだけであろう。それゆえ、彼にとって最悪となるような話題は省略するとして、ただ次のような事柄を一つか二つ説明するにとどめたい。あの時のベニートの服装、これまで語られてきた出来事のあいだ身につけていたあの服装、あれはきわめて貴族然として見た目にも華美なものではあったが、自ら喜んでそのような格好をしていた訳ではなかった。また、あの銀の拵《あつら》えが立派なものであった剣は、船上における支配者の象徴に見えたものだが、実際には、剣ではなく剣の亡霊であって、鞘の中は、巧妙に中身があるように見せてはいたが、実際には空っぽであったのだ。

例の黒人についていえば――彼の肉体ではなく、頭脳があのような反乱を企てて、指揮したのだったが――彼の体は、あのような策略を練り上げた頭を支えていたとは到底思えないほど虚弱なものであり、あのボートの中で、あっという間に捕捉者のたくましい腕力に屈したのだった。しかも全てが終わったことを見届けると、彼はもはや一切口を利かず、無理矢理しゃべらせることもできなかった。彼の顔つきは次のように語っているかのように見えた。もはや何事もままならなくなった以上、語ることは何もない、と。彼は他の連中とともに鉄鎖で縛られ船倉に閉じ込められて、リマへ護送された。その途上、ベニートが彼の許を訪れることはなかった。いやその時だけではなく、その後もベニートが彼の姿を目にすることは一度たりともなかった。審判の前にも、ベニートは彼を見ることを拒絶した。判事たちが無理矢理そうさせようとすると、気を失ってしまった。水夫たちの証言によってのみ、なんとかバボウの身許が法的に認定されることになったのである。

数カ月後、黒人バボウは、ラバの尻尾に曳かれて、絞首台まで引きずっていかれると、声なき最期を遂げた。遺体は焼かれて灰となった。しかし、何日にもわたって、その頭、精密な巧智のつまった巣箱は、広場の晒し柱に据え付けられ、白人たちの視線と向き合い、少しも怯《ひる》むところがなかった。そして、広場の向こう側、聖バルトロメオ教会までその視線は向いていたが、その時にはすでに、その教会の地下納骨所で、取り戻されたアランダの遺骨が永遠の眠りについていた。そして、リーマック川にかかる橋の向こう側、町の外れに位置するアゴニア山にある修道院の方までその視線は睨みをきかせたが、そこでは、法廷により退廷を許されてから三カ月後、ベニート・

セレーノが、棺台の上で、文字通り、おのれの先導者に従い、後を追っていったのであった。

解説

牧野有通

メルヴィル再訪

ハーマン・メルヴィルは一八一九年、ニューヨークで生まれている。今でこそ数多くの世界文学史でアメリカ最高の文学者と評されるメルヴィルではあるが、一八九一年、同じニューヨークで亡くなった時は、ほとんど無名の存在であった。しかし一九二〇年代のイギリス作家D・H・ロレンスらによる再評価、一九八〇年代の研究者J・アドラーらによる体制批判作家としての再評価を経て、現在の評価はゆるぎないものとなっている。いや、今後さらに別の角度から再評価される可能性すら漂わせているのである。

日本においても一九三〇年代に阿部知二によるメルヴィル紹介が開始されている。以降、アメリカ文学の最高峰ともいえる代表作『白鯨』（一八五一）の翻訳の数は二〇点に迫り、これはこの作品が、難解な文体、深遠きわまりない象徴的な作風、博物誌的な構成など、通常の小説の枠を超越していることを考えれば、異常な数といえる。そして『白鯨』のすぐ後に、本書に収録した代表的中短篇「書記バートルビー」と「漂流船（ベニート・セレーノ）」（表題については「訳者あとがき」を参照のこと）が出版されている。メルヴィルの作品系列では、代表作『白鯨』を境にして、前期と後期に分かれると見ることが可能であるが、この中短篇は後期の始まりの、メルヴィルの創造力が最も充実していた時期に執筆されている。

前期に出版された作品群はほとんどがメルヴィルの実体験に基づいて書かれたものである。たとえば『タイピー』（一八四六）や『オムー』（一八四七）は一八四一年、メルヴィル二二歳の時に捕鯨船に乗り組んで出かけた時の経験がもとになっており、『マーディ』（一八四九）もその航海経験が前提となっている。ただしこの作品の特徴は、世界《マーディ》の現実を寓意的に描き出すもので、「神」がスペイン語の「金《オロ》」となっていることは、後期の「書記バートルビー」を見直す上でも留意すべき点である。『レッドバーン』（一八四九）は一八三九年、メルヴィル二〇歳の時に貨客船に平水夫として乗り組んだ経験、『ホワイト・ジャケット』（一八五〇）は、一八四三年、ハワイにて軍艦の平水兵として乗り組んだ時の経験が基礎になっている。

それではメルヴィルの代表的長篇小説『白鯨』完成の時期にあって、それ以前の作品系列からの飛躍を遂げるいかなる契機が存在したのであろうか。この問いに答える上で、アメリカの先輩作家ナサニエル・ホーソーンとの交友、そしてイギリスの文豪ウィリアム・シェイクスピアとの内的交流を無視することはできない。この時期にメルヴィルは「文学世界《リテラリー・ワールド》」という文芸雑誌に、「ホーソーンとその苔」という評論を寄稿しているが、この評論でメルヴィルはホーソーンの短篇集『旧牧師館の苔』（一八四六）を高く評価するとともに、シェイクスピア悲劇からの「認識の衝撃」を決定的なものとして受けとめているのである。

ホーソーンとシェイクスピアの影響

ホーソーンから受容したものは、カルヴィニズム（ピューリタニズム）に対する暗い懐疑の念、いわゆる「暗黒の力」ということができる。その力はアメリカの主流イデオロギーの基底をなす、このキリスト教宗派の根底に、なにか「欺瞞」のようなものが隠蔽されているのではないか、そしてそのことによって、人間的自然を破壊してゆくのではないか、という疑念によって加速的に強固なものとなってゆく。たとえば

「ホーソーンとその苔」のなかで、短篇「ヤング・グッドマン・ブラウン」についてメルヴィルは、共同体における宗教的倫理と人間性との葛藤に目を向け、「ダンテの深さがある」とまで評している。メルヴィルはホーソーン文学の中に、アメリカ社会において宗教が人間性に対し抑圧的に機能する状況もありうることを直観しているのである。

しかしメルヴィルは、このようなホーソーン流の真実の描出を必ずしも十全なものとは考えていなかったように思われる。というのも「ホーソーンとその苔」の途中からメルヴィルの視線は主としてシェイクスピアの方に向かってゆくからである。おそらくこの時期にメルヴィルはシェイクスピア全集、とりわけ四大悲劇に引きつけられ、ホーソーンを超越するような真実追究の方法と意志とに触感したように思われる。「ホーソーンとその苔」におけるシェイクスピア論でもっとも主要な議論は『リア王』をめぐって展開されている。シェイクスピアをシェイクスピアたらしめているもの、メルヴィルにとってそれは「時おり閃き出るような直感で透視された『真実』の表出、そして実態のまごうかたなき根幹へ向かって、直截、鋭敏に追究してゆく力」ということになる。その具体的な現れ方を『リア王』に見てゆくと、メルヴィルは次のように表現している。「疼くような苦悩の果てに、絶望の底へと落ちた狂乱せる王リアは、すべての仮面を引き破り、死活的に重大な真実の、正気ある狂気を語って聞かせる」。狂乱しているようでありながら、その裏にある醒めた認識を語り出すリア王の精神的状況は、「混沌とした仮面」の陰に隠れている世界の真実を追究するためには、「その仮面をこそぶち破れ！」と叫ぶ『白鯨』のエイハブ船長と必然的に重なっていくといえる。言い換えるならば、メルヴィルはキリスト教世界において「知られると不都合な真実」、すなわち「神」が「金」になっている状況に対して、いかなる現世的な権威に対しても、一切妥協せずに暴露する戦略、すなわち「醒めた狂気」で武装する決意を固めているといえるのである。

エイハブ船長が「アメリカのリア王」となってゆく経緯については、右に記す通りであるが、『白鯨』に次ぐ作品『ピエール』（一八五二）にもシェイクスピアの影は揺《よう》曳《えい》している。すなわち、「神の沈黙（非在）」に関わる真実追究の問題作といえる『ピエール』は、大著『アメリカン・ルネサンス』を執筆したF・O・マシーセンがすでに指摘しているように、「アメリカのハムレット」と捉え得る作品であるからである。

かくしてメルヴィルの創作力の頂点の時期に書かれた、『白鯨』と『ピエール』はともにシェイクスピアの作品と肩を並べるほどの気概に溢れた作品となる。しかし同時代の批評家たちには、そのことが理解されなかっただけではなく、単なる狂乱の書として、無残に無視される結果となったのであった。しかし、そのことでメルヴィルがシェイクスピアから受け止めた方法と意志を喪失したわけではない。むしろ中短篇において、確かな形で受け継がれていると言える。それがほかならぬ「書記バートルビー」と「漂流船」なのである。

「書記バートルビー」

完全なまでに拒絶を貫いていると思われるバートルビーであるが、それでもポツリと言葉を返している。「あなたはその理由をご自分でおわかりにならないのですか」(63頁)。その問いかけに首筋を脅かされ、読者は思わず振り返る。まじまじとバートルビーを見返す。いや、バートルビーのみを見つめるのではない。影が薄いにもかかわらず、心に切り込んでくるような存在、そんな存在がなぜウォール街に出現せねばならなかったのか、その疑問に直面することになるのである。

「書記バートルビー」は『ピエール』出版の翌年一八五三年に「パトナム・マンス

リー・マガジン」一一月号と一二月号に連載されたものである。この作品は、あたかも『ピエール』で獄中自殺を遂げる主人公ピエールを復活させ、しかも、あえて資本主義の中枢ウォール街に出現させるような趣向をもっている。一九世紀中葉にあって、すでにウォール街はアメリカ金融資本主義経済の中心地であり、語り手の弁護士は「お金持ちの方々の債権証書や抵当証券、または不動産権利証書なんかに囲まれて、気分よく仕事をする方を好む人間なのであります」（本文11頁）と自己紹介している。これはほとんど現在のウォール街の金融商品取引状況と変わることがなく、しかも現代の危機的状況と直結している。なぜならそのシステムは、ひとたび破綻した時、たとえば一九二九年の世界大恐慌や、最近ではほんの数年前のリーマン・ブラザーズ破綻のような危機と隣り合わせているからである。

語り手の弁護士は、自らを保護する民法をはじめとする法律を金科玉条《きんかぎょくじょう》のものとし、同時に人間関係や雇用関係を滞りなく進行させるうえで「常識」、すなわち「神」の名のもとに勤労を正当化する（と見る）資本主義社会の「常識」を前提として、生計を立てている。たとえそれが拝金主義社会における奴隷のような生き方であっても、それに疑いを抱くことはない。振り返ると、すでに『白鯨』で、語り手イシュマエルは、「陸」のシステムにあって、「奴隷でない人間なぞあるというのか」という叫び声をあげて「海」へと逃亡した。他方「書記バートルビー」の弁護士にとって、「陸」のシステムや「常識」に疑念を抱くことは、直ちに自らの生活の破綻を招来することになる。まさしくそのような「陸」のシステムの真っただ中に、全面的に異質な人間が現れるのである。それがバートルビーという存在である。

理由もなく写字《コピー》の仕事を拒絶するバートルビーに対して、語り手の弁護士は完全にお手上げである。しかしそこにはメルヴィル流の仕掛けが籠められている。すなわち読者は弁護士と同じ論理、資本主義を前提とする「ウォール街の論理」を当然、あるいは自然なものとして受け入れており、バートルビーの方が不条理な存在である、と規定するであろうことを、メルヴィルはあらかじめ読み切っているのである。しかもメルヴィルはわざわざそのことを読者に語ることはしない。冒頭でも引用したが、仕事を放棄する理由を問い詰められると、バートルビーはただ次のように答えるだけである。

「あなたはその理由をご自分でおわかりにならないのですか」

これは重い問いかけである。しかも「金」を「神」の代わりに敬っている人間には、どのようにも合理的な説明がつかない。せいぜい眼を酷使し過ぎたために仕事ができなくなったのだろうと推察するのみである。しかしシェイクスピアの『リア王』のコンテキスト、たとえばメルヴィルが「ホーソーンとその苔」で記したような認識、すなわち「一般善良の人がそれをまともに口にしたり、たとえほんのわずかでも仄めかしたりしたら、その人は直ちに完全な狂気と受け取られてしまう」という観点から見直すと、なぜバートルビーのような「異邦人」が出現したかが見えてくる。まさしくメルヴィルは「金」を「神」以上に崇拝するキリスト教社会、そしてその社会の奴隷となっている人間の悲喜劇を描きながら、「一般善良な」人物を介して、読者にも真実の生き方を考えるように、答えを迫っているのである。

末尾に置かれている「配達不能郵便物」のエピソードは、一見バートルビーという人物を理解する手助けとなっているように見える。しかしそのエピソードが唯一の合理的な解釈となってしまうならば、この作品はそれで完結して、しかも忘れられてしまう。そうではなくて、作品本体に繰り返し戻り、それが真実に関わる人間の極限的な生を描く作品であると見るとき、「ああ、バートルビー！　ああ人間の生よ！」という結語の響きは果てしない重みをもって反響することになる。

「漂流船──ベニート・セレーノ」

「漂流船」は、一八五五年、「パトナム・マンスリー・マガジン」の一〇月号から一二月号にかけて連載された作品である。この作品には種本があり、実在のアメイサ・デラーノ船長の出版した『航海および旅行記実録』（一八一七）の第一八章における奴隷船での反乱が前提となっており、この両者を比較検討する論文が多数発表されている。しかしその比較検討によってこの作品の鑑賞領域が拡大するわけではない。なぜなら『実録』の方では、主として奴隷の反乱という状況下で行動する人間像が、容易に理解しうる個人的反応として書き込まれており、より深い真実を追究するメルヴィルの意志とは離反してゆくからである。

そこで再度この作品においても真実追究の意志が反映しているという観点から見直してみる。そうすると直ちに気づくことがいくつか出てくる。まずこの作品が三段構造になっていることである。そしてそれらの構造の中で、主要な人物がきわめて個性的に造形されていることである。しかもすべての事件が終了しても、事件の本質的意義を理解することは決して容易ではない。このような角度からこの作品を見直してみよう。

まずその三段構造であるが、その第一のものは、主として、アメリカのアザラシ猟船の船長であるアメイサ・デラーノ船長の視界に映るスペインの奴隷船「サン・ドミニク号」の奇怪な状況描写の部分である。次に、リマの裁判所における、スペイン人船長ベニート・セレーノによる黒人奴隷反乱の概略を語る「宣誓供述書」の部分である。そして最後は、ほぼ客観的描写となっている結末ともいえる部分である。

第一の部分は、主としてデラーノ船長の視点から語られており、事実上この作品の本体をなしているのであるが、厄介なことに、読者はデラーノ船長という、判断力に限界のある人物の視点を通して、不可解な世界（仮装空間ともいえるが）に入り込まねばならない。しかしここでもメルヴィルは読者の陥りがちな心理を先取りしており、デラーノ船長が抱く「白人というのは、本来黒人よりも鋭敏な人種のはず」（192頁）であり、黒人が陰謀を企むには「愚かすぎる」（同頁）という固定観念を受け入れるように仕組んでいる。その内的独白の中に認められる先入観は、とりわけ作中の黒人の主要人物、すなわちバボウ、アトゥファル、フランセスコたちの実像を完全に読み違えるように機能しており、この本体部分の最後まで維持されている。かくのごとくメルヴィルは、実態とは完全に逆の状況を提示して、最後に白人読者の意識を衝撃的に逆転する効果を狙っており、そこには第一級の推理小説《ミステリー》の効果すら想定されているのである。

第二の部分をなす、ベニート・セレーノの「宣誓供述書」であるが、ここに前提となっているのは、スペインの植民地ペルーにおける偏向裁判である。それゆえ、奴隷所有者の主張のみが正当化され、黒人反乱者は、野獣以下の残虐な存在として記される（または記されねばならない）ことになる。それゆえ奴隷所有者アランダの遺骸は、コロンブスの代わりに船首像として釘づけにされることになるが、その経緯にも極度の残虐性が強調される。どのような遺骸であっても死後四日目に白骨化することはありえないが、そのような、皮を剥ぎ、肉を削ぎ、骨を露出させたであろうやり方は、わざわざ控え目に「その手筈については、黒人たちが後に供述人［ベニート・セレーノ］に語って聞かせましたが、供述人に理性というものがすこしでも残っている限り、決してそのことについて自らの口で明らかにすることはできないほどの残忍なものでありますー（301頁）と記されるのである。おそらくこれは、奴隷の本性は純粋に「悪」であるとみなそうとする白人たちには、疑いようもない事実として納得されたことであろうと思われる。それにとどまらない。ベニートの「髭剃り」の情景で、わずかに出血しただけで、ベニートがなぜあそこまで恐怖に駆られたのか、を振り返ってみると、実はバボウの剃刀《かみそり》の扱いの中に、ベニートにだけは密かに、アランダを白骨化した経緯を再び思い知らせるという意図が籠《こ》められているのである。この件についても、奴隷たちの奴隷主に対する底知れぬ憎悪に気がつく白人——デラーノ船長のような「一般善良な白人」を含め——がほとんどいない事を前提にした仕組みといえる。メルヴィルはこのように手の込んだ仕掛けを用意しているのである。

第三の客観描写の部分、これはそれ以前の部分よりもはるかに短いものとなっており、二人の船長の奴隷反乱事件に対する述懐が語られている。この中で重要なのは、この二人の船長のどちらも実態を把握していない（あるいは把握しないようにしている）ことが示されている点である。デラーノ船長については、第一の部分で理解されるように、事件終了時点でも「黒人観」に変質が見られず、ひたすら「善良な」、しかし鈍感な人物として留まっている。問題はベニート・セレーノの場合である。ベニートは決死の覚悟でデラーノ船長のボートに飛び降りた時、誤解したデラーノ船長に押さえつけられるが、その時の自分のことを、デラーノ船長に次のように訴える。

「あなた［デラーノ］の私に対するあの最後のお振舞いは、まるで怪物を捕らえようとするようなものでした。怪物とお思いになったのは、無実な男というだけではなくて、あらゆる人間の中で最も哀れな者だったのです。しかしそのようなところまで、邪悪な陰謀と策略の数々が、あなたの心を欺いていたのでした」（313頁）。これがベニートの総括である。ということは、第二の部分で語られたように奴隷制の擁護者、すなわち加害者としての自分を隠蔽するだけでなく、むしろ被害者としての自分を憐れんで見せているのである。そしてこれもまたシェイクスピア演劇と無関係ではない。『リア王』の中で、悪女リーガンが、リア王に忠誠を尽くすグロスター伯爵に対し「恩知らずの狐め、あいつこそ、反逆者だ！」と叫ぶ一節があるが、メルヴィル所蔵のシェイクスピア全集の余白にメルヴィルは、「これぞシェイクスピアの極め付き、あのリーガンが恩知らずを口にするとは」と鉛筆で書きそえている。思わず自己を正当化しつつ、本心を暴露する人格。ベニートはさすがにそれ以上を語ることはできない。それ以上語ると奴隷制を擁護する自らの欺瞞に直面するからであり、自分の心に死に至る宿命の影を落とすのは、「あの黒人《ニグロ》です」という一言のみである。

かくして「漂流船」という作品は、南北戦争直前の時期に出版されていながら、奴隷制の本質をすこしの弛緩もなく描いているだけでなく、先入観にとらわれている一般の白人層には直接的に反発させないだけの仮装劇《マスカレイド》として提示されているのである。「書記バートルビー」と「漂流船」。メルヴィルは、すでに一九世紀中葉の段階で、不条理演劇や内的独白、そして通時的時間の破綻の手法などを駆使して、同時代の白人社会の現実や、複雑怪奇な人間の心理を妥協なく描き出そうとしている。そこに時代を超越するメルヴィルの文学者としての本領が発揮されているように思われる。

冒頭にも記したが、メルヴィル文学はさらに新たな角度から再評価される可能性がある。その手がかりとして、本書に収録された二作品は最適な入門書といえるが、それらを越えて『白鯨』などの巨大な作品に取り組むことは不可欠である。なぜなら、平穏な日常の中に、「核」や「原発」を想起させる「白鯨」のような「怪物」が顔をのぞかせているのが、終末を迎えつつある現代の世界であり、文学的想像力は必然的にその危機と対決せねばならないからである。メルヴィルもまた、文学的想像力によって万象の背後にあるものを究明する作業を持続した、そしてその志を一瞬たりとも忘れることはなかった。二〇世紀アメリカで最も重視されているノーベル賞作家ウィリアム・フォークナーが、ヴァージニア大学のセミナーで、学生から「あなたがアメリカ文学で最も偉大な作品を一作上げるとすると、どの作品になりますか」と問われ、即座に「おそらくは、『白鯨』」と答えたのは、究《きわ》めつくされぬほどのものを遺した文学者の志を意識したからであると思われる。

本書に収録された二作品は、まさしくその『白鯨』を引き継ぐものであり、現代におけるその文学的意義はさらに再評価されるべきものと思われる。

ハーマン・メルヴィル年譜

一八一九年
八月一日、ニューヨーク市のマンハッタンで、フランス製品の輸入販売業を営む父アラン・メルヴィルと母マライア・ガンズヴォートの八人の子どもの次男（第三子）として生まれる。父母ともに信仰に厚い名門の出であった。

一八二五年　六歳
ニューヨーク・メール・ハイスクール（男子中学）に入学。

一八二九年　一〇歳
コロンビア・カレッジ（現・コロンビア大学）のグラマー・スクールに通い出す。

一八三〇年　一一歳
父アランの事業が経営不振におちいる。家族は母マライアの出身地ニューヨーク州オールバニーへ転居し、父は毛皮商を営む。オールバニー・アカデミーに転入。

一八三二年　一三歳
父アランが病死。巨額の負債が残される。学校を中退し、母方の祖父が関わるニューヨーク州立銀行の事務員になる。父の事業は兄ガンズヴォートが引き継ぐ。

一八三五年　一六歳

銀行を辞め、兄の店の店員として働く。そのかたわらオールバニー・クラシカル・スクールに通い、教員資格を得る。

一八三七年　一八歳

兄ガンズヴォートの店が倒産。

一八三八年　一九歳

オールバニー近郊のランシンバーグへ転居。メルヴィルは、小学校教員の仕事と、測量士になるための勉強(当時行われていたエリー運河の整備工事に職を得るため)のかたわら、少しずつものを書き始める。

一八三九年　二〇歳

ランシンバーグの地元紙に「作家の机からの断章」を寄稿。貨客船セイント・ローレンス号の平水夫としてリバプールへ。当地に一ヶ月余り滞在。一〇月にニューヨークへ帰着。この間の体験はのちに『レッドバーン』の素材となる。

一八四一年　二二歳

一月三日、捕鯨船アクシュネット号に乗り組み、太平洋での捕鯨に従事する。

一八四二年　二三歳

七月九日、マルケサス諸島のヌクヒヴァ湾に停泊中、友人リチャード・トバイアス(トビー)・グリーンとともに船から逃亡、タイピー渓谷に数週間滞在。八月、別の捕鯨船ルーシー・アン号の船員となりタヒチへ。他の船員たちと反乱を起こした廉《かど》で英国領事館に軟禁される。一〇月に逃亡し、エイメオ島に渡る（この間の体験は『オムー』の素材となる）。翌月、捕鯨船チャールズ・アンド・ヘンリー号でふたたび捕鯨に従事。この頃、従兄弟のガート・ガンズヴォートが戦艦ソマーズ号上の反乱粛清にかかわる。

一八四三年　二四歳

四月にサンドウィッチ諸島（現在のハワイ諸島）のラハイナで捕鯨船を下り、四ヶ月後、米国海軍のフリゲート艦ユナイテッド・ステーツ号に二等水兵として乗船。タヒチを経由して南米リマへ。

一八四四年　二五歳

リオデジャネイロを経て一〇月にボストンに帰還し、海軍を除隊。ランシンバーグの家族や友人たちから体験談を書くように勧められ、『タイピー』を書き始める。

一八四六年　二七歳

ロンドンとニューヨークで『タイピー』出版。当初は物語の信憑性が疑われたが、それを保証する生き証人トビー・グリーンの出現とあいまってベストセラーになる。

一八四七年　二八歳

ワシントンで官職を得ようと試みるも失敗。ロンドンとニューヨークで『オムー』出版、好評を博す。八月にマサチューセッツ州裁判所長官レミュエル・ショーの娘エリザベスと結婚。マンハッタンに居を構える。

一八四九年　三〇歳
第三作『マーディ』出版するも不評を買う。二月に長男マルコム誕生。ロンドンとヨーロッパ大陸を旅行。第四作『レッドバーン』と第五作『ホワイト・ジャケット』を四ヶ月で書き上げる。前者はこの年に出版される。

一八五〇年　三一歳
『ホワイト・ジャケット』出版。八月にマサチューセッツ州ピッツフィールドで『緋文字』の作家ナサニエル・ホーソーンに出会い、親交を結ぶ。後にホーソーンの短篇集の評「ホーソーンとその苔」を雑誌「リテラリー・ワールド」に匿名で寄稿。『白鯨』の執筆にとりかかる。ピッツフィールドに農場（「アロー・ヘッド」と命名）を購入しニューヨークから転居。

一八五一年　三二歳
一〇月、第六作となる『白鯨』を、『鯨』の題でロンドンにて出版、後に『モービー・ディック、あるいは鯨』としてニューヨークで出版。『白鯨』はホーソーンに捧げられている。次男スタンウィックス誕生。義父ショーが逃亡奴隷法にもとづき、北部に逃れてきた奴隷を南部の所有者に返還するよう判決を下す。

一八五二年　三三歳

第七作『ピエール』を出版するが、不評を買う。

一八五三年　三四歳

長女エリザベス誕生。領事職につけるよう親類が援助するが失敗。一九五六年までに「書記バートルビー」をはじめとする一四の小品を「パトナム・マンスリー・マガジン」誌や「ハーパーズ」誌に発表する。

一八五四年　三五歳

「魅せられたる島々」と題するガラパゴス島の亀に関する哲学的スケッチを「パトナム・マンスリー・マガジン」誌に連載。

一八五五年　三六歳

第八作『イズラエル・ポッター』出版。次女フランシスが生まれる。一〇月〜一二月、「漂流船」を「パトナム・マンスリー・マガジン」誌に連載。

一八五六年　三七歳

「パトナム・マンスリー・マガジン」誌に掲載された「書記バートルビー」「漂流船」など五つの短篇を集めて『ピアザ物語』として出版。一〇月、健康を害し、義父ショーの援助でヨーロッパおよびエルサレムなどの聖地への旅行に出掛ける。英国リヴァプールでホーソーンと再会。

一八五七年　三八歳

前年からの旅行から帰国後、第九作『詐欺師』出版。この年以降「ローマの彫像」「南海」「旅」というテーマで三年間にわたって講演旅行を行う。

一八六〇年　四一歳
弟トマスとクリッパー（快速帆船）でホーン岬を回って西海岸へ航海。一〇月、カリフォルニア到着。翌月にはパナマを経由しニューヨークに帰還。

一八六一年　四二歳
義父ショーがメルヴィルを外国領事にしようと奔走。メルヴィルもそれを望んでワシントンDCに赴きリンカーン大統領に接見するが、義父の死去により就職はかなわなかった。

一八六三年　四四歳
ニューヨーク市にあった弟アランの家を購入し、転居。

一八六四年　四五歳
南北戦争の前線であるヴァージニアを訪問。ホーソーン死去。

一八六六年　四七歳
『戦争詩集』がハーパーズ社から出版される。ニューヨークで税関検査官となる。

一八六七年　四八歳
九月、長男マルコムが拳銃で自殺。このころまでにはエリザベスとの結婚生活もうまくいかなくなっている。メルヴィルの家庭内暴力が原因との説もある。

一八七二年　五三歳
母マライアが八四歳で死去。一一月のボストン大火で妻の実家が全焼。

一八七六年　五七歳

一万八〇〇〇行もの長篇詩『クラレル』を二巻組で出版。

一八八五年　六六歳
税関を退職。

一八八六年　六七歳
次男スタンウィックスがサンフランシスコで病死。

一八八八年　六九歳
三月、バミューダ諸島を旅行。九月、詩集『ジョン・マーおよび他の水夫たち』を二五冊私家版として出版。一一月、『ビリー・バッド』を書き始める。

一八九一年　七二歳
『ビリー・バッド』完成。『タイモレオン』を私家版として二五冊出版。九月二八日、心臓肥大症と老衰で死去。

一九二二年
レイモンド・ウィーバー編『メルヴィル著作集』全一六巻の刊行開始。

一九二四年
著作集の一部として『ビリー・バッド』が初めて出版される。

訳者あとがき

作品表題について、付言させていただく。「書記バートルビー」の表題については多くの先例に準じているが、通例「ベニート・セレーノ」とされる作品の主たる表題をあえて「漂流船」へと変更した経緯にはいくらか説明が必要であろうと思われる。

まずこの作品はそれ自体きわめて謎めいたものであり、「漂流物」のように浮動していて、捉えどころがない、という点があげられる。その浮動性は冒頭におけるサン・ドミニク号の登場と無関係ではない。この船は霧に包まれる漂流船のごときものとして登場し、接近するにしたがって、実態をさらに変容させるという曖昧な性格が付与されている。しかもこの船に乗り込んだ後でも、確固とした実態が把握されることはない。むしろ謎は一層深まる構造になっており、読者の認識もそれにつれて「漂流」してゆくのである。

しかしこのような設定は、メルヴィル文学で特に珍しいことではない。事実、代表作『白鯨』（一八五一）にしても、白い抹香鯨《まっこうくじら》などは通常存在しない謎めいた怪物であり、読者は「鯨の白さ」（第四二章）のような象徴的解釈を強《し》いるいくつかの章を基盤に、何らかの仮説を想定しなければならなくなる。そうしなければ、主人公エイハブ船長は、「物言わぬけだもの」にやみくもに復讐しようとして、ほとんどの乗組員を巻き添えにしたまま破滅するだけの愚かな人物となってしまうのである。

また、『ピエール』（一八五二）の場合でも謎めいた人物イザベルが登場している。このイザベルは本作品「漂流船」の冒頭でも妖しげな陽光の比喩として言及される「全身をサヤ・イ・マンタで隠すリマの女」（第八の書）に喩えられるが、やはり結末に至るまで、浮動するイメージを漂わせる存在となっているのである。さらに言えば、バートルビーの拒絶の謎も最後まで不明なままに終わっている。読者はたとえ末尾の「配達不能郵便物」のエピソードを与えられても、この作品の謎を完全に解明したとはいうことができない仕組みになっているのである。

このように『白鯨』以降のメルヴィル作品には、読者に対して執拗に謎を投げかけ、その解明を求めつつ「漂流」してゆくものが多いが、まさしく漂う霧の中から亡霊のように漂い出てくるのが本作におけるサン・ドミニク号なのであるそれではこの作品の主役は誰になるのであろうか。作者の設定した「ベニート・セレーノ」が本来の表題であるとすると、やはり強制的に奴隷反乱船の船長を演じさせられているベニート・セレーノということになるかもしれない。しかし結末部の客観描写を厳密に分析すると、単純にベニート・セレーノが中心人物とは言えなくなる。なぜならベニート・セレーノは被害者ではなく、奴隷制という人間の作り出した最悪のシステムの擁護者という意味で加害者だからである。そうであるがゆえに、最後の段階になって彼は、陰の「主人」、すなわち奴隷反乱首謀者バボウに従って死んでゆくのである。これをみてもベニート・セレーノではなく、背後に控えるバボウこそが、この作品全体を覆い尽くす暗影を投げかける主要人物であったことがわかる。かくして彼の謎めいた黒い存在の影は、サン・ドミニク号を包む鉛色の霧と同様、この作品の全領域に漂いつつ及んでいることが理解される。

実際メルヴィルはこの作品において、極めて微妙なかたちではあるが、奴隷制批判の意思を表明している。まずサン・ドミニク号の船首像は、奴隷所有主のアレハンドロ・アランダの白骨死体となっているが、これは「新大陸発見者」コロンブスの代わりに据え付けられたことになっている。この憎悪に満ちた行為は、黒人たちにとって、コロンブスは南北アメリカ大陸を、希望に満ちた「新大陸」としてではなく、地獄にも比すべき「奴隷市場」として「発見」したに過ぎなかった、ということを示唆している。それがこの船首像の隠れた意味となっているのである。

また作品中二度にわたって「ひびの入った」ことが窺われる船首楼の鐘の音が響きわたるが、これも独立宣言の発布されたフィラデルフィアのインディペンデンス・ホールの前に設置された「自由の鐘」に、修復不能なまでの亀裂が入っていたことを直ちに想起させる。アメリカの独立宣言は、人間すべての平等と、自由、生命、幸福追求の権利を保障するものであったが、現実には、黒人たちは対象外とされた。その不完全性がメルヴィルにとっても「ひび」として了解されていたものと思われる。その不完全性を部分的にでも修復しようとすれば、アメリカ史上最大の流血の内戦、すなわち南北戦争を必要としたのであった。

それでもメルヴィルはこの作品の底流にある奴隷制批判を露骨に描写することは巧妙に避けている。なぜなら黒人に対する根強い差別意識を持つ大衆が広範に存在する中で、文学作品に政治的メッセージをダイレクトに表出することは、反発されるだけではなく、危険でもあることがあらかじめ想定されたからである。

それゆえメルヴィルは、船首像やひびの入った鐘などを、特に意図せぬかの如く、さりげなく表現しているのであり、謎の解明は「漂流」するに任せている。事実一九八〇年代に研究者C・カーチャーらによってなされた、メルヴィルの奴隷制批判の解読に至るまで、百数十年という年月にわたって、この件は指摘されることはなかったのであった。メルヴィルは、このように時代を超越する作家であり、「漂流船」はさらに新たな解釈を享受すべく、今後も漂流してゆくといえよう。以上が表題を「ベニート・セレーノ」から「漂流船」へと変更した所以《ゆえん》である。

翻訳作業について一言させていただく。今回の翻訳は、アメリカ・メルヴィル協会と日本メルヴィル学会共催の国際ハーマン・メルヴィル学会が東京（慶應義塾大学）で開催されるという、記念すべき時期に出版された。しかもこの翻訳を勧めてくれたのは、日本における初めてのメルヴィル国際学会をともに推進してきた慶應義塾大学の巽孝之氏であった。不思議な機縁を感じる。また今回の翻訳作業では、メルヴィルの重厚な文体を少しでも現代風に表現し直そうと努めてみた。その作業において、明治大学講師の西浦徹、宇野雅章両氏のご協力を得た。また光文社編集部の駒井稔、小都一郎両氏には献身的な校正作業をいただいた。ここに記して諸氏に深い謝意を表したいと思う。

本書には、特定の人種や民族に対して「黒人たちのあまり善良とは言えない性質が表に出てきているように見えた」「白人というのは、本来黒人より鋭敏な人種のはずだ」「たいていの黒人は生まれながらにして召使いであり」「彼らが、知能に限界あることに甘んじる態度から生ずるのだろう」など、現代では用いるべきでない差別的な用語・表現・揶揄が使われています。これらは本書が成立した一八五〇年代当時のアメリカ合衆国の社会状況と、未成熟な人権意識に基づくものですが、いわゆる奴隷船を舞台にした本書の根幹に関わる設定と、そのような時代とそこに成立した物語を深く理解するためにも、編集部ではこれら差別的表現についても原文に忠実に翻訳することを心がけました。

それが今日も続く人権侵害や差別問題を考える手がかりとなり、ひいては作品の歴史的・文学的価値を尊重することにつながると判断いたしました。もとより差別の助長を意図するものではないことを、ご理解ください。

編集部

kobunsha classics
光文社古典新訳文庫

書記《しょき》バートルビー／漂流船《ひょうりゅうせん》

著者　メルヴィル
訳者　牧野《まきの》 有通《ありみち》

2015年9月20日　初版第1刷発行
2025年8月30日　第5刷発行

発行者　三宅貴久
印刷　萩原印刷
製本　ナショナル製本

発行所　株式会社光文社
〒112-8011東京都文京区音羽1-16-6
電話　03（5395）8162（編集部）
03（5395）8116（書籍販売部）
03（5395）8125（制作部）
www.kobunsha.com

KOBUNSHA

落丁本・乱丁本は制作部へご連絡くだされば、お取り替えいたします。
ISBN978-4-334-75316-0 Printed in Japan

いま、息をしている言葉で、もういちど古典を

長い年月をかけて世界中で読み継がれてきたのが古典です。奥の深い味わいある作品ばかりがそろっており、この「古典の森」に分け入ることは人生のもっとも大きな喜びであることに異論のある人はいないはずです。しかしながら、こんなに豊饒で魅力に満ちた古典を、なぜわたしたちはこれほどまで疎んじてきたのでしょうか。

ひとつには古臭い教養主義からの逃走だったのかもしれません。真面目に文学や思想を論じることは、ある種の権威化であるという思いから、その呪縛から逃れるために、教養そのものを否定しすぎてしまったのではないでしょうか。

いま、時代は大きな転換期を迎えています。まれに見るスピードで歴史が動いていくのを多くの人々が実感していると思います。

こんな時わたしたちを支え、導いてくれるものが古典なのです。「いま、息をしている言葉で」——光文社の古典新訳文庫は、さまよえる現代人の心の奥底まで届くような言葉で、古典を現代に蘇らせることを意図して創刊されました。気取らず、自由に、心の赴くままに、気軽に手に取って楽しめる古典作品を、新訳という光のもとに読者に届けていくこと。それがこの文庫の使命だとわたしたちは考えています。

このシリーズについてのご意見、ご感想、ご要望をハガキ、手紙、メール等で翻訳編集部までお寄せください。今後の企画の参考にさせていただきます。
メール　info@kotensinyaku.jp

光文社古典新訳文庫　好評既刊

ねじの回転
ジェイムズ／土屋《つちや》 政雄《まさお》◉訳

両親を亡くし、伯父の屋敷に身を寄せる兄妹。奇妙な条件のもと、その家庭教師として雇われた「わたし」は、邪悪な亡霊を目撃する。その正体を探ろうとするが——。（解説・松本 朗）

アルハンブラ物語
W・アーヴィング／齊藤《さいとう》 昇《のぼる》◉訳

アルハンブラ宮殿の美しさに魅了された作家アーヴィングが、ムーアの王族の栄光と悲嘆の歴史に彩られた宮殿にまつわる伝承と、スケッチ風の紀行をもとに紡いだ歴史ロマン。

アンクル・トムの小屋（上・下）
ハリエット・ビーチャー・ストウ／土屋《つちや》 京子《きょうこ》◉訳

トムが主人の借金返済のために売られていく一方、イライザはカナダへの逃亡を図る。奴隷制度に翻弄される黒人たちの苦難を描く米国初のミリオンセラー小説、待望の全訳。

グレート・ギャッツビー
フィッツジェラルド／小川《おがわ》 高義《たかよし》◉訳

いまや大金持ちのギャッツビーが富を築き上げてきたのは、かつての恋人を取り戻すためだった。だがその一途な愛は、やがて悲劇を招く。リアルな人物造形を可能にした新訳。

八月の光
フォークナー／黒原《くろはら》 敏行《としゆき》◉訳

米国南部の町ジェファソンで、それぞれの「血」に呪われたように生きる人々の生は、やがて一連の壮絶な事件へと収斂していく。ノーベル賞受賞作家の代表作。（解説・中野学而）

老人と海
ヘミングウェイ／小川《おがわ》 高義《たかよし》◉訳

独りで舟を出し、海に釣り糸を垂らす老サンチャゴ。巨大なカジキが食らいつき、壮絶な闘いが始まる…。決意に満ちた男の力強い姿と哀愁を描くヘミングウェイの最高傑作。